María Acosta Díaz

A moeda de Washington

Segredos do pasado II

Este libro é unha obra de ficción. Nomes personaxes, organizacións e lugares son froito da imaxinación da autora. Calquera parecido coa realidade é pura coincidencia.

Blog: https://mariacostadiaz.blogspot.com (M.A.D.)
Facebook: https://facebook.com/escritoraTraductora
Twitter: @mariaacostadiaz
Youtube: Parasuntamin

1. O encontro

Ariel Sánchez Castro estaba feliz tirando fotos nos Xardíns da Maestranza, dúas máis e recollería os trebellos, o trípode e maila cámara, para segui-lo seu percorrido pola Cidade Vella da Coruña. Xa estaba escurecendo e desexaba poder rematar con este carrete para proba-lo seguinte, moito máis sensible e axeitado para tirar fotos pola noite. As calellas e prazas da antiga cidade medieval tiñan unha luz moi especial pola noite e Ariel desexaba facerlles unha morea de fotos co novo carrete que collera da tenda onde estaba a traballar. Levaba alí dende os dezaoito, é dicir, case quince anos, e era amante da fotografía dende que lle agasallaran unha cámara de fotos ós quince. Nos momentos de lecer dedicábase a percorre-la cidade na procura dos mundos máxicos e marabillosos que se atopan dentro dela. Mundos que, se cadra, so vían el e seica algúns cativos, aínda que cos tempos que correm os raparigos están máis pendentes da *play-station* que de si detrás dunha árbore pode verse un anano ou unha fada. Pero Ariel era feliz imaxinando os xardíns da súa cidade cheos de seres máxicos, tanto bos como malvados, e as historias das que podían ser protagonistas. Nos Xardíns da Maestranza a xente estaba empezando a marchar e Ariel tirou a derradeira foto, desenrolou a cámara do trípode, recolleu este último trebello, meteunos en cadanseu funda, botouno ás súas costas e saíu pola porta máis próxima ó Xardín de San Carlos. Durante un intre quedou mirando a porta pechada deste pequeno parque, que tiña un balcón de pedra dende onde se podía facer unha bonita panorámica do Castelo de San Antón, os canóns da muralla e maila dársena.

Ariel era un mozo de trinta e tres anos, alto, de pouco máis de 1,80, ben formado, pel morena e cabelo negro, cuns ollos grises, un pouco miope e presumido de máis para poñer gafas, que ás veces metía a zoca cando saudaba a alguén pola rúa ó confundir á persoa con algúns dos seus amigos ou amigas. Só levaba as gafas pola rúa cando estaba a fotografar algunha cousa porque doutro xeito non daba calculado ben a distancia e non distinguía ben o círculo do obxectivo da súa cámara réflex, polo cal a imaxe que vía semellaba partida se non estaba ben enfocado o obxecto que desexaba fotografar. En canto facía a foto, quitaba as gafas. Hai tempo tivo unhas lentes de contacto pero non se daba xeito con elas, sobre todo en verán cando ía á praia, non ía bañarse con elas postas, así que entón non as poñía. E ó saír da praia tampouco, iso significaría que tiña que leva-las lentes de contacto, o líquido para limpalas e o trebello onde se gardaban. Unha leria.

Ariel, despois de quedar un intre pensativo diante da porta de acceso ó Xardín de San Carlos, tentando ordena-las súas ideas sobre cando podería volver por alí, colleu pola rúa que bordeaba o dito xardín e dirixiuse cara á Igrexa dos Dominicos. Sempre lle abraiara a súa torre e tamén os xardín que había próximo ó convento. Pero o que máis lle gustaba desa parte da Cidade Vella era a Praza das Bárbaras. Aquel recuncho era máxico e tiña unha luz pola noite moi especial. Alí descansaría un intre ós pes do cruceiro que había no centro da praza e quedaría un bo anaco mirando á entrada do convento construído, cría, alá polo século dezasete. Se cadra era máis antigo. Nesa praza, cando era o tempo da Feira Medieval que se celebraba tódolos veráns, facían demostracións de tiro con arco e outros oficios xa esquecidos. Hoxe, domingo, a praza estaba estrañamente solitaria, non había ninguén nela, so el. Ariel ergueuse, sacou o trípode da súa funda e colocouno xusto diante do cruceiro, enganchou a cámara e cambiou de obxectivo, poñendo no canto do de cincuenta milímetros un teleobxectivo. Sacou as gafas da mochila que sempre levaba ás costas, mirou polo visor, graduou a altura do trípode, e volveu mirar. Fixo a mesma operación un par de veces máis ata que quedou satisfeito. Entón tirou a foto. Despois mirou ó seu redor buscando outra foto. Ariel encadraba automaticamente; é dicir, cando saía coa cámara non vía edificios nin coches nin árbores nin paisaxes: vía fotos. E para el unha foto podía ser un edificio enteiro ou unha pedra cunha forma estraña ou estrafalaria, tamén unha folla dunha árbore ou un chamador dunha porta, mesmo unha tea de araña era unha foto. Xa sabía como ía queda-la foto antes de facela. Ás veces atinaba e outras non e tiña que volver probar facela de novo. Neste intre non se lle estaba a ocorrer nada. Non importaba a praza non ía marchar e, dende logo, non ía desaparecer como tantas outras cousas que si o fixeron por mor da cobiza dos promotores de casas e doutro tipo de construcións, como aquelas fermosas fontes que había na Praza de Galicia, fronte o Palacio de Xustiza, que as sacaron para face-lo aparcadoiro subterráneo e non se volveu saber nada delas. El tiña esas fontes nunha foto. Deulle a impresión de que non ían durar e tiroulles unha foto. Tiña razón. Seguro que levan anos nalgún chalé ou pazo pertencente a calquera das persoas que tiveron a boa idea de esnaquizar aquela praza para construír un aparcadoiro.

Foi cara ó fondo da praza e meteuse por unha calella estreita, onde se atopaba a casa de María Pita. Ía mirando cara arriba, despreocupado, tentando adiviñar se pagaba a pena tirarlle unha foto a calquera das casas. De cando en vez miraba o chan, feito con grandes pedras, tentando non pisar calquera cousa indebida como un anaco de cristal ou cousas peores e, de súpeto, un brillo un metro máis alá de onde se atopaba chamou a súa atención. Colleu a cámara e púxose a camiñar cara ó brillo tentando enfoca-lo obxecto que o producía e quedou pampo cando descubriu que era unha moeda ou algo semellante. Ariel agachouse para observala mellor e decatouse que estaba esnaquizada en tres anacos. Colleuna. Volveu á Praza das Bárbaras e sentou de novo no cruceiro; logo sacou unha folla dun pequeno caderno que sempre levaba para apuntar o nome das fotos e as súas características técnicas, pousouno nun dos chanzos do cruceiro e enriba del os anacos daquilo que semellaba unha moeda ou unha medalla. Quedou dunha peza cando se decatou que o que se lle estaba a amosar era a faciana archicoñecida do que fora o primeiro presidente dos Estados Unidos de América: George Washington. Era unha moeda e brillaba tanto que semellaba que estivese recentemente acuñada. O que máis lle abraiaba a Ariel era a data que aparecía na moeda: 1776. Segundo lembraba ese foi o ano da Declaración de Independencia. Se cadra era unha moeda conmemorativa. Se cadra era auténtica. ¿Por que estaría partida en tres anacos? ¿Quen sería o dono? ¿Era realmente prata o metal do que estaba feita? ¿Como foi parar a esa calella? Non sabía case nada sobre a época da Independencia de Estados Unidos, o que a meirande parte da xente: que a Declaración de Independencia foi o catro de xullo de 1776 e que houbo algo referente a uns americanos disfrazados de indios que botaron o té que traía un barco ó mar. Pouco máis sabía.

Se cadra a rapaza que traballaba na biblioteca da rúa de Durán Loriga. ¿Como se chamaba? Uxía. Dende logo, moito cambiaran as bibliotecarias nos últimos tempos. Hai dúas semanas tivo que ir á biblioteca na procura dun libro de fotografía ó que lle prestaba botar unha ollada e xa non estaba o home que coñecía dende había anos, tamén é verdade que había case dous meses que non pasaba por ela; e resulta que mentres tanto o home xubilárase e aquela estraña rapaza ocupara o seu lugar: non era moi alta, se cadra non chegaba ó 1,60 de estatura, levaba o pelo tinguido de azul e amarelo, moi curto e peiteado cara atrás. No nariz levaba un pequeno aro de prata, e nas orellas uns pendentes tamén de prata dos que pendían unha pluma en cada un deles. Os seus ollos verdes estaban maquillados con kool negro e levaba os beizos pintados de vermello e perfilados de negro. A cara era pequena, fina e delgada. O primeiro día que a viu Uxía vestía unha minisaia de coiro negro, cunha camiseta dos Sex Pistols, medias de cor negra e unhas botas de coiro vermello de tacón baixo. Completaban o seu atavío uns mitóns negros ata ó cóbado. Non era, por suposto, a clásica bibliotecaria. Detrás desa imaxe estrafalaria había unha persoa moi intelixente, simpática e traballadora que estaba encantada co seu traballo entre libros, axudando á xente a atopar o que precisaba, e moi amable e cunha paciencia infinita.

Ariel envolveu a moeda no anaco de papel e logo meteuna nun compartimento con peche que tiña na súa carteira. Xa rematara a Semana Santa e xa non había tanto traballo na tenda por mor dos revelados destas pequenas vacacións antes das de verán, pediría na tenda unha mañá libre, se cadra a do mércores, para poder achegarse á biblioteca e falar coa rapaza a ver que lle podía dicir. Ariel gardou a carteira no bolso interior da súa cazadora e logo ergueuse e saíu da praza, tirou cara á esquerda e colleu a primeira rúa que atopou para chegar á praza de Azcárraga, bordeou Capitanía Xeral e saíu ó Paseo do Parrote para xa enfilar cara á Porta Real e á Dársena. Logo foi ata á rúa da Barrera e nunha das tascas tomou un viño e unha tapa, xa estaba a piques de marchar cando, para o seu abraio, entrou nese mesmo momento a rapaza da biblioteca, Uxía, cunha amiga. Ela recoñeceuno e saudouno, Ariel respondeu o seu saúdo e foi cara ela.

— Mira que é casualidade, esta mesma tarde estaba pensando en ti —dixo el.

— ¿Ah, si? –respondeu ela. –¿E logo?

— Teño que pasar a próxima semana polo teu traballo para conseguir información.

— ¿Algún libro de fotografía? —preguntou Uxía pois sabía cal era o traballo de Ariel.

— Non. Sobre a Guerra de Independencia de Estados Unidos.

— ¡Fantástico! Tes sorte que sexa un dos meus temas preferidos —mentiu ela case arrepentindo nese intre de dicir semellante parvada. —Podo explicarte calquera cousa sobre esa época.

— Xa nos veremos o mércores, ata logo entón — dixo Ariel dándolle un bico en ámbalas dúas meixelas e saíndo da tasca.

— ¡Pero se ti non sabes nada diso! —falou polo baixo Andrea.

— Xa mas apañarei –respondeu Uxía sentando nunha cadeira alta da barra da tasca. -¿A que é moi guapo?

— Se ti o dis. Gustaríame verte o mércores cando vaia.

— Teño unhas cantas revistas de historia na casa e unha moi boa memoria, en canto chegue esta noite a casa póñome a buscalas. ¡Dous ribeiros, por favor! —dixo Uxía ó camareiro que nese intre parara diante delas —e dúas tapas de luras en tinta. Grazas.

— ¿E o concerto?

— Iso non vai durar máis dunha hora. Teño tempo de sobra.

— ¡Méteste en cada lea...! —dixo Andrea mentres bebía un grolo de viño.

— Pero paga a pena —respondeu Uxía ó tempo que comezaba a degusta-la súa tapa de luras en tinta —teño que conseguir saír con el.

— Desta vez deute ben forte.

¿Por que lle daría dous bicos? Ía pensando Ariel. Se case non a coñecía. De calquera xeito, a ela non pareceu que lle molestase, e a el tampouco lle importou darllos. Só falara con ela unha vez e de cousas sen importancia e semellaba que se coñecesen dende hai anos. Ás veces a vida ten esas cousas. Quería chegar cedo a casa, tiña que facerlle unha foto á moeda. Xa estaba na Estreita de San Andrés, subiu pola costa de *O viñedo*, xirou cara á esquerda e saíu á rúa do Orzán, comezou a camiñar cara á Praza de Pontevedra, pasou a tenda de instrumentos musicais e un pouco máis aló, nun portal de madeira moi vello parou, sacou as chaves do bolso do pantalón, abriuno e subiu as escaleira ata o segundo andar. Entrou no seu recentemente reformado piso, xa lle quedaba menos para rematar de pagalo, dentro de sete anos xa sería seu totalmente. Na vida tivera moita sorte: atopara un traballo de moi xove e conseguira facerse con esta ganga ós poucos anos e agora estaba rematando de pagar a maldita hipoteca. Vivía so e ademais era moi aforrador.

Deixou a cazadora nun armario que tiña á esquerda da porta de entrada, logo foi ata o fondo do corredor, onde estaba a cociña, quentou uns macarróns con carne e salsa de tomate que sobraran do xantar e abriu unha cervexa sen alcohol; levouno todo á sala de estar, preta da entrada do piso, puxo a cea nunha mesiña de cristal fronte do sofá, sentou e prendeu o televisor. Estaban coas noticias. O de sempre: guerras en Oriente Próximo, xente famenta en África, narcotráfico en Sudamérica, e leas nos trens e avións en España. Cambiou unhas cantas veces de canal pero en todos falaban do mesmo; ergueuse un anaco, colleu o periódico que había enriba da mesa do comedor e botou unha ollada á programación mentres tomaba os macarróns. Parvadas. Rematou de cear, recolleu os pratos e o casco da cervexa, deixouno todo enriba da mesa da cociña e volveu ó salón a prepara-la mesa para tira-la foto á moeda. Cambiou de novo o obxectivo á cámara por outro que lle permitise aínda unha maior definición da imaxe; tirou media ducia de fotos: a moeda completa, os anacos por separado, pola cara, pola cruz. En fin, tódalas posibilidades que se lle ocorreron. Xa rematara co carrete. Mirou o reloxo. As once. Tería que deixar para mañá pola tarde o revelado, mañá tiña que erguerse moi cedo, tiñan unha reportaxe dunha voda e había que preparalo todo ben antes de marchar. Recolleu a moeda, gardouna de novo na carteira, pechou os ferrollos e marchou á cama a ler un anaco antes de durmir.

Ó día seguinte, xa pola tarde, Ariel pechouse no cuarto escuro que tiña case preto da cociña; en realidade, cando mercou a casa era un aseo pero xa tiña un cuarto de baño ó seu carón bastante xeitoso e non precisaba outro máis, de calquera xeito vivía só, así que o converteu en cuarto escuro para face-lo revelado das súas fotos. No que respecta á fotografía Ariel era moi clásico: non lle prestaban moito as cámaras dixitais, prefería pelexar coa súa vella cámara réflex, cos negativos e a morea de produtos que facían falla para sacar adiante unha fotografía, aínda que cada día fosen máis difíciles de conseguir; pero el era un fotógrafo profesional e non tiña moitos problemas con iso. Estaba desfeito pero desexaba ter listas as fotografías da moeda para o día seguinte cando fose a visitar á súa amiga a bibliotecaria. A reportaxe da voda foi, como sempre que había un destes encargos, un tremendo fastío, por non falar das pequenas rifas que había de cando en vez entre os que desexaban saír nelas, e logo tirou o resto do día no laboratorio da tenda revelando as ditosas fotos. Ó xefe non lle importaba que collese o martes libre, é dicir mañá, pero non o mércores porque ese día tiñan un bautizo. Con estes traballos gañaban unha morea de cartos pero a Ariel non lle facían moita graza porque estaban moi limitados artisticamente. Prefería cando tiñan que sacar un calendario da cidade ou calquera outra reportaxe por conta do Concello. El, pola súa conta, facía catálogos para algunhas das galerías de arte da cidade, e por esa banda coñecía a unha morea de xente que sempre lle estaba a conseguir máis traballo. Outra parte que tamén lle gustaba do seu traballo era cando tiña que utiliza-lo ordenador para retoca-las fotos: podíanse arranxar moitos erros con eles e, aínda que ás veces tiñas que pelexar ben forte cos programas de retoque fotográfico, recoñecía que eran un gran invento e podíanse argallar auténticas marabillas, por exemplo, saneando as fotos antigas.

Estivo traballando un bo anaco no laboratorio da súa casa ata que por fin logrou revela-las fotos da moeda e sacar copias suficientemente grandes para poder observar tódolos detalles dela; deixou secando as copias e saíu de contado. Logo foi ata a cociña, fixo unha cea lixeira a base dunha cunca de leite con sopas de pan de millo, viu un anaco o televisor e marchou a durmir ben cedo.

Durmiu tan fondamente que cando soou o espertador non podía crer que estivera na cama case dez horas, parecéronlle cinco minutos. Duchou, puxo a cafeteira ó fogo e logo foi colle-las fotos do laboratorio. Mentres estaba almorzando o que era habitual nel, unha cunca pequena de café con leite e unhas galletas, estivo botando unha ollada ás fotos. Onte pola noite creu que había algo estraño nelas e agora quería comprobar que era o que tiña de particular aquela moeda atopada preto da Praza das Bárbaras. Pasou unha a unha as fotos pero, aínda que a sensación persistía, non daba atopado o que tiña de estraño. Certo que estaba abraiado pola data que aparecía na moeda, 1776, pois cría que non debían ter feito moedas os americanos aínda nesa data, pero podía estar equivocado, non era un experto en moedas nin, por suposto, en moedas da época da Independencia de Estados Unidos. Ademais coidaba que, para poder levar a cabo unha labor tan perfecta como a que se observaba nesta moeda, os americanos debían ter unha tecnoloxía ben boa naqueles tempos e diso tampouco sabía nada. A ver que lle podía dicir

Uxía de todo isto. Se cadra ela podería informarlle sobre quen lle podería axudar.

Ás dez e media saíu da súa casa coas fotos nunha carpeta e a moeda aínda na súa carteira. Ás once menos vinte estaba subindo as escaleiras da biblioteca da rúa de Durán Loriga. No vestíbulo había unha exposición de fotografías que xa vira uns días atrás, foi cara á porta da biblioteca, no andar baixo. Uxía estaba ordenando uns libros, Ariel non desexaba interrompela no seu traballo así que marchou un anaco á zona onde se atopaban os periódicos do día e estivo botándolles unha ollada ó tempo que, de cando en vez, observaba as idas e vidas de Uxía pola biblioteca. Aínda pasaron case quince minutos antes de que Uxía volvese ó mostrador da entrada, entón Ariel deixou a periódico co que estaba matando o tempo mentres a rapaza traballaba e foi cara a ela.

— ¡Que sorpresa Ariel! Non te esperaba ata mañá —dixo Uxía a modo de saúdo mentres escribía na ficha dun libro.

— É mañá cando non podo vir, haberá traballo de máis e o xefe non quere que falte. ¿Tes agora un momento ou estás ocupada de máis para me atender? Se queres pode volver máis tarde.

— Pois a verdade é que teño unha mañá bastante atarefada —mentiu Uxía quen aínda non rematara de ver tódolos artigos das revistas de historia sobre a Guerra da Independencia e desexaba aproveita-la mañá para poder acadar máis información —pero, se non tes ningún compromiso, podes vir a recollerme ás dúas e poderemos falar mentres xantamos. ¿Parécete?

— Perfecto. Entón ata logo.

— Ata logo —respondeu ela.

¡A nai que a trouxo o mundo! ¿Por que lle diría aquela parvada o domingo? Agora ía ter que apurar se desexaba non quedar coma unha paifoca diante de Ariel, afortunadamente na biblioteca tiñan a colección completa das revistas de historia e tódolos artigos estaban informatizados. Polo menos non lle custaría unha morea de tempo atopar onde se encontraba a información sobre a Independencia de Estados Unidos. Xa tiña memorizados dous deles e aínda lle quedaban outros tres, afortunadamente a súa memoria fotográfica, tan útil que lle resultou para aproba-las oposicións á bibliotecaria, ía sacarlle do apuro en menos de dúas horas, se non viña alguén mentres tanto a da-la roncha con peticións estúpidas. Afortunadamente non había moita xente hoxe na sala e ía poder estar bastante tranquila.

Ás dúas Ariel pasou pola biblioteca a buscar a Uxía que, por sorte, tivo pouco traballo e puido le-los artigos sobre a Guerra da Independencia de Estados Unidos. Cando estivera antes na biblioteca Ariel non se decatara pero Uxía levaba posta a minisaia de coiro negra e as botas vermellas que lle quedaban tan ben. Foron a xantar a un bar que había preto de alí, o *Río Miño*, onde poñían boas tapas e racións. Mentres estiveron a xantar apenas falaron, non sendo das cousas normais, de como lles ía a cada un deles no seu traballo. Ariel díxolle que neste intre non tiña moza, que a derradeira o deixara había uns dous meses, e Uxía para corresponderlle dixo que dende había un ano que ela tampouco andaba con ninguén. Falaron de cine e de libros e xa cando por fin tomaron a sobremesa, un flan con nata el e un anaco de torta de mazá ela, e os cafés, Uxía díxolle:

— ¿Ti que sabes sobre o tema?

— Pouca cousa, o que xa che dixen: que ocorreu en 1776 e que a produciu que os colonos se disfrazasen de indios e botasen o té ó mar.

— A cousa éche un chisco máis complicada e comezou moito antes desa data; o 4 de xullo de 1776, que é a data que coñecemos aquí en España, refírese ó día en que o segundo Congreso Continental aprobou a Declaración de Independencia. Pero os americanos xa levaban un ano de guerra con Gran Bretaña. Ó declarar a independencia a loita pasou a ser unha guerra entre dous países e non a contenda dunha colonia que se rebela contra a súa patria nai. Isto provocou que outros países, como España ou Francia, visen posible a alianza coa nova nación para combater a Gran Bretaña.

"Na América colonial os dereitos dos cidadáns enunciábanse en documentos escritos; é dicir, os americanos codificaban os seus dereitos en documentos fundamentais. Por exemplo, o *Body of Liberties*, de Massachussets, de 1641, salvagardaba os dereitos dos homes ceibes, e tamén das mulleres, nenos, forasteiros, serventes, incluíndo os forzosos e escravos, e ata dos animais. Os documentos coloniais protexían os dereitos e servían como imáns para atraer colonos ós lugares onde os seus dereitos estaban codificados. Ademais, os colonos americanos crearon as súas propias institucións de goberno. Tanto a emisión de papel moeda como de impostos e mesmo os salarios dos funcionarios eran competencia das asembleas. Isto daba ós americanos certo grado de autoridade sobre o seus funcionarios e salvagardaba a liberdade fronte á usurpación gobernamental ou xudicial. En 1763 a Coroa inicia unha recadación de ingresos nas colonias para sufraga-los gastos de defensa e administración e o Parlamento aproba novos impostos para as colonias e moderniza e reforza o sistema de Aduanas; o goberno inglés decide estacionar varios rexementos en Boston e Nova York. Rapidamente os americanos protestan por estas medidas, considéranas inconstitucionais. En 1765, Benjamin Franklin pensa que os soldados enviados a América poden provocar unha rebelión debido ó seu comportamento insolente. O 5 de maio de 1770 ten lugar a coñecida como *A matanza de Boston*, na que unha patrulla de soldados británicos disparou contra unha turba armada con paus fronte á Aduana de Boston.

Este feito sumado á política imperial británica coa *Proclamacion Line* (1763), que prohibía o establecemento das colonias máis aló dos montes Apalaches, e unha serie de leis sobre impostos (*Impostos de Grenville*, 1764; *Sugar Act*, 1764; *Currency Act*, 1764; *Stamp Act*, 1765; *Quartering Act,* 1765; *Declaratoy Act*, 1766; *Impostos Towsend*, 1767; *Tea Act*, 1779) e as coñecidas como *Leis Intolerables* de 1774, que castigaban a Massachussets polas accións dunha presa de radicais que botaran un cargamento de té ó mar no porto de Boston, foron realmente as sementes que fixeron posible a Declaración de Independencia do 4 de xullo de 1776".

Ese é realmente o comezo de todo. Podo seguir contándote máis cousas, sobre como foi evolucionando a historia e as distintas batallas que tiveron lugar entre americanos e ingleses antes de firma-la paz definitiva o 3 de setembro de 1783.

— Falaches algo da emisión de papel moeda. ¿Sabes se mentres estiveron en guerra os americanos acuñaron moeda? —dixo Ariel.

— Imaxino que acuñarían, se podían emitir papel moeda deberían poder facer moedas en metal. ¿Interésate moito?

— Un chisco. Verás. Hai un par de días atopei unha moeda coa efixie de George Washington e a data que tiña gravada era a de 1776. Mira, a moeda é esta —respondeu Ariel mentres sacaba da carpeta que trouxera con el a fotografía ampliada da moeda atopada.

— Semella moi nova. Éche como se estivese recentemente acuñada.

— ¿Verdade? Iso mesmo pensei eu. ¿Como podería pescudar acerca das moedas desa época?

— ¿Por que non vas á Asociación Filatélica? Se cadra aí poden botarte unha man. —respondeu Uxía —¿e te-la moeda?

— Teño. ¿Gustaríache vela?

— Moito.

— Pois aquí a tes —dixo Ariel mentres sacaba a carteira e dela un papeliño ben dobrado onde a tiña gardada e o tendía a Uxía.

A rapaza desenvolveu o papel con coidado enriba da mesa. Alí estaban os tres anaquiños do crebacabezas brillantes como o sol. Uxía colleu un, mirouno, remirouno, volveuno dun lado, doutro, sen dicir nada. Logo fixo a mesma operación cos outros dous. Ariel vía como a cara da rapaza ía cambiando da pura curiosidade ó maior dos abraios.

— ¿Que pasa?

— Tivécheste que decatar. Non creo que puideses pasar por alto algo tan obvio.

— ¿O que?
— O corte dos anacos é distinto. Cada unha das pezas encaixa coas outras pero o corte é distinto.
— ¿Como que é distinto?
— Fita aquí —respondeu Uxía amosando a Ariel a parte interna dun dos anacos –o metal da superficie e o do interior é o mesmo; pero nesta —continuou mentres collía o anaco correspondente a caluga de Washington –o interior é amarelo, como se estivese feito de ouro, e no terceiro, é marrón, máis semellante á cor do bronce. Na miña vida vira cousa semellante.
— Tes razón. O caso é que si me decatei cando revelei as fotografías pero pensei que era un efecto da luz. ¿E dis que na Asociación Filatélica pódenme axudar?
— Si, en Coruña non están separadas as asociacións de filatélicos e a de numismáticos. Están no mesmo local. Espera que che dou o enderezo e mailos días en que están no local —respondeu Uxía ó tempo que collía un pano de man de papel e anotaba os datos. —Toma, xa me contarás como che foi.
— Por suposto. ¿Saímos a dar unha volta ou tes que volver ó traballo?
— Non, aínda non. Podemos dar unha volta por onde che pete.
— Imos pois.
— Imos.

Erguéronse das cadeiras, pagaron a consumición na barra e saíron do local. Colleron cara ós xardíns sen decatarse de que o home que estivera ó seu carón na cafetería, xantando tranquilamente, sacaba un teléfono móbil do seu bolso do pantalón e despois de falar brevemente por el puxérase a seguilos sen que se deran de conta.

Eran as dez da mañá cando Ricardo chegou ó polígono da Grela-Bens a recolle-la nova furgoneta que mercara a súa irmá para o negocio. Avisárannos o día anterior que a rotulaxe xa estaba feita e que podían pasar por ela.

— Bos día —dixo Ricardo entrando na nave da empresa de rotulaxe —veño pola furgoneta de García Olavide S.L.

— Veña por aquí –respondeu o encargado, un home duns trinta anos, rubio, que vestía un mono azul, mentres o guiaba ó fondo da enorme nave chea de coches e furgonetas de tódolos tamaños e cores —É esta.

Ricardo quedou un anaco mirándoa abraiado; a súa irmá toleara: sobre o negro inmaculado da furgoneta mandara escribir en letras douradas, cunha caligrafía inglesa, o nome da empresa e nunha segunda e terceira liña: *compra e venda de antigüidades, compra, venda e restauración de libros*. E o número de teléfono e mailo correo electrónico. Seguro que custaría unha morea de cartos e o negocio non ían tan ben como para andar con parvadas.

—Pódea levar cando lle pete, xa está pagado –dixo o encargado ó tempo que lle tendía un caderno. –Firme o albará de recollida e xa está.

Fixo o que dixera o encargado, abriu a porta da furgoneta e marchou de contado do polígono. Colleu a Avenida Finisterre e dirixiuse cara á Cidade Vella, onde ámbolos dous irmáns tiñan o seu negocio. O tráfico estaba imposible, non había quen o aturase. Ricardo ía pensando mentres conducía o novo vehículo como lle cambiara a vida dende dous anos atrás. Despois da aventura das Sombras deixou os estudos de Económicas e Empresariais para dedicarse a tentar saca-la carreira de Historia do Arte. Conseguiuno e especializouse no Renacemento. Logo tentara saca-las oposicións a Ensinanza Secundaria un par de veces mentres, para lograr sobrevivir, traballaba co reparto de publicidade. Non conseguiu nada positivo así que decidiu, despois de pensalo moito e duns cantos traballos mal pagados, vir a Coruña a axudar á súa irmá co seu negocio. Mentres Tareixa está a argalla-los mobles e os libros, el dedícase ó reparto da publicidade da tenda, a levar os encargos dos clientes na furgoneta e tamén a leva-la contabilidade do negocio. De feito, Ricardo, un gran afeccionado a informática, creu o programa que lles permite xestionalo.

Non pensaba dicirlle nada á súa irmá co respecto o da furgoneta, sabía como ía reaccionar: que a el tanto lle daba, que ela era a auténtica dona e que podía facer o que lle petase, que aínda que fose o seu irmá el non pintaba nada nas decisións importantes e que só tiña que facer o que lle dicían. Volvérase bastante repelente estes últimos anos, sobre todo dende a lea que tivera con Sofía e con Carla, a súa amiga veneciana, non sabía Ricardo moi ben por que, seguro que foi debido a calquera babecada. Xa estaba chegando á Dársena. O semáforo fronte a Autoridade Portuaria estaba en vermello; mirouse un anaco, o traxe tíñao todo engurrado e o cinto do pantalón estaba a apertarlle de máis. Non debería comer tantas pizzas, estábase a poñer coma un bocoi. O semáforo aínda estaba en vermello, mirouse un anaco no espello retrovisor, cada día tiña máis canas, e tampouco era tan vello, tiña trinta e sete años e non debería te-lo cabelo tan encanecido. Se cadra calquera día destes dáballe por tinguilo, seica o fixese. Alguén empezou a darlle ó bucina. Ricardo mirou cara adiante, xa cambiara o semáforo e non se decatara. Saíu a escape e case atropela a un peón que remataba de cruzar nese intre e que lle fixo un xesto coa man que Ricardo non se molestou en contestar. De contado chegou a tenda, colleu o trebello electrónico que sempre levaba no bolso da chaqueta e abriu a porta do garaxe, meteu a furgoneta e logo saía del pechando a continuación. Entrou na tenda, chea de mobles e de libros e foi cara ó fondo dela.

Tareixa estaba nunha enorme mesa de carballo traballando cun libro.

— Ola, xa a trouxen —dixo Ricardo.

— Ben, agarda un anaco —respondeu Tareixa sen levanta-la vista do que estaba a facer.

Ricardo observaba á súa irmá: da súa mesma estatura, pouco máis de 1,70, envexaba o seu cabelo negro con reflexos azuis sen ningún pelo branco, e ademais cunha figura que el xamais tería, pois el non paraba de xantar cousas que non debía e, no canto, a súa irmá ía ó ximnasio tres veces por semana e coidaba moito a súa alimentación. O traballo que estaba a facer nese intre era unha restauración da encadernación orixinal dun libro. Dábaselle ben ese tipo de traballos. De súpeto Tareixa deixou o trebello que tiña nas mans e quedou mirando o libro con cara de satisfacción, logo ergueu os seus ollos castaños, iguais cos do seu irmán, e díxolle:

— ¿Gústache?
— Si, moito.
— Refírome á furgoneta.
— Eu tamén. Está no garaxe.
— Tes que levar un encargo á rúa Nicaragua. —dixo Tareixa mentres se erguía da cadeira onde estivera sentada dende as oito da mañá e dirixíase á porta de comunicación coa parte da tenda aberta ó público. —Hai que levar este escritorio ó número 21, ó octavo piso. Ten montacargas, así que non te vas deslombar. Xa podías poñer unha roupa máis axeitada.
— Déixame en paz coa miña roupa —respondeu Ricardo empezando a alporizar. —Cambio a chaqueta e marcho de seguido.
— Como queiras. E non tardes. Necesítote aquí, teño que marchar dentro dunha hora e tes que quedar na tenda o resto da mañá. ¿Estamos?
— Estamos. Se hai algún problema chámote ó teléfono móbil. —respondeu el.
— Veña, axúdote a levalo á furgoneta e volvo co meu –dixo Tareixa.

En realidade o escritorio non era demasiado grande e tampouco pesaba moito, pero tentar sacalo daquel local cheo de mobles era un anaco complicado e necesitábanse dúas persoas para facelo de maneira axeitada. Unha das ideas que se lle ocorrera a Tareixa foi facer unha porta de comunicación da tenda co garaxe para non ter que dar tantas voltas cando desexasen carga-la furgoneta e foi por ela por onde o fixeron.

Había que recoñecer que a súa irmá, a pesar das súas rarezas, era unha grande organizadora; a furgoneta que mercara non só tiña as portas laterais corredizas senón que lle engadira unha plataforma móbil na porta traseira, desas que se utilizan nos camións, para poder subir e baixa-los mobles pesados máis facilmente. O interior, que Ricardo aínda non vira, estaba acolchado e cheo de correaxes para poder levalos artigos máis fráxiles con total seguridade. Despois de asegura-lo moble no interior da furgoneta Ricardo púxose de novo ó volante e saíu do garaxe mentres a súa irmá volvía á tenda a seguir coa restauración do libro.

¡Se soubese o seu irmán ó que se dedicaba realmente! A tenda de antigüidades ía ben pero non tanto como Ricardo imaxinaba, o que lle facía gañar a Tareixa diñeiro era a súa outra actividade: a falsificación de manuscritos e libros antigos. Evidentemente este tipo de traballo non o facía á vista de todos aínda que si no mesmo lugar. Ó garaxe entrábase pola praza, por unha porta de madeira arranxada para poder ser aberta cun trebello electrónico dende o coche, xusto fronte da porta atopábase a porta corrediza que comunicaba coa tenda e a dereita da porta de entrada había unha fiestra enreixada; o que non coñecía Ricardo era a porta que había ó fondo do garaxe, disimulada cunha fina capa que semellaba as pedras de que estaba feita a casa, e que agochaba tras ela o taller de falsificación de Tareixa. Aínda que tiña tamén unha fiestra enreixada por ela non se podía ver o interior pois estaba tapada cunha grosa táboa de madeira, suficientemente envellecida para que calquera que a observase pensase que era un baixo abandonado.

Dende o taller da tenda tiña acceso a esta habitación secreta por mor dunha librería que xiraba sobre si mesma cando Tareixa premía nun dos adornos con forma de flor que decoraban toda a parte de arriba do moble. Non traballaba nesa habitación máis que cando estaba pechada a tenda, os fins de semana, as noites e as vacacións; non podía arriscarse a que alguén, por pura casualidade, descubrise o seu segredo.

Nestes intres o que estaba a facer era o encargo dun profesor da Universidade da Coruña, pagaríalle un bo diñeiro por el e ademais era totalmente legal. Estaba tentando amañar os restos de humidade das páxinas do libro, algo que tiña difícil arranxo pero que non era imposible de conseguir. Necesitaba tempo, paciencia e concentración para levar a cabo este labor; ó profesor non lle importaba canto tardase, se non que se fixese ben o traballo e, habíao que recoñecer, Tareixa era a mellor restauradora de libros de Coruña.

Ó principio, cando estaba en Madrid e viuse metida na historia das Sombras, estaba a estudar restauración artística de mobles; alí coñeceu a Sofía Castro Souto, que se converteu na súa mellor amiga e en compañeira de aventuras. Pero despois do que tiñan vivido, non sabía porqué, deixou a restauración dos mobles para dedicarse a dos libros. Pouco a pouco foi distanciándose de Sofía e cando rematou de estudar volveu a Coruña, onde fixo un curso de encadernación artística, dedicándose, os derradeiros quince anos, a traballar tanto nese campo como na restauración de libros, ou na falsificación dos mesmos. Vivía no mesmo edificio, xusto no andar enriba da tenda. De feito era a unión de dúas vivendas completamente distintas na súa orixe. Entrábase ó edificio por unha porta xusto á esquerda da entrada da tenda de antigüidades, ó abri-lo portal había unha escaleira e a dereita desta outra porta que daba a un longo corredor exterior que rodeaba todo o edificio e ía parar a unha porta enreixada á Praza das Bárbaras.

O edificio constaba de dous andares e mailo baixo e todo el pertencía a Tareixa que o mercara ó pouco de volver á Coruña, cando a zona vella da cidade estaba tan desprestixiada que os donos das casas vendían, ás veces por catro cartos, as vivendas que foran das súas familias durante xeracións. Coa axuda da familia, que deu a entrada para a compra da casa, e dos seus traballos como restauradora, foi pouco a pouco amañando todo o seu gusto. En realidade a vivenda tiña dúas entradas: a da tenda de antigüidades e outra pasada a porta enreixada da Praza das Bárbaras, por mor dunha escaleira de pedra que chegaba xusto ata o corredor da segunda vivenda e que agora non tiña uso pois en canto Tareixa tirou o tabique de separación de ámbalas dúas vivendas decidiu condena-la porta con cachotería. Tódalas fiestras estaban enreixadas, tanto as pertencentes á tenda como as da casa e non había xeito de entrar nela non sendo pola porta principal. Case era un castelo no medio da tranquilidade da praza.

O seu dormitorio tiña unha vista magnífica da praza pois facía esquina e tiña dúas fiestras dende as que podía observar tanto o cruceiro como o convento; no chan había unha trapela agochada debaixo dunha alfombra persa, quente e mol, que mercara nunhas rebaixas hai tempo. Por esa trapela podía acceder facilmente ó seu taller secreto pois quedaba xusto debaixo. Saíndo da habitación o corredor bifurcábase: á esquerda cara á dúas habitacións ás que aínda non lles atopara utilidade , á dereita cara á cociña, unha habitación enorme que estaba comunicada co comedor por medio dunha porta corrediza. Fronte a cociña un dormitorio e a continuación deste outro máis. Pasada a cociña e o comedor estaba o baño: con bañeira de hidromasaxe e, na banda contraria, un pouco máis aló a entrada á biblioteca. Esta derradeira estancia estaba comunicada por unha banda co salón, por mor dun arco na mesma liña que a porta de entrada a esta habitación, e xusto fronte este arco había outro que comunicaba co corredor da vivenda engadida. Un pequeno labirinto que permitía a Tareixa ir dende a porta da entrada á súa habitación sen ter que pasar preto da cociña nin das habitacións do corredor. O segundo andar, aínda que arranxado e coa mesma estrutura que o primeiro, estaba baleiro de mobles e Tareixa non sabía que ía facer con el.

Se cadra era moita casa para ela pero Tareixa sentía que necesitaba espazo, que non podería volver a vivir nun sitio pequeno. O máis estraño de todo era que vivía soa e non desexaba que ninguén vivise con ela. Era unha especie de ermitá. Iso non significaba que non se relacionase coa xente.

De cando en vez saía e volvía a casa con algún home ou muller que coñecera nun pub do centro da cidade, pero non lle gustaba ter xente estraña na casa, que remexesen nas súas cousas e que tentasen controlala.

Tareixa deixou de traballar no libro, mirou o reloxo e decatouse de que xa pasaran corenta minutos dende que marchara Ricardo e que aínda non sabía nada del. ¿Tan difícil era deixar un maldito escritorio? Estaba a piques de chamalo cando creu escoitar que a porta do garaxe se abrira. Ós cinco minutos Ricardo estaba entrando pola porta da tenda, visiblemente nervioso.

— ¿Se pode saber onde te meteras? —preguntoulle Tareixa.

— Non o vas crer.

— ¿Non lle ocorrería algo o moble? ¿Non terías un accidente co novo vehículo? —seguiu dicindo mentres se erguía da cadeira e collía unha cazadora vaqueira que tiña xusto no respaldo.

— Nada diso. Pero tampouco penso que sexa nada bo o que vin.

— ¡Déixate de lerias e di xa o que che pasa! —berrou ela empezando a perde-los nervios.

— Vin a Klauss-Hassán.

— ¿O que?

— Digo que vin a Klauss-Hassán. Estaba nunha tenda de artesanía que hai preto da casa onde me mandaches.

— ¿Estás certo? —seguiu a pregunta-la súa irmá mentres comezaba a saír do seu taller. –Se cadra confundícheste.

— Sei que pasaron uns cantos anos pero xúrocho que era el. ¿Que imos facer?

— ¿A que te refires? Se cadra non é el, seica é alguén que se lle parece moito. —respondeu Tareixa tentando tranquiliza-lo seu irmá. —¿Que ía facer en Coruña? Ademais, aínda que fora certo, a nos tanto nos ten o que faga ou deixe de facer mentres non nos afecte.

— ¿E se está a buscarnos para vingarse? —preguntou Ricardo visiblemente máis nervioso que ó principio.

-¡Tes cada cousa! ¿Despois de tantos anos? Acouga un pouco, home. Veña, esquéceo. Queda ata a hora do peche, eu teño que marchar. Adeus –dixo mentres saía da tenda e deixaba o pobre Ricardo coas súas teimas, sentado detrás do mostrador, preto da porta de entrada ó seu taller. Xa falaría con el pola tarde. De calquera xeito, se tiña tempo despois de visitar ó novo cliente tentaría pasar polo sitio para comprobar se Ricardo tiña razón ou non.

Ricardo non andaba errado. Klauss-hassán, o espía turco que tanto traballo lles dera na aventura das Sombras, estaba a vivir na Coruña dende había pouco máis de dous anos. Aínda que cunhas engurras de máis na súa cara a súa aparencia era a mesma que hai quince anos: alto, co cabelo negro e a pel morena clara. Despois de lograr fuxir da vixilancia dos rapaces e dos ingleses e chegar ata a casa do seu amigo e cómplice Francesco d'alla Vitta, quedou alí uns días recuperándose e volveu ás montañas de Turquía coa súa familia. Alí seguiu a adestrar ós xoves turcos na loita corpo a corpo e ó pouco casou cunha rapaza da zona, coa que tivo cinco fillos e dúas fillas. Con corenta e cinco anos conservaba toda a súa forza, se cadra volvérase un pouco máis arteiro e o matrimonio fixérao tamén un chisco máis prudente, e seguía a ter unha tremenda influencia dentro da súa organización. Agora estaba na cidade argallando unha nova misión, ós poucos, con moita máis prudencia que cando era máis novo. Chegara con toda a súa familia e grazas ó diñeiro da organización montara unha tenda de artesanía turca nunha rúa no centro da cidade, un pouco distante do balbordo das máis comerciais. O seu fillo maior Omar, de catorce anos, axudáballe a rexenta-la tenda despois do colexio, semellaba maior pola súa altura e constitución forte herdada do seu pai. Só a súa muller sabía cal era a súa verdadeira actividade, os fillos pensaban que era un simple comerciante, traballador e amante da súa familia.

Adaptáranse moi ben a súa nova vida nun país tan afastado do seu e agora estaba a vivir unha etapa moi apracible. Se cadra apracible de máis e sabía que isto non ía durar moito.

Dende a súa tenda, mentres estaba a atender a un cliente, creu ver, nunha furgoneta que parara xusto fronte a porta, esperando que alguén pasara o paso de peóns que había un chisco máis adiante para continuar, a un dos rapaces que tanto traballo lle deran a outra vez. Dende logo xa non era un rapaz, calculaba que debía andar polos trinta e poucos, pero si que era un deles, diso non había dúbida. Viu como el quedaba mirando á tenda pero non estaba certo de se o vira ou non nin tampouco se o recoñecera. Esperaba que non. Non podía ter tan mala sorte, topar outra vez con aqueles parvos cando xusto agora ía a levar a cabo, se cadra, a derradeira misión da súa vida e desexaba comezar de novo xunto coa súa familia unha nova andaina sen máis sobresaltos, pelexas nin problemas.

Despois de marchar o cliente chegara nova mercancía á tenda e neste intre Klauss-Hassán estaba a amoreala no almacén que había ó fondo do local. Xa levaba máis de dúas horas con esta angueira e non puido decatarse de que alguén entrara na tenda a botar unha ollada no que había nela e que esa persoa era Tareixa García Olavide, unha das rapazas que coñecera anos atrás, que fixera caso ó seu irmán sobre as súas sospeitas acerca da estancia do espía turco na Coruña. Pero Tareixa non o viu a el senón ó seu fillo, que tanto se lle parecía, e de contado, pensando que o seu irmá se trabucara, saíu sen máis do local.

Estaba a rematar de coloca-la mercancía nos estantes cando Klauss-Hassán se decatou que se lle estaba a facer tarde. Tiña que marchar de contado ó aeroporto de Coruña para ir recoller un vello amigo: François Corouges-Maland. Había moitos anos que non o vía e que só se relacionara con el por carta, pero agora necesitábao de novo, só esperaba que a idade o tivese acougado un anaco. Deixou o seu fillo, que ese día non tiña colexio por mor dunhas obras urxentes que estaban a facer e que durarían unha semana, a cargo da tenda, colleu o vello Land Rover que tiña aparcado nun garaxe da beirarrúa, preto do paso de peóns, e liscou ó aeroporto. A ver se desta vez non metía a zoca como na historia das Sombras.

Mentres ía na procura do seu vello amigo, Klauss-Hassán lembrou todo o que lle contara o seu compañeiro sobre a súa vida todos estes anos. Marchou de Venecia, fora desenmascarado e tivo que marchar da cidade a fume de carozo. Volvera a Canadá, a Toronto,e durante un tempo estivo tentando introducirse en calquera das loxas masónicas do país, mesmo na *Freemasonry*, a máis antiga de Canadá, a que só se pode acceder pola invitación de dous dos seus membros. Tentaba, deste xeito, acadar certa influencia política, e, se cadra, utiliza-los seus membros para aínda medrar máis economicamente por mor das relacións acadadas nela, pero non o conseguiu; ninguén se fiaba del. Vendo que por aí non conseguiría nada hai pouco que volvera a Venecia a ocupar o seu palacio e tentando levar unha vida tranquila ata que de novo o chamou o seu vello amigo para que lle botase unha man. Klauss-Hassán, cando os seus superiores na organización lle propuxeron que volvese a utilizalo, ó principio negouse, non desexaba volver traballar con François, pero eles insistiron e non puido facer outra cousa que acata-las ordes que lle estaban a dar. Pero non pensaba que fose unha boa idea. Esperaba, polo ben de todos, que estivese equivocado e que François Corouges-Maland, ou Francesco d'alla Vitta como lle gustaba que o chamasen, non metese a zoca esta vez.

Aínda tivo que esperar case vinte minutos no aeroporto a que aterrase o avión que traía ó seu amigo pero cando por fin chegou case non o recoñeceu. Estaba moi cambiado: engordara moito, o cabelo encanecera de máis e vestía un traxe de cor azul mariño con gravata a raias. Semellaba un avogado dun importante bufete ou un executivo dunha multinacional. O único que non cambiara dende que se coñeceran eran os seus ollos escuros e o seu xeito de falar rebuscado. Pegáronse unha forte aperta e logo, despois dunha conversa intranscendente sobre a viaxe e o tempo que estaba a facer na cidade, foron a recolle-la equipaxe na cinta transportadora.

Estaban tan concentrados nas súas cousas que non se decataron da presenza dun home alto, de máis dun metro oitenta, impecablemente vestido cun traxe de seda e gravata tamén de seda, se cadra cun bandullo un pouco groso de máis e unha incipiente calvicie na súa fronte, de cabelo escuro e ondulado e coa pel morena propia de quen vai de cando en vez os solarios. Chegara no mesmo avión que Francesco, entre el e os dous amigos había media ducia de pasaxeiros, e ningún deles se decatara da súa presenza. Estaba aquí por negocios e o seu nome era Luís Barros Sánchez, era un dos socios dun importante bufete de Madrid, Baker & McKenzie, e hai quince anos vivira, xunto cos seus amigos Tareixa García Olavide, o seu irmán Ricardo, Sofía Castro Souto e Carla Monte-Ollivellachio, unha perigosa e emocionante aventura. Despois daquilo rematara Dereito e Empresariais e logo foi a Estados Unidos a facer un máster. A súa volta conseguiu traballo na empresa na que, recentemente, o volveran ascender e casou coa filla dun dos socios. Pai de dous fillos vive nun impresionante e amplo ático no barrio de Salamanca, en Madrid. Nestes momentos, no que está xa a recoller a elegante maleta de pel vermella, está a pensar como conseguir que o avogado que tanto traballo lles deu no caso da compra do edificio do antigo Cine Avenida da cidade da Coruña pase a traballar para eles.

Perdera todo o contacto cos seus amigos salvo con Sofía, da que sabía que fora a vivir a un pobo preto de Coruña e a que, se cadra, tería tempo de visitar despois de facer o que tiña previsto en Coruña. Púxose na quenda de espera dos taxis, non tiña presa, ata o día seguinte non tiña a cita co avogado, xantaría algo no Hotel Atlántico, que era onde ía permanecer mentres estivese na cidade, e logo subiría á súa habitación a descansar. Non daba aturado as viaxes no avión, deixábano baldado. Só quedaba dúas persoas diante del cando viu pasar un Land Rover fronte del tan a modo que puido ver perfectamente a ámbolos dous ocupantes do vehículo. Facíanselle coñecidos. Sobre todo o condutor pero non daba localizado por que. Tanto daba. Xa o lembraría. Nese intre un taxi parou diante súa, colleu a maleta, deulla ó taxista, que a meteu no maleteiro, e marchou cara á Coruña. Deu o enderezo do hotel e arrincaron de contado. Luís púxose a pensar nos homes do Land Rover. ¿Por que lle resultaban tan familiares?

Mentres Luís xantaba no restaurante do Hotel Atlántico o menú degustación, pois a forma de conducir do taxista revolvéralle o estómago pero algo tiña que meter ó corpo porque non tomara nada dende o almorzo na súa casa ás seis da mañá, tentaba lembrar de que coñecía ó home que vira conducindo o Land Rover. Nada, no había xeito. Non o daba situado. Como seguise teimando niso ía empezar a doerlle a cabeza. Desistiu. Xa o lembraría cando menos o esperase.; de tódolos xeitos, algo no seu interior estaba a dicirlle que era importante que o lembrase canto antes. ¡Serían os nervios da viaxe! O avión sempre conseguía desacougalo, e mira que levaba anos voando de aquí para aló por mor dos negocios da empresa, pero non había xeito, non remataba de acostumarse. Cando xa considerou que estaba satisfeito pediu un café, e logo subiu á súa habitación a deitarse un anaco. Estaba totalmente desfeito.

Aínda que durmiu case dúas horas, o que normalmente endexamais ocorría, espertou coa sensación de non haber descansado o suficiente, ou seica coa impresión de que soñara algo que aínda o desacougara máis do que xa estaba antes de bota-la soneca. Pero non lembraba o sono, case nunca os lembraba. Eran preto das cinco da tarde, prestáballe dar unha volta pola cidade; duchou e lavou o cabelo co xampú especial contra a caída do cabelo e logo elixiu da súa maleta un pantalón vaqueiro, unha camiseta vermella e máis unha cazadora tamén vaqueira, puxo uns calcetíns de deporte e calzou unha zapatillas marca Adidas brancas. Mirou no espello do armario e decidiu que tiña que disimular aquel bandullo dalgún xeito, se cadra abotoando un pouco a cazadora. Así estaba moito mellor. Xa podía ir dar unha volta por aquela cidade á que non volvera dende hai quince anos. Polo pouco que puido ver mentres estaba no taxi cambiara bastante. Agora, desexaba ir á praia e ver se lembraba onde atoparon ó kurdo morto. ¿Aínda estaría a sombra debuxada no muro?

Baixou no ascensor e deixou a chave en recepción, cando saíu decatouse de que non ía tanta viruxe como pensara e sacou a cazadora, comezou camiñar cara á Dársena, logo cruzou a rúa ata chegar a rúa Real e ó edificio onde antes se atopaba o cine París, meteuse pola rúa dos viños, foi parar á Estreita de San Andrés, seguiu pola rúa do Orzán e por fin, despois de meterse pola rúa do Sol puido ve-la praia do Orzán. Dende ela puido observar o novo edificio que había no canto das ruínas do matadoiro: un hotel de cinco estrelas. Tiña graza: no mesmo sitio onde hai quince anos durmían algúns mendigos de Coruña serviu para facer un hotel onde durmían os ricos que non eran da cidade. Logo comezou a camiñar polo paseo marítimo contra a praia de Riazor. Moito cambiara todo aquilo. As barcas, por suposto, xa non estaban; nin tampouco a casa onde tiveran presa a María do Mar. ¡As voltas que da a vida! ¿Botaba de menos aqueles tempos? ía pensando Luís mentres seguía o seu camiñar cara ás Escravas. Se cadra un chisco: sobre todo o compañeirismo que había entre eles. A aventura estivo ben pero non era como para repetir, polo menos dende o seu punto de vista. Seguiu camiñando un pouco máis, ata a pequena praia que había un pouco máis aló do colexio de monxas e logo deu a volta. Iría a tomar un par de viños e ver como andaba o ambiente festeiro da cidade.

Moitos dos bares que había nos oitenta desapareceran, apareceran outros novos, e moitos locais que estaban antes ateigados de xente xantando e comendo agora tamén o estaban pero o que facían era mercar roupa ou zapatos. Mágoa. Viu un bastante tranquilo a aquelas horas, pouco máis das sete da tarde, chamábase *O mesonciño galaico*, fíxolle graza o nome e entrou nel. Un local pequeno cun camareiro moi simpático e unhas tapas ben curiosas. Pediu un ribeiro e unha *mariposa*, bebeu un grolo do viño, colleu o teléfono móbil e buscou o número de Sofía. Non contestaba, esperou un anaco e cando xa estaba pensando en corta-la comunicación escoitou a voz da súa amiga ó outro lado da liña.

— ¿Luís? ¿Como é que chamas?
— ¿Logo estás ocupada? –respondeu.
— Non. Pero me estraña, despois de tanto tempo. ¿Ocorre algo?
— Estou en Coruña. Por negocios. Gustaríame verte.
— ¡Pois claro! ¿Non perdería-lo enderezo? Tanto ten, déixao, xa che irei buscar eu. Ti so tes que avisar cando vés.¿Seguro que vés?
— Si, si, en canto remate o que teño que facer aquí. Teño unha semana pagada no hotel, se remato axiña co que me trouxo aquí irei un día a visitarte.
— Espero que si, porque teño un par de sorpresas para ti.
— ¿Que é?
— Xa o verás, así seguro que te das présa en rematar o que sexa que tes que facer. Alédome moito de que te lembraras de min. Agora teño que colgar. Chama axiña.
— Chamarei. Ata logo.
— Ata logo.

Esta muller non cambiaría nunca, sempre con présas e con misterios. Case non se decatara pero o camareiro puxera o televisor e estaban cun deses programas de noticias locais. De súpeto decatouse de que estaban, tanto o presentador como o resto dos entrevistados, a falar en galego. Con todos estes anos de vivir en Madrid tiña o idioma un pouco enferruxado pero puxérase ó día en poucas semanas antes de facer esta viaxe, non sabía se o avogado co que se ía entrevistar falaba galego ou castelán e desexaba, se falaba o primeiro idioma, non parecer desprezativo falando el en castelán ou un mal galego. Despois de xanta-la tapa e bebe-lo viño, pediu outra rolda máis. Como non había ninguén máis no bar estivo un bo anaco falando co camareiro, ó pouco apareceron os clientes habituais do local e case sen decatarse viuse mergullado nunha conversa sobre as parvadas que ás veces fan os concellos. Case unha hora tirou no bar, mirou o reloxo, as oito. Empezaba a notar o cansazo, a soneca que botara despois do xantar non lle prestara moito e desexaba deitarse cedo. Foi contra a Praza de María Pita, estivo un anaco dando voltas pola parte vella, achegouse ata os canóns que había no Parrote e logo marchou ó hotel. Estaba desfeito. Subiu un anaco á súa habitación, sacou a roupa da maleta, meteuna no armario, aseouse un pouco e baixou ó restaurante a cear. Non tiña moita fame despois das tapas así que pediu unha sopa de fideos e máis unha tortilla francesa con anaquiños de xamón cocido e despois volveu á habitación. Duchou de novo, esta vez coa auga ben quente e cun gorriño de plástico para non mollar o pelo, tiña unha pinta ridícula, logo vestiu un pixama de cor azul escuro, puxo ó espertador para as oito, colleu un libro en galego, da media ducia que trouxo no bolso de man, *As crónicas do sochantre*, e deitouse a ler un anaco. Ás dez e media estaba durmindo.

Cando espertou, ás oito en punto, fíxoo totalmente fortalecido. Sentáralle de marabilla durmir tanto. Quedara co avogado ás dez no seu despacho, nunha rúa do centro da cidade. Chegou xusto á hora, estiveron falando un anaco e Luís falou da proposición do seu bufete para que traballara con eles. Ás once xa estaba fóra. O avogado coruñés tiña que pensalo, quedou en chamalo en dous ou tres días para darlle unha resposta en firme. Ese tempo aproveitaríao Luís para ir visitar á súa amiga Sofía e facer un pouco de turismo polos arredores de Coruña. Máis que unha viaxe de negocios semellaban unhas pequenas vacacións. A verdade é que as merecía, traballara moito este derradeiro ano para o bufete e fixéralle gañar unha morea de cartos. Volveu ó hotel a cambiar de roupa; estaría máis cómodo paseando pola cidade cos pantalóns vaqueiros. Nunca lle gustaran demasiado os traxes pero co seu traballo non tiña outra que utilizalos acotío, en canto podía trocábalos por roupa máis cómoda. Decidiu ir a Betanzos a pasear pola zona vella e se cadra facer algunhas fotos; a súa filla maior agasalláralle cunha cámara dixital, non tiña que molestarse en facer nada, só darlle ó disparador, as fotos sairían soas. Iso foi o que lle dixo Adriana cando lla deu. En recepción pediu información sobre os autobuses cara a Betanzos e logo colleu un taxi ata a estación de autobuses.

Non cambiara un chisco dende a derradeira vez que estivera alí, cando estaban a seguir a Klauss Hassán, pensou mentres estaba na parte baixa da estación esperando ó autobús. ¡Pois claro que se lle fixo coñecida a cara do condutor, era Klauss Hassán! ¿Que facía de novo en Coruña? Luís empezou a poñerse nervioso. E, por suposto, esqueceu os seus plans de viaxe e perdeu o autobús. Tiña que chamar a Sofía e dicirllo. Ela sabería que facer.

2. A xuntanza

Luís, en canto saíu da estación de autobuses, chamou a Sofía. Estaba libre durante uns días e tiña moitas ganas de vela. Sofía quedou en pasalo a recoller de contado, se non tiña ningunha outra cousa que facer. A Luís pareceulle ben e púxose a camiñar cara o lugar de encontro: no cruce da Avenida Finisterre coa Glorieta da Ronda de Outeiro, mesmo onde empezaba o polígono da Grela-Bens. Cando Luís chegou alí, Sofía xa estaba esperándoo de pé xunto a un vello Land Rover.

— ¡Miña nai! Mira que estás cambiada, case non che recoñezo –dixo Luís mentres lle daba unha aperta á súa vella amiga.

Sofía riu. A verdade é que tiña razón: hai anos que tinguira o cabelo de vermello e que decidira levalo ben curto; ademais fortalecérase co traballo ó aire libre e tiña unha morea de eivas na cara por mor do sol.

— Pois ti non cambiaches nadiña, non sendo por ese bandullo. –respondeu ela mentres abría a porta do coche. –¿E como ti por aquí? Facíate casado, con fillos e un bo traballo.

— E así é –respondeu Luís acomodándose no asento do copiloto e poñendo o cinto de seguridade. –A empresa mandoume a facer unhas xestións para o bufete. Teño que esperar un par de días, xa cho dixen cando te chamei, e pensei que era un bo momento para facer unha visita á miña antiga compañeira de piso.

— E pensaches ben –respondeu Sofía arrincando o coche e collendo dirección a Arteixo.

Mentres Sofía manobraba co coche na tolería da circulación da estrada que os levaría ata onde vivía a restauradora de arte non dixeron ren. Logo, o pouco, Sofía, despois de adiantar a un camión con porcos, volveu falar.

— Vas levar unha boa sorpresa cando chegues ó pobo.

— Aínda non o podo crer, conseguíchelo. Cando, hai anos, contáchesmo nunha carta, pensei *esta Sofía éche o demo*: un pobo sen coches.

— Pois si, logrei atopar unha morea de xente que pensaba coma min e mercámo-lo pobo entre todos. A verdade é que era unha empresa moi arriscada, sobre todo porque a meirande parte non nos coñecíamos. Pero o anuncio do periódico atraeu a moita xente e despois dunha criba logramos xuntarnos case quince persoas das máis variadas profesións. Hai escritores, pintores, albaneis, un par de arquitectos, un carpinteiro, informáticos. A cousa éche moi variada. Logo foron vindo máis coas mesmas ideas. Non che é unha comunidade idílica, non penses, temos as nosas diferenzas, pero no esencial estamos todos de acordo: nin coches, nin motos. Os únicos vehículos aceptados son os tractores e algunha maquinaria para traballa-la terra, pero eses están sempre nas leiras, no pobo, o que poderíamos chama-lo casco urbano non hai ningún. Mesmo hai un agricultor que traballa a terra como hai máis dun século: cun arado romano tirado por un boi.

— Pero ti viñeches a buscarme nun coche.

— Si, pero xa verás, non entrará no pobo. Non penso contarte máis, xa o verás cando cheguemos.

A viaxe ata o pobo foi moi curto. O nome do pobo era *O Moucho* e había xa moitos anos que a xente liscara del cando Sofía pensou en mercalo para instituír aquela comunidade tan especial. Tardaron bastante en localizar a tódolos propietarios das casas e case no tiveron problemas para convencelos de venderllas, as vivendas estaban a estragar e caer de puro vellas e que uns cantos tolos de cidade decidisen volver a habitalas... se pagaban ben por elas ós propietarios tanto lles daba. Alí tiñan tódolos servizos: tenda de comestibles, unha gardería, teléfono e internet, rúas limpas, un par de bares, un local comunitario e mesmo un club de cine

A estrada que levaba ata *O Moucho* era comarcal e acababan de arranxala e non tiveron ningún problema para acceder ó pobo. O que máis chamou a atención a Luís foi un par de grandes construcións de pedra, sen fiestras, e cunhas portas ben grandes de madeira, que había mesmo na entrada e preguntou a Sofía por elas.

— Iso é o que nos axuda a que non haxa coches na poboación. –dixo mentres se achegaba á vivenda da esquerda, onde, nunha táboa enriba da porta, poñía: *Deixa aquí o teu vehículo.*

Cando apenas estaban a catro metros da porta Sofía colleu un trebello que tiña preto da panca de cambios e premeu un botón vermello, a porta abriu e Sofía meteu o Land Rover naquela construción. Ó tempo que o coche entraba pola enorme porta o local iluminouse e Luís puido ver que aquilo en realidade era un garaxe onde, nese intre, se encontraban amoreados en perfecto orde unha chea de vehículos de tódalas marcas e cores.

— ¡Arre demo! –exclamou Luís –así que en realidade si tedes coches.

— Ter, temos. Ten en conta que hai cousas que debemos mercar fóra do pobo e hai que chegar ata Arteixo ou a Coruña para conseguilas, e ata aquí non chegan os autobuses. Pero ningún coche pasa deste límite. A pechadura, argallada por un dos habitantes é moi segura e todos temos un trebello coma este para poder acceder ó garaxe. –explicou Sofía mentres acababa de aparca-lo coche, apagaba o motor e sacaba o cinto de seguridade. –Agora vou mostrarte a outra construción.

Luís estaba totalmente abraiado. Baixaron do coche, saíron do garaxe e Sofía pechou a porta premendo o botón verde, do trebello que collera anteriormente, para pecha-la porta. De seguido cruzaron o camiño e foron ata a construción que se atopaba fronte o garaxe. Case do mesmo tamaño pero un chisco máis alta tiña, do mesmo xeito cá outra, unha táboa enriba da súa porta na que poñía: *Colle aquí o teu vehículo.* Desta vez Sofía non utilizou ningún trebello electrónico para abrila se non que ergueu un pau que había atravesado na porta que, desta vez, era un chisco máis ancha que a porta do garaxe.

Neste lugar non había luz eléctrica, unhas fiestras estreitas case no límite do teito deixaban pasa-la luz do exterior e uns farois pendurados dunha corda na mesma entrada, para que quen o desexase os collese, eran toda a iluminación que había. Sofía esperou un anaco a que Luís se acostumase a aquela penumbra e cando o seu amigo o fixo, descubriu, como supoñía, a súa cara de abraio.

— ¡É unha cadra!

— Exacto. Aquí temos cabalos, mulas, asnos e vehículos de rodas por tracción animal. Só deste xeito se pode entrar no pobo, ou camiñando. Está prohibido calquera outro vehículo. Ven cara aquí –dixo Sofía mentres collía un dos farois e o prendía premendo un botón que había na súa base e se poñía a camiñar cara á dereita da porta de entrada das cadras. — Aquí temos alforxas. Cando ves da cidade de mercar cousas, colles unha delas, poñelas a un dos asnos enriba e carga-la alforxa co que sexa; se a cousas é moi grande, colles un deses carros e un cabalo ou unha mula. ¿Que che parece?

— ¡É abraiante! ¿E nunca tivestes problemas?

— Endexamais. A miña casa non queda lonxe, ¿queres que collamos algún animal ou prefires ir camiñando?

— Penso que camiñando –respondeu Luís –hai tanto que non monto a cabalo que non sei se lembraría como se fai.

— Entón imos.

Sofía apagou o farol, deixouno pendurando xuntos os outros, pechou a porta co madeiro e entraron no pobo. Tiveron que andar aínda preto de trinta metros antes de empezar a ve-la primeira vivenda. Todo eran casas de pedra, coas fiestras novas e cada unha delas tiña un pequeno espazo verde detrás: algúns utilizábano para argallar unha pequena horta, outros preferían mercar esas cousas na tenda que había ó final da rúa, case fronte á gardaría, e nese espazo tiñan mobles de xardín ou xoguetes para nenos. O pobo consistía nunhas vinte casas distribuídas de xeito irregular a ámbolos lados da estrada, e algunha máis un pouco máis apartada cara ás leiras, que estaban na parte dereita do pobo, segundo se entraba nel. Na parte dereita, ó final da estrada, estaba a gardería e seguindo o camiño, un pouco apartada, á esquerda, unha ermida do século XIII, restaurada recentemente polos seus habitantes. Xusto o seu carón unha construción nova, feita de granito, albergaba o local comunitario, que era tamén onde estaba o club de cine.

Os bares, un deles fronte a tenda de comestibles e o carón da gardería e o outro case ó principio do pobo, eran moi acolledores, cunha grande barra de madeira ben puída e, no canto da horta, cun sitio axeitado na parte de atrás para sentar no verán a tomar as consumicións mentres se gozaba da paisaxe das leiras ben coidadas e dun fermoso monte ó fondo. O pobo estaba rodeado por unha fraga, chea de camiños rurais e corredoiras por onde se podía pasear ou facer rutas a cabalo. *O Moucho* era o derradeiro pobo do monte e tiña unha morea de terreo comunitario por onde estaba prohibido a circulación dos coches; mesmo, nun alarde de cooperación, os gardas do bosque tamén ían en mulas o de a cabalo a vixia-lo monte. A Luís parecíalle incrible que un lugar así existise a tan poucos quilómetros de Arteixo. Realmente era abraiante.

— ¿Gústache? –preguntou Sofía.

— Moito. ¿E pode vi-la xente a visitarvos?

— Pois claro, sempre que se cumpran as normas básicas de funcionamento todos son benvidos. De feito, estamos pensando en construír un pequeno hotel, axeitado co contorno por suposto, para a xente que desexe pasar connosco unha tempada ou uns días. Na miña casa teño neste intre un par de hóspedes. Imos aló.

Puxémonos de novo a camiñar cara ó principio do pobo, a casa de Sofía era a primeira á esquerda segundo se entraba no Moucho. De pedra, como todas, tiña un andar baixo e máis outro baixo teito. Entrábase nela por unha porta de madeira moi enxebre, destas que están partidas pola súa metade ó ancho. Á dereita do pequeno vestíbulo estaba a cociña con tódolos adiantos modernos e máis unha lareira, fronte a ela estaba o salón, decorado de xeito rural con mobles de castaño e cun equipo de televisión moderno e non demasiado grande. Seguido do salón, xusto co arrinque da escaleira estaba a biblioteca e, a continuación, o dormitorio de Sofía. Pola outra banda, atravesando o corredoiro, estaba o taller de restauración de mobles que estaba comunicado co almacén onde Sofía amoreaba os mobles xa arranxados e os que estaban a espera-la súa quenda por mor dunha porta corrediza e fronte ela outra porta que daba á parte de atrás da casa, onde había un xardín con flores e maceiras, nogueiras, ameixeiras, limoeiros e un par de carballos ben fermosos, debaixo dos cales había un par de mesas de pedra.

De súpeto empezou a soar unha música ben fermosa provinte do andar de arriba.

— ¿E logo de onde ven esa música? –preguntou Luís que non vira en ningunha das habitacións nada que puidera producila.

— Na parte de arriba, xa debaixo do tellado, hai máis habitacións, e neste intre teño a dúas persoas invitadas. ¿Queres velas?

— Non sei. ¿Non estaremos a molestar? –respondeu Luís, non moi convencido de desexar ver xente nova, e máis se non era coñecida.

— Eu penso que non. Ven.

Subiron pola escaleira de madeira, a cal tiña unha varanda do mesmo material, ata chegar ó faiado que estaba dividido en habitacións do mesmo xeito que o andar baixo. Foron directamente á estancia que se atopaba no medio, na parte dereita da escaleira, petou Sofía na porta, a música baixou de volume e Luís puido escoitar uns pasos que se achegaban, cando a porta se abriu Luís deixou escapar un berro de alegría.

— ¡Carla! ¡Xurxo! ¡Non o podo crer! –exclamou ó tempo que se achegaba ós seus vellos amigos e lles daba unha aperta emocionado. –¡Mira que es argalleira! ¡Non dicirme nada!

— Desexaba ver como reaccionabas ó velos –respondeu Sofía. –Ademais eu quería dicircho pero eles, cando chamaches o outro día, estaban diante cando recollín a chamada, fixéronme sinais de que non dixese nada e calei.

— ¿Que facedes aquí? ¿Que foi da vosa vida? –preguntou Luís mentres entraba na estancia e se acomodaba entre Carla e Xurxo, nun enorme sofá que había á dereita da porta.

— Facendo unha visita a Sofía. De cando en vez nos xuntamos aquí ou na miña casa, en Venecia –respondeu Carla quen se deixara crece-lo seu cabelo louro e agora o levaba en dúas trenzas.

Luís quedou un intre observando á súa amiga: sempre lle gustaran os seus ollos verdes con aquelas longas e espesas pestanas. Neste momento vestía un pantalón curto de cor azul escuro, que deixaba ver unhas longas e fortes pernas morenas, e unhas sandalias.

— ¿Segues en Venecia?

— Pois claro. Aínda que nunha época estiven máis de aquí para alá que na miña casa, por mor dos estudos, pero sigo alí, afondando na historia da miña familia e cos meus estudos de alquimia, coa axuda do meu parente do século XVI Pietro Francesco, o cal vexo, como xa sabes, coa axuda das sombras.

— ¿Non che apetecería volver a Venecia? –interrompeu Sofía.

— ¡Home, si! Pero agora non teño tempo de abondo.

— Tes todo o que queiras, podemos marchar cando desexemos. –dixo Sofía. –Se queres agora mesmo.

— ¿E logo como?

— Sofía debuxou unha sombra aquí mesmo. ¿Queres vela? –interveu Xurxo. –Eu veño de cando en vez por ela.

— ¡Déixache de sombras, xa tiven de abondo hai anos! A propósito, hai algo que teño que contarvos e que me ten preocupado dende que te chamei esta mañá.

— ¿Que é?

— Vin a Klauss-Hassán en Coruña.

— ¿Estás seguro? –preguntou Sofía mentres se movía inqueda no sofá e botaba unha mirada a Xurxo que se puxera branco como o papel segundo escoitou o nome do espía turco.

Luís, de seguido, pasou a contar como chegara a Coruña en avión e como viu dúas caras coñecidas pasar nun Land Rover mentres estaba a esperar un taxi que o levara á cidade e como, cando ía coller un autobús para viaxar ata Betanzos, de súpeto dérase de conta de que a persoa que vira no aeroporto era o espía turco que tanto traballo lles dera no pasado.

— O outro sería Francesco d'alla Vitta. –dixo Xurxo.

— Non o sei, podería ser. Quen conducía o coche estou certo que era Klauss-Hassán.

— Seguro que está a argallar algo de novo –interveu Carla. -¿Que imos facer?

— Nada. –respondeu Sofía. –Aínda que estou segura do que di Luís, non podemos facer ren. Non nos incumbe. Non estamos en perigo. Non sabemos que fixese nada ilegal. Non podemos facer nada. ¡Veña! Esquezamos a ese par de vergalláns e vaiamos a dar unha volta polo monte antes do xantar. Xurxo, ti tes roupa que poder deixar a Luís, ¿non, si?

— Teño, ven comigo.

Ámbolos dous amigos erguéronse do sofá e saíron da estancia cara á habitación de Xurxo que estaba xusto á esquerda segundo se saía pola porta. Sofía tiña moito gusto decorando e argallara unha estancia cómoda nesa parte do faiado. A habitación, do mesmo xeito que a de Carla, na que estiveran ata ese momento, estaba alumeada por mor dunha claraboia na parte oposta á porta. Na estancia había un sofá que se convertía en cama, grande e mol, unha mesa cun ordenador e unha cadeira, uns estantes con libros e máis un armario para a roupa. As paredes estaban decoradas con fotografías dos arredores do pobo e o solo de madeira estaba cuberto de alfombras de vivos cores. Xurxo abriu o armario e cun xesto invitou a Luís a escoller a roupa que lle petase.

— Volviches a Universidade, ¿non? –dixo Luís mentres remexía entre os pantalóns do armario.

— Si. E sigo niso. Agora collín unhas pequenas vacacións e decidín vir aquí a visitar a Sofía. De cando en vez aparezo por Coruña e percorro a cidade lembrando a miña antiga vida. Ti estás nun bufete de Madrid.

— Si. En Baker & McKenzie –respondeu Luís mentres collía uns pantalóns vaqueiros semellantes ós que levaba postos.

— ¿De verdade? Aí tamén traballa a miña irmá. Se cadra a coñeces: Uxía Lerma.

— Claro que a coñezo, pois, mira que son parvo, non a relacionara contigo. –respondeu Luís mentres se cambiaba de pantalóns. –Éche moi boa rapaza, responsable e traballadora. Ben, xa está.

— Pon tamén unha camiseta, non vas a estragar esa que levas. –dixo Xurxo observando a que levaba posta Luís, deportiva pero de calidade.

— Sí. Tés razón –respondeu o seu amigo mentres remexía nos caixóns do armario ata que atopou unha de cor azul escuro e a cambiou pola súa. –Xa estou listo, podemos marchar.

— ¿Non pensarás ir con esas zapatillas deportivas? –preguntou Xurxo mirando para o inmaculado e branco calzado de Luís.

— Iso tanto ten, non te preocupes. Imos logo a dar esa volta polo monte.

Ámbolos dous amigos saíron da habitación cara a onde estaban Sofía e máis Carla que, nese momento estaban nunha animada conversa en italiano.

— ¿E logo sabes italiano? –preguntou Luís abraiado a Sofía.

— Aprendeumo Carla, con todos estes anos que nos estivemos vendo tiven tempo de aprendelo de abondo. ¿Imos logo?

— Veña –respondeu Luís.

A fraga que rodeaba o pobo estaba chea de corredoiras e sendeiros de todo tipo e Luís, tanto tempo acostumado á paisaxe de aciñeiras, romeu, xaras e tomiño da serra de Madrid, pensou que aquilo non era un monte senón unha selva.

Alí se mesturaban os castiñeiros cos fentos, carballos, freixos, bidueiros piñeiros e loureiros, coas silveiras e mailos toxos. Estábase a arrepentir de non haber cambiado de calzado, pero xa non había volta. Carla e máis Sofía ían diante, seguían a falar en italiano; Luís, aínda que non coñecía moi ben o italiano, notaba algo raro no xeito de falar de ámbalas dúas amigas, se cadra Carla aprenderalle algún dialecto. Xurxo e máis el ían case catro metros detrás delas xa que Luís non podía ir tan apresa como desexaba por mor do terreo irregular por onde estaban a camiñar, o seu amigo estáballe a falar da súa vida na Universidade.

— ¿Ti non casaches? –preguntou Luís ó tempo que tentaba non pisar unha gran bosta de vaca que había no medio da corredoira.

— Non. ¿E quen me ía aturar?

— Non digas parvadas. Falando doutra cousa. ¿Que sabedes do comisario Soler?

— Pois dende aquela que non volvemos velo, se cadra segue en Madrid. ¿Ti non o viches por alí?

— Aquilo éche ben grande –respondeu Luís mentres poñía un pé nunha pedra para non pisa-lo barro que había nesa parte da corredoira por mor dunha pequena fonte que xurdía dende unha roca, á beira do camiño. –Ás veces atopas xente que hai anos que non ves pero é moi difícil; ademais el traballa polo centro e eu estou na parte norte da cidade, e case non saio de aí. Pero non che preocupes que hei pescuda-lo seu paradoiro e heicho dicir. ¿Sofía, onde nos levas? ¿Queda moito?

— Estes rapaces de cidade é quen non ten aguante ningún. ¿Verdade? –dixo Sofía dirixíndose a Carla.

— Éche ben certo –respondeu a súa amiga que camiñaba tan lixeiro como ela e non lle estaba a importar ir en pantalón curto e esnaquiza-las súas pernas coas silveiras e mailos toxos.

— Non tardaremos moito máis, estamos a piques de chegar. Xa o verás. É un lugar ben bonito.

— Se ti o dis –respondeu o pobre Luís que se estaba arrepentindo de ter vido a visitala, non porque lle amolase a súa compañía senón porque xa perdera o costume de andar facendo o parvo polos camiños rurais e estaba empezando a cansar e non desexaba recoñecelo diante dos seus amigos.

— ¿E tampouco sabedes nada de María do Mar e máis de Steven? –preguntou Luís ó tempo que evitaba pisar un limaco negro e ben gordo que cruzaba nese intre diante del.

— Casaron. –respondeu Xurxo.

— Era visto. ¿Onde están a vivir?

— Foron vivir a Inglaterra, de feito preto de onde segue a estar o xefe de Steven, Williams, no condado de Sussex. Viven no campo, nunha casiña con horta. Teñen un fillo de doce anos, que se chama igual que o seu pai. María do Mar anda a traballar na casa, na horta, atende ó seu marido e ó seu fillo e escribe.

— ¿E que escribe?

— Novelas de espías. Cando rematou a aventura das sombras casaron e logo, pasado o tempo, María do Mar sentiu que botaba de menos a emoción da aventura e das persecucións e púxose a escribir. Non o fai mal e ten publicada algunha que outra novela. Na derradeira carta que recibiu dela Carla dicíalle que, seica, escribiría o que nos pasou hai anos. ¿A ti impórtache que o faga?

— ¿A min? Non. Pero xa son ganas de lembrar toda aquela lea. ¿E Steven?

— Pois segue no servizo pero non tan activo, de cando en vez encárganlle algunha misión para que sexa el quen a leve a cabo directamente. Polo xeral está a aprender ós novos axentes como deben comportarse e actuar e ten un equipo propio ás súas ordes.

— ¿Que pasou con Tareixa e con Ricardo?

— Podes velos en Coruña. Tareixa ten unha tenda de antigüidades na Cidade Vella, preto da praza das Bárbaras. Atopeina por casualidade unha das veces que vin a Coruña mentres paseaba pola zona. Sei que hai anos que non fala con Carla nin con Sofía pero non sei a razón. Ningunha delas solta prenda. Pero debeu ocorrer algo moi gordo entre elas porque senón non se entende.

— Se cadra mañá vou ata alá a facerlles unha visita. Teño moitas ganas de velos e saber como lles foi.

— ¡Xa chegamos! –berrou Sofía cara atrás dende o final do camiño.

Xurxo e Luís apuraron o paso, o primeiro xa sabía o que Sofía tentaba amosar a Luís pero non dixo ren. A costa era un pouco empinada e a Luís, menos afeito a estes mesteres de pasear polo campo galego, custoulle un pouco chegar ó final pero cando o fixo quedou abraiado: xusto fronte del había un arroio e na mesma beira de onde estaban un muíño; víase unha moreda de pedras ó seu carón e dentro del algunhas ferramentas e máis madeira.

— ¿Éche fermoso, verdade? Pois imaxina cando rematemos de restauralo e poidamos poñelo de novo en funcionamento. –dixo Sofía.

— Si que o é, fermosísimo.

— Pensamos dedicar parte das leiras a cultivar millo e traelo aquí para facer fariña; aínda queda moito ata que rematemos de poñelo a punto, pero todos estamos moi ilusionados.

Sofía ensinoulle a Luís o interior do muíño e logo estiveron un anaco dando voltas polas corredoiras próximas a el e tamén cruzaron o arroio por unha pequena ponte de pedra case un quilómetro río arriba e que tamén restauraran os habitantes de *O Moucho*. Despois de amosarlle a Luís a marxe do río oposta á do camiño por onde viñeran e as covas próximas, onde na Guerra Civil se agocharan moitos fuxidos, decidiron que xa era tempo de volver á casa para prepara-lo xantar.

Luís, pouco acostumado a estas camiñadas, estaba canso pero tamén famento, así que cando por fin a comida estivo disposta na enorme mesa da cociña Luís comeu como se tivese quince anos.

— O polo estaba incrible. Penso que endexamais probara un polo asado coma este. ¿Como o fixeches? –preguntou Luís mentres botaba un grolo do seu vaso de viño. –E o viño tamén.

— Non ten nada que ver como o cociñei, este polo criámolos aquí., na casiña que hai trala gardería, ten un espazo axeitado para que os animais estean ceibes e xantan millo e outras cousas feitas por nós mesmos. Os que non damos consumido vendémolo na feira semanal que hai en Arteixo. Tamén estamos abastecidos de ovos e de verduras. E xa estamos a pensar en mercar unhas cantas vacas leiteiras para non ter que merca-lo leite. Hai dez anos tivemos un par delas pero enfermaron e tivemos que sacrificalas. E unha boa vaca leiteira custa os seus bos cartos. Procuramos ser autosuficientes e non depender das tendas que hai noutras poboacións próximas. Ás veces non tes escolla pero se podemos facelo nosoutros mesmos, mellor.

— ¿E hoxe non hai sobremesa? –preguntou Carla apartando o seu prato cara ó centro da mesa.

— Non vai haber. Fíxoa Xurxo onte pola noite.

— ¿Logo ti sabes cociñar? –preguntou Luís.

— ¿E ti non? –respondeu o seu amigo o científico.

— A Luís pídelle un par de ovos fritidos e pouco máis –engadiu Sofía mirando ó seu antigo compañeiro de piso -¿Non é verdade? Polo menos hai quince anos en Madrid érache así.

— Pois sego nas mesmas. Xantar si me gusta pero meterme na cociña... ¿E que hai entón de sobremesa?

— Unhas chulas de pan con leite cocida con canela e máis limón.-dixo Xurxo mentres se erguía da súa cadeira e ía cara á cociña e apartaba do fogo unha tarteira grande.
— ¡Chulas! Hai anos que non as tomo. ¡Encántanme!
— Xa cho dixen –engadiu Sofía mirando a Xurxo.

Estiveron case unha hora coa sobremesa e logo, despois dun xantar tan copioso, decidiron botar unha soneca e subiron ó primeiro andar onde, aparte das habitacións que xa vira Luís pola mañá, había outra estancia máis, fronte á que estaba a ocupar Xurxo, e que era un pequeno salón onde Sofía metera un sofá que cando cumpría se podía converter en cama e, para abraio de Luís, xusto ó seu carón Sofía tiña instalada unha sala de esgrima, con dúas pistas electrificadas e unha morea de espadas, tanto deportivas como de esgrima medieval, floretes e sables.

— ¿E logo como che deu pola esgrima? –preguntou Luís admirando a sala e maila disposición das armas nas paredes e os armarios onde a súa amiga gardaba os traxes, caretas e zapatillas deportivas.
— A culpa foi de Carla, ela practica este deporte en Venecia e como ven bastante a miúdo a visitarme ó final convenceume de poñer unha sala, aprendeume e cando está aquí botamos bastante tempo nesta sala, sobre todo antes da cea metémonos aquí un bo anaco. Se queres logo...
— Xa veremos. Agora préstame descansar un pouco. –respondeu Luís saíndo da estancia e dirixíndose cara á que ía ser temporalmente á súa habitación.
— Entón ata logo, pola tarde xa daremos unha volta polo pobo e presentareite á algún dos meus amigos. Descansa que o vas necesitar. –dixo Sofía pechando a porta.

Ó chega-la noite Luís estaba esnaquizado. Despois de bota-la soneca el e mailos seus amigos estiveron andando polo pobo: foron a ámbolos dous bares que tiñan e alí presentáronlle a unha morea de xente, xogaron ó parchís, ó dominó e as cartas no que estaba máis próximo á casa de Sofía, e logo, no outro, estiveron botando unhas partidas no futbolín e no billar. E en ámbolos dous sitios falaron cunha chea de persoas e mesmo botaron unhas cantigas mentres bebían do viño que tamén facían na aldea. Tamén foron a ve-la igrexa e as leiras que había detrás das casas. Como non abondaba cando chegaron de novo á casa de Sofía meteronse na sala de esgrima e estiveron nela case ata as dez da noite. Logo volveron baixar á cociña, cearon algo lixeiro e Luís, que non podía coa súa alma, decidiu ir durmir mentres os seus amigos, incansables, quedaban no andar baixo falando e mirando un programa na televisión.

Ó día seguinte espertou totalmente recobrado. A luz entraba pola claraboia que había case enriba do cómodo sofá onde durmira e dáballe directamente na cara. Nesta estancia tamén había un pequeno aseo e Luís lavouse un pouco e puxo a súa roupa, a mesma que trouxera o día anterior, non sabía que ía quedar durmir e non trouxera nada para poderse cambiar. Despois do almorzo marcharía a Coruña, xa viría outra vez antes de marchar a Madrid. Agora tiña que volver a Coruña, pasar polo hotel para ver se deixaran algunha mensaxe. Esperaba, pensaba mentres se vestía, que o avogado aceptase a oferta da súa empresa, se cadra xa chamara, seica non o fixese.

Baixou polas escaleiras e viu, cando chegou ó andar baixo, que a porta do taller de restauración de Sofía estaba aberta e a súa amiga andaba cunha brocha estendendo un produto pegañento sobre unha mesiña. Petou na porta. Sofía ergueu a mirada.

— ¿Durmiches ben? Na cociña hai leite e bolos ou podes quentar as chulas de onte. Espera que vou contigo e así descanso un anaco –dixo Sofía mentres metía a brocha nun recipiente de cristal que estaba cheo ata a metade cun líquido transparente de cor marrón, quitaba as luvas de algodón branco que tiña nas mans, deixábaas enriba da mesa de traballo e limpaba as mans cun pano vermello que levaba á cintura.

— Se son as oito.

— Eu érgome ás seis e media, tomo un café con leite e póñome a traballar. Logo, contra as oito, volvo almorzar máis forte, así que xa é hora. Carla e máis Xurxo tamén están fóra, están a dar unha volta polo monte para facer fotos, non tardarán en chegar.

— E eu que pensaba que me erguía cedo... –dixo Luís mentres sentaba na mesa da cociña diante dunha cunca de café con leite e un bo anaco de pan de millo. –Ben, teño que marchar, en canto cheguen despídome deles e marcho. ¿Pódesme levar sequera ata Arteixo para que colla un autobús de volta á Coruña? Non quero molestar e vexo que estás ocupada traballando.

— ¿Por que non quedas un día máis?

— Non podo. Teño que ir a Coruña, nin sequera teño roupa para poderme cambiar.

— Se é ese o problema seguro que Xurxo pódete deixar da súa –respondeu Sofía mentres daba un bocado a unha tallada de pan de millo con marmelada de amorodos.

— Coido que si. De tódolos xeitos antes de marchar de Coruña volverei por aquí. Paseino moi ben e botábaos moito de menos.

— En canto cheguen lévote a Coruña e espero que volvas e non o esteas a dicir para que che deixe en paz.

— Non, xúrocho, antes de marchar a Madrid chamareite para quedar contigo. ¿Estamos?

— Estamos.

Xa pasara unha semana dende a súa chegada á Coruña e Luís, mentres se acomodaba no seu asento do avión, estaba a pensar en tódalas cousas que fixera nese tempo: estivera con Sofía, Carla e Xurxo na aldea da primeira e pasárao moi ben con eles, tanto a primeira vez como o pasado sábado, cando volveu para se despedir deles; tamén estivera con Ricardo e Tareixa, había algo raro neles, se cadra pasara demasiado tempo dende que os vira por derradeira vez, seica eran teimas del, seica non, pero notounos desacougados pola súa presenza aínda que tentaron disimulalo. Sabendo por Xurxo da xenreira mutua que se tiñan Tareixa e Sofía non dixo nada á primeira sobre a súa visita ó *Moucho*. O avogado chamárao o venres ó seu teléfono móbil para quedar con el esa mesma tarde no seu despacho. A Luís dáballe que ía rexeitala oferta do seu bufete e tivo razón. O avogado sentíase afagado pero non desexaba marchar da súa cidade, en Coruña era alguén, en Madrid sería un máis dos moitos que traballan nun bufete importante e, aínda que sabía que podería gañar moito máis diñeiro, prefería a tranquilidade dunha pequena cidade de provincias. De calquera xeito, estaría ben disposto a facerlles calquera favor que lle pedisen, se estaba da súa man conseguilo, nun futuro. Déronse unha aperta de mans e despedíronse. O resto do tempo dedicoullo a ir ó cine e a andar pola cidade. Chamou a súa muller un par de veces e tamén falou cos seus dous fillos. Axiña estaría de novo en Madrid. Sofía déralle o enderezo e o teléfono de Steven e María do Mar e estaba desexando escribirlles unha carta para saber da súas vidas, tamén prometeu a Xurxo tentar encontrar ó comisario Soler.

¡Mira que é difícil conseguir información ás veces! Pensaba Ariel saíndo da sede da Sociedade Filatélica da Coruña case a hora de peche, as nove menos cinco da noite. Estivera a falar un anaco coa persoa entendida en moedas pero sobre o que a el lle interesaba non tiña información na sede da asociación, se cadra na casa, no seu ordenador, puidese atopar algo. Ariel non lle deu présa, escribiulle o seu enderezo electrónico para que lle mandase a información, ou lle dixese que non puido conseguila, e deulla ó home, un señor maior, alto e aínda forte, e moi amable.

Non fora á visitar á súa curmá Sofía a fin de semana; chamara ela o venres para dicirlle que tiña invitados e que sería mellor quedar ó seguinte. A el tanto lle daba, de feito prefería estar só coa súa curmá. Non é que non lle gustaran os seus amigos, coñecía a dous deles, Xurxo e Carla, cos que lle dixera pasara unha aventura moi perigosa hai anos, pero dende logo eran xente un pouco rara, sobre todo a muller veneciana.

Non volvera a ver a Uxía dende o día que quedaran a xantar. Chamara ela ó traballo pola mañá para saber como lle ía coas pescudas sobre a moeda. Ariel díxolle que aínda non fora pola Sociedade Filatélica e a rapaza respondéralle que tentaría pescudar algo pola súa conta por internet e que xa o chamaría se atopaba información sobre a maneira de amoedar na época da Guerra da Independencia de Estados Unidos. A ver se por esa banda tiña máis sorte que coa Sociedade Filatélica. Ariel xa estivera a andar na procura de información en Internet pero polo de agora non atopara nada, só unhas cantas fotos de moedas, coa información das súas características técnicas e pouco máis. Se cadra non buscara o suficiente, seica tivese que seguir coa súa busca. ¿E se percorrese as tendas de antigüidades? Seica nalgunha delas podería atopar moedas da mesma época; se cadra nas vellas tendas da Cidade Vella alguén sabería algo sobre moedas antigas. O que si tiña claro e que deberían ser locais ós que a xente leva o que ós seus avós e bisavós amorearon durante anos e que ningún dos seus herdeiros quere. Ás veces atópanse deste xeito cousas moi curiosas e raras. O que non sabía é cando podería facelo. O seu horario de traballo era de nove e media a dúas da tarde e logo de cinco a oito e media da tarde, e imaxinaba que as ditosas tendas terían un horario semellante o seu, e como a tenda de fotografía onde traballaba estaba nunha rúa moi transitada e moito máis os sábados, tamén traballaba ese día. Se cadra Uxía podería botarlle unha man, pensaba Ariel mentres camiñaba cara á súa casa. Mirou o reloxo, aínda non eran as nove e media, se cadra Uxía xa estaba no piso que compartía coa súa irmá, que estaba a estudar Filoloxía Galega no campus de Elviña.

Cruzou a Praza de Pontevedra a paso lixeiro procurando non tropezar coa morea de xente que transitaba por ela e polas rúas dos arredores. Empezara a chover hai un anaco e de súpeto saíron, non se sabe moi ben de onde, unha morea de paraugas que dificultaban a circulación dos que non os levaban, como era o caso de Ariel, por mor da pouca consideración da maioría dos que si portaban tan incómodo trebello para ampararse da chuvia. Ariel, neste intre, non levaba nin chuvasqueiro só unha lixeira cazadora vaqueira que estaba empezando a enchoupar. En canto chegase a casa daríase unha ducha, poñeríase o pixama e logo, antes de cear, chamaría a Uxía.

— ¿Logo non che importa facerme ese favor?

— Non. Pode ser divertido percorre-las tendas –respondeu Uxía cando Ariel lle explicou o que desexaba que fixese.

— ¿E cando o vas facer, non traballas tamén polas tardes? –preguntou Ariel mentres vixiaba as patacas que se estaban a fritir na tixola que tiña ó fogo.

— Pero non os sábados, e se cadra esas tendas están abertas ese día. Senón, xa buscarei unha escusa para faltar un día pola semana. Perde coidado que non vai pasar nada. Son unha funcionaria, non me poden botar tan facilmente. Ademais aínda non pedín ningún dos días para asuntos propios e podo pedir un para facer isto. –respondeu Uxía que estaba que saltaba de alegría.

— Ben, pois moitas grazas. Chámame en canto saibas algo, e se non tamén chama.

— Fareino. Ata logo.

— Ata logo –respondeu Ariel, colgando o teléfono de seguido e correndo para saca-las patacas da tixola pois estaban a punto de se queimar.

Uxía, que xa ceara hai tempo, prendeu o televisor, deitouse no sofá e botou por enriba dela un cobertor fino pois ía un pouco de viruxe e o seu piso vello na rúa Alcalde Soto González tiña unhas fiestras de madeira que deixaban pasa-lo vento de cando en vez. Se a casa fose súa arranxaríaa pero estaba alugada e non podía facelo. Xa cambiaría de piso en canto levase un par de anos máis no seu traballo e tivese aforrado algo de cartos. De momento valíalle como estaba. Púxose a ve-la película mentres esperaba que chegase a súa irmá que polas tardes ía ás clases da Universidade. Toleaba por contarlle que o rapaz que lle gustaba chamara para pedirlle axuda nunha investigación que estaba a facer. En canto ó día seguinte chegase o traballo ía ver como tiña a axenda de citas para os próximos días, en canto puidese deixaba á súa axudante unha mañá soa na biblioteca e ía pescudar polas tendas de antigüidades o que lle pedira Ariel. Non podía aturalo, tiña que contarllo a alguén. Uxía colleu o teléfono que estaba o seu carón, nunha mesiña preto do sofá, e marcou o número de Andrea, a súa mellor amiga. Esperou un anaco, non contestaba ninguén. ¿Onde se metería esta muller? ¿Que día era hoxe? Martes. Claro, aínda non chegara á casa, estaba no ximnasio, ata preto das dez e media non podería volver chamala. Tentou acougar mirando a película, pero non o conseguía. Non se daba quitado da cabeza a Ariel; non desexaba facerse ilusións, se cadra non se decatara de canto lle gustaba, seica tivese moza, aínda que pola forma de comportarse parecía que non. Pasárao tan ben o día que quedaron para xantar e logo toda a tarde xuntos... Se tivese moza non faría iso. ¿Ou si? ¿Sería deses? Non, seguro que non. Case sen decatarse Uxía quedou durmida e soñou cun cabaleiro de relucente armadura que tiña a cara de Ariel. Cando espertou, alá polas once menos vinte, foi por mor das pequenas labazadas que lle estaba a da-la súa irmá na cara coa man dereita mentres coa esquerda tendíalle o teléfono para que falase con Andrea que acababa de chegar á súa casa e se decatara da chamada da súa amiga de hai un anaco.

— ¡Estou que pego botes! ¿Non che dixen que chamaría? – dixo Uxía mentres se incorporaba no sofá para falar con Andrea.

— Non che ilusiones que só foi para pedirche un favor. E xa sabes o que pasa cando che fas ilusións de máis...

— Tanto ten. O importante é que chamou. Ademais, a cousa éche ben interesante. Xa cho contei.

— Vale. ¿E querías dicirme algo máis? Veño desfeita e toleo por meterme na cama.

— Non. Máis nada. Xa che irei contando como vai a historia. Xa nos vémo-lo sábado para ir ó cine. Chámote o venres. ¿De acordo?

— De acordo e moita sorte.

— Grazas. Ata o venres.

— Ata o venres. Deica logo.

— Deica logo –respondeu Uxía colgando o teléfono a continuación e erguéndose do sofá para ir á cama. A súa irmá, Aglaia, estaba nese intre na cociña facendo á súa cea, aínda tardaría un anaco en deitarse e Uxía estaba cansada de abondo para esperala.

O xoves Uxía ergueuse un pouco máis tarde do acostumado, ese día ía face-las pescudas sobre a moeda que atopara Ariel e deixara á súa axudante ó cargo da biblioteca xa que ese día non había programado ningunha actividade especial e ata o venres non chegarían os novos libros e revistas que habería que clasificar. O día anterior estivera a informarse das localizacións das tendas de antigüidades que había na cidade; eran máis das que pensara pero non tantas como para non podelas visitar ese mesmo día. Esperaba poder darlle boas novas a Ariel esa mesma noite. Xa era preto da hora de xantar cando chegou a unha tenda nun recuncho da Praza das Bárbaras o cal nome era *O faiado*. O nome soaba ben. Seguro que aí dentro había de todo.

A tenda era ben grande e realmente facía honor ó seu nome, alí atopábanse amoreados unha chea de mobles e doutro material miúdo. Uxía mirou o reloxo: as dúas menos vinte. Se cadra dáballe tempo a botar unha ollada. No fondo do local había un home ben traxado, algo gordo de máis, enleado co ordenador que tiña no mostrador, e un pouco máis atrás, a través dunha pequena fiestra da porta, puido observar que había alguén máis traballando nunha habitación ás costas do home. Uxía achegouse procurando non tropezar con tódolos trebellos que había espallados a ámbolos lados do corredoiro que chegaba ata onde estaba el.

— Ola –dixo Uxía, que sempre era bastante informal trabando conversa.

O home deixou o que estaba a facer e quedou fitando a Uxía sen dicir ren.

— Ola –repetiu Uxía. –Gustaríame saber se teñen moedas antigas.

— Bos días, si temos. ¿Quere dalgunha época en particular ou só botar unha ollada?

— Estou buscando algo moi concreto, ¿a que hora pechan?

— Estamos abertos ata as dúas e media.

— Entón vale. ¿Onde as ten?

— Veña comigo –respondeu o home erguéndose da cadeira e guiando a Uxía ata un moble preto da entrada da tenda, todo feito en madeira e con dúas portas con cristais, máis alto que calquera dos dous e onde, en perfecto orde, había moedas, aneis, pulseiras, colares, plumiñas, chisqueiros antigos e abanicos. –A ver se aquí atopa o que está a procurar. Nese outro moble aínda temos máis –dixo amosando o moble xemelgo que había enfronte. –Se precisa axuda dígamo.

— Moitas grazas.

Uxía estivo un bo anaco remexendo naquelas caixas de madeira cheas dun barullo de moedas de tódolos países e épocas. Habíaas moi curiosas: árabes, gregas, de países africanos, mesmo había algunha romana e grega antiga, armenias, holandesas, españolas e tamén americanas, pero ningunha cunha data tan antiga como a que atopara Ariel preto de alí. Uxía non sabía que máis facer. Xa mirara nunha chea de tendas e preguntado ós donos e ninguén sabía dicirlle nada sobre a moeda de Washington. Mirou ó fondo, o home seguía a enredar co ordenador. Uxía achegouse ata el que ó momento decatouse da súa presenza.

— ¿Atopou algo do seu interese?

— O que estaba a buscar non.

— Dígame o que é, se cadra podo conseguirllo.

— Verá –comezou a explicar Uxía –un amigo meu encontrou hai pouco unha moeda americana antiga e desexaba saber algo máis dela. Xa pregunte nunha morea de sitios pero ninguén soubo dicirme nada.

— ¿E de que época é a moeda? ¿Tena con vostede?

— Non, no a teño. A moeda ten a efixie de George Washington e gravada a data de 1776, a data da independencia de Estados Unidos –respondeu Uxía que creu observar un certo desacougo no home.
— Se cadra, se puidese ve-la moeda... –dixo o home. –Podo tentar atopar a alguén que lle poda axudar.
— A moeda non podo traela. Está esnaquizada en tres anacos, pero podo traer unha fotografía da moeda reconstruída. Non penso que teña moito valor, doutro xeito non estaría esnaquizada, só temos curiosidade por ela.
— Sería mellor que trouxese a moeda, pero penso que a fotografía servirá –respondeu o home tentando disimula-lo desacougo que non lle abandonara dende que Uxía nomeara por primeira vez a moeda. –Se pode, esta mesma tarde, nós abrimos ás cinco e estamos aquí ata as oito e media.
— Ben, entón vémonos pola tarde. Moitas grazas. Deica logo.
— Deica logo. –respondeu o home observando a Uxía mentres saía da tenda.

En canto a bibliotecaria estivo fóra e viu que xa non estaba á vista, achegouse á porta, pechouna e logo foi camiñando lixeiro ata o fondo da tenda, abriu a porta onde a súa irmá estaba a rematar co traballo do profesor universitario e, poñéndose diante dela, dixo:

— Atoparon a moeda.
— ¿Estás seguro? –respondeu Tareixa sen levanta-la mirada do que estaba a facer.
— Díxenlle que volvese pola tarde coa foto da moeda, pero penso que si. ¿Cantas moedas cres que pode haber dese tipo? Estamos metidos nunha boa lea pola miña culpa, se non fose tan descoidado –respondeu Ricardo nervioso.
— A cousa ten arranxo, temos que conseguir que nos deixe a moeda, aínda que sexa por unhas horas –continuou a fala-la súa irmá mentres deixaba ó seu carón o libro e fitaba para el. –Faremos unha copia, non é unha experta, non se decatará de nada. Pero non temos que amosar que anhelamos vela

senón sospeitará que algo raro está a ocorrer e Klauss- Hassán enfadarase con nós.

— Aínda non comprendo como despois de todo o que pasou hai anos estamos a axudalo. Nin tampouco o teu enfado con Sofía e Carla.

— Iso é cousa miña, a ti non che importa o que pasou. Do único que tes que preocuparte é de consegui-la moeda. E se agora estou con Klauss-Hassán é porque nos convén. Non paga a pena loitar por causas perdidas, o único que importa é o diñeiro, máis nada. ¿non quererás volverte atrás? Isto non é unha sociedade que se poda romper tan doadamente como ti pensas.

— Seino, non me gusta, pero axudareite, es a miña irmá e non vou deixarte soa. Pero, de tódolos xeitos, non estou de acordo. E iso si que cho podo dicir. –respondeu Ricardo un pouco máis tranquilo mentres sentaba nunha cadeira ó carón da súa irmá e botaba unha ollada ó traballo que fixera co libro.

— Podes dicir o que che pete pero farás o que eu che diga, gústeche ou non.

— Sabes que o farei, xa cho dixen, non tes que repetirmo. –dixo Ricardo mentres miraba o seu reloxo que tiña nun bolso do seu chaleco. –Xa é hora de xantar, ¿imos logo?

— Imos.

Uxía, aínda que contenta por ter atopado a alguén que a podía axudar, ía pola rúa dos viños cara á súa casa pensativa. En canto chegase chamaría a Ariel e contaríalle o que conseguira pescudar na tenda de antigüidades, emporiso había algo raro na actitude do home da tenda. Creu notar un certo desacougo cando empezou a falarlle da moeda. Se cadra tiña máis valor do que ela pensaba, seica eran tolemias dela. Estaba claro que non era unha moeda normal e que non fora batida dun xeito tradicional. Non acababa de entender que estivese separada en tres anacos, nin que cada un deles tivese un corte distinto, como se fosen probas de algo. ¿Seica foran tres moedas feitas de distintos materiais, esnaquizadas do mesmo xeito e polo mesmo sitio e logo mesturados os anacos? ¿E por que alguén desexaba embarullar todo? Canto máis o pensaba máis se convencía de que estaba a ocorrer algo moi estraño coa moeda e que o desacougo do home da tenda de antigüidades non foi algo que ela imaxinara senón que tiña unha relación directa coa moeda.

O camiño a súa casa fíxoselle curto a Uxía, tan ansiosa estaba que subiu a escaleira ás carreiras, e non ben a porta acaba de pecharse cun portazo xa tiña o teléfono na man e estaba marcando o número da casa de Ariel.

— Son Uxía –dixo en canto notou que colleran o teléfono da outra banda da liña.

— ¿Conseguiches pescudar algo? –respondeu o fotógrafo que nese intre estaba terminando o seu xantar e tivera que erguerse da cadeira para contestar.

— Seica nunha tenda de antigüidades da Cidade Vella pódente axudar. Quedei en pasar esta tarde cunha fotografía da moeda. O home di que seica coñeza a alguén que poida dicirnos algo da moeda. Pero...

— ¿Custa diñeiro a información? –preguntou Ariel ó notar que Uxía deixaba de falar.

— Coido que non. O que pasa é que o home non me gustou moito, non sei, penso que se puxo moi nervioso cando lle falei da moeda. Quería vela, aínda que non insistiu moito niso. Díxenlle que levaría unha fotografía esta tarde. ¿Paso pola túa casa ou pola tenda?

— ¿A que hora quedaches?

— A ningunha. A tenda, que se chama *O faiado*, abre as cinco e media.

— Ben, a esa hora eu xa estou a traballar, pasa por Rego de Auga a visitarme e dareite a foto. Aínda que insista en ve-la moeda non che deixes convencer, non darémo-la moeda a ninguén ata saber máis dela. Se cadra ten máis valor do que semella.

— Iso tamén o estiven a pensar eu.

— Vou preguntar a alguén que se cadra sabe algo. Non sei como non se me ocorreu antes. De tódolos xeitos imos ver que nos di o home da tenda.

— ¿Pódese saber a quen vas pedir información?

— A miña curmá Sofía, restaura obxectos antigos. Se cadra coñece a alguén da súa confianza que nos poda botar unha man. Véxote logo.

— Ata logo pois –respondeu Uxía, colgando o aparello a continuación.

No piso de Klauss-Hassán, xusto enriba da tenda de artesanía que rexentaba, tamén estaban a xantar. Ó redor da mesa só se encontraban Klauss-Hassán, a súa muller e mailo seu amigo Francesco d'alla Vitta, chegado á Coruña en avión a semana anterior. Os fillos do matrimonio non chegarían ata preto das cinco da tarde pois xantaban no colexio. Estaban xa a piques de rematar, a muller ergueuse da cadeira e foi cara á cociña a preparar té e a arranxa-la sobremesa, consistente nunha mestura de iogur con limón e máis caramelo de amorodos. Francesco e Klauss-Hassán, en canto a muller marchou, puxéronse a falar en francés, un idioma que a muller non coñecía, sobre a misión que estaban a argallar nestes momentos.

— ¿Así que Tareixa está a axudarnos? –preguntou Francesco.

— Traballa para nós por diñeiro.

— Non entendo como podes fiarte dela, despois do que nos fixo hai anos.

— Non o fago –replicou Klauss-Hassán mentres vixiaba o que estaba a face-la súa muller na cociña –pero págolle ben polo que está a facer e sei que non me vai fallar. Interésalle moito tamén este asunto. Vai sacar unha morea de cartos.

— Levo unha semana aquí e non fago outra cousa que facer compaña á túa muller e andar contigo de aquí para alá. Eu teño os meus negocios e non os podo deixar desatendidos, espéranme en Venecia dentro duns días e non podo faltar –respondeu Francesco despois de mastiga-lo derradeiro anaco de carne que lle quedaba no prato.

— Se cómpre vas telos que adiar, isto éche moito máis importante que calquera negocio que podas ter entre mans.

— ¿E se non podo?
— Ti fai por poder senón queres que sexa o derradeiro negocio que fagas.
— ¿Estás a ameazarme? –case berrou Francesco mentres se botaba cara á Klauss-Hassán.
— Tómacho como queiras, pero ou esta misión sae ben ou non imos ter outra oportunidade. E non o digo só por ti, eu tamén ando metido no allo. Non es o único que pode saír prexudicado. Mesmo a miña familia pode verse afectada.
— Sinto. Non o sabía. ¿E cando saberemos algo?
— O venres. ¿Poderás esperar?
— Poderei.
Nese mesmo intre a muller de Klauss-Hassán aparecía no comedor cunha bandexa con té e maila sobremesa e ámbolos dous amigos puxéronse a falar doutras cousas, xa nun idioma comprensible para ela. Karima sabía de certo que os negocios do seu marido ás veces non eran moi legais pero non dicía nada, era o seu home e debíalle respecto, consideración e tamén confianza en que o que facía era o mellor para a súa familia. Endexamais dixéralle nada, non era o seu xeito de comportarse, e non desexaba tampouco que o seu home soubese que ela estaba o tanto das súas actividades. Prefería que seguise crendo que non sabía nada. Pero o seu fillo maior, Omar, contáralle algún traballo que fixera para o seu pai e ela mesma deducira o demais. Non dixera nada porque entendeu que Omar nunca estivera en perigo, doutro xeito teríase enfrontado con Klauss-Hassán, a pesar de coñecer que podería chegar a ser un home moi perigoso. Ela polos seus fillos faría o que fose preciso para mantelos a salvo.

Ás cinco e media Uxía pasou polo traballo de Ariel para recolle-la foto da moeda. Logo, despois de quedar co seu amigo para máis tarde, marchou cara á tenda de antigüidades. Nela só estaba o home, a habitación da parte de atrás estaba baleira. O home recibiuna cun sorriso nos beizos. Foi cara a el e amosoulle a fotografía da moeda reconstruída. Era unha copia ampliada, do tamaño de medio folio, víanse perfectamente os cortes feitos na moeda pois Ariel non tivera tempo de retocala.

— Elle moi interesante –dixo o home. –Moito.

— Iso mesmo penso eu. ¿Pensa que nos poderá axudar?

— Semella moi nova, como se estivese recentemente batida, pero se cadra só é que está moi ben conservada.

— Iso mesmo pensamos nós. –respondeu Uxía. –¿Podería ser unha falsificación?

— Eu non son experto nisto, pero penso que sei de alguén que pode saber algo máis. Se puidese volver coa moeda... ¿mañá? Seica esta persoa poderá dicirllo case con certeza.

— Teño que falar co meu amigo, non depende de min. ¿Enténdeo?

— Claro, claro. Tome –dixo Ricardo mentres sacaba do caixón dereito da mesa unha tarxeta da tenda co teléfono fixo, o móbil e mailo correo electrónico. –fale con el e xa me avisará cando poida. ¿Estamos de acordo?

— Estamos. Moitas grazas. Procurarei chamar esta mesma tarde. Deica logo.

— Deica logo.

Agora Uxía estaba completamente convencida de que estaba a pasar algo raro coa moeda. O home non preguntara por que a moeda estaba partida en tres anacos, e iso podíase comprobar a primeira vista na fotografía que lle amosara. A Uxía resultáballe sospeitoso que non tivese feita esa observación. Iso quería dicir que xa coñecía a moeda e esa particularidade. Tiña que falar de contado con Ariel e dicirlle todo o que pasara na tenda. Apurou o paso e baixou cara á Praza de Azcárraga pola rúa no que estaba o convento dos Dominicos. Botou unha ollada á praciña que había ó carón do convento e viu a unha muller sentada nun dos bancos de pedra; non estaba segura pero semellaba a mesma muller que estaba a traballar pola mañá na habitación do fondo da tenda. Tanto daba. Tiña que falar de contado con Ariel.

Tareixa, que observara disimuladamente como Uxía saía da tenda, erguese do banco de pedra e foi canda o seu irmán.

— ¿Que che dixo? –preguntou nada máis entrar na tenda vendo que non había ningún cliente nela e podería falar con tranquilidade con Ricardo.

— Amosoume a foto.

— ¿E que lle dixeches?

Ricardo contoulle polo miúdo a conversa que tivera con Uxía e puido ver como a súa irmá ía enfadando a medida que o facía.

— Ti es parvo.

— ¿Por que? ¿Que fixen mal?

— ¿Na foto que che ensinou non estaba esnaquizada a moeda?

— Estaba.

— ¿E non dixeches nada?

— Non. –respondeu Ricardo empezando a comprender.

— Ti es parvo. Nunha foto tan grande coma a que dis tiña que verse ben iso, e ti vas, e non dis nada. Agora sabe que algo raro está a pasar e que estamos interesados nela. A ver como o arranxamos. Non vales para nada. Douche a moeda para que a leves a Klauss-Hassán e perdela polo camiño, encárgote que convenzas a rapaza para que a deixe e consegues que empece a sospeitar. A ver que facemos agora.

— Quedou en chamar –respondeu Ricardo que estaba ben amolado por mete-la zoca desa maneira.

— Se cadra é tan parva coma ti e chama. Agora vou ter que explicarlle a Klauss-Hassán o que está a pasar. A ver se o convenzo de que podemos arranxalo para antes do venres. Polo menos tera-la foto.

— Tampouco, levouna de volta.

— Inútil. Marcho, teño que facer.

Ricardo non entendía moi ben as idas e vidas da súa irmá, non dicía nada porque tampouco lle interesaba coñece-los seus negocios. Estáballe a axudar neste porque non tiña escolla, pero en canto rematase, e esperaba que todo saíse ben, marcharía da cidade. Non quería volver a vela. Despois de sacar a chaqueta, tiña calor e estaba empezando a suar, e póñela nun colgadoiro preto da porta que daba entrada ó taller de Tareixa, volveu co ordenador. Mentres non entrasen clientes estaría a procura dun traballo nalgunha das páxinas de busca de emprego que había na rede, canto máis lonxe da súa irmá, mellor. E tanto lle daba de que fose o emprego con tal de liscar de Coruña e da influencia da súa irmá.

Uxía entrou na tenda de fotografía; a esa hora aínda non había moita clientela e Ariel estaba ó fondo dela ordenando uns álbums de fotos, un dos dependentes, o que estaba máis próximo á porta, estaba a intentar vender unha cámara a unha muller nova, e o outro collía os datos dun home maior para o revelado dun carrete de fotos. Foi directa onde se atopaba o seu amigo e comezou a contarlle o que falara co home da tenda de antigüidades.

— Espera un anaco –cortou Ariel a explicación de Uxía – Vou un momento a tomar un café, veño de contado –dixo ó home que estaba co señor maior e, ante o xesto de asentimento do mesmo, saíu de detrás do mostrador e dirixiuse con Uxía cara á cafetería que había fronte o negocio.

— Como che estaba a dicir –seguiu Uxía –resultoume moi sospeitoso que o home non dixese nada de que a moeda estivese esnaquizada.

— ¿E dis que pensas que a muller que estaba ó fondo pola mañá, agora víchela na praza preto da tenda? –preguntou Ariel mentres abría a porta de *A barra*. –Pode que só estivese descansando, non tiña porque estar a vixiarte.

— Pois deume a impresión de que así era. ¿Que imos facer? –preguntou Uxía antes de que o camareiro chegase ata eles para pescudar o que desexaban consumir.

— Non o sei. Teño unha curmá que, se cadra, pode botarnos unha man. Xa che falei dela. A que se dedica ó arranxo de mobles e antigüidades.

— Un café con leite –dixo Uxía en canto viu ó camareiro parar diante dela.

— Eu un só con sacarina. –dixo Ariel.

— ¡Non é posible! ¡Está aí!

— ¿Quen?

— A muller de quen che falei. Mira polo enriba do meu ombreiro, na máquina de tabaco, é ela.

— ¿Estás segura?

— Pois claro. ¿Mira para aquí?

— Non, marchou.

— Entón ¿que imos facer? ¿Ímolo chamar pola tarde?

— Primeiro vou falar coa miña curmá. ¿Cando lle dixeches que lle responderías?

— Non dixen hora.

— Así que aínda temos tres horas polo menos para argallar algunha cousa. É tempo de abondo. Hoxe non hai moito traballo na tenda. Dentro dun anaco chamarei a Sofía. Teño que volver ó traballo.

— Marcha, invito eu.

— Grazas, bonita.

— ¡Serás paspán! –riu Uxía poñéndose máis vermella que un tomate. –Vou a casa, chama en canto fales coa túa curmá.

— Fareino. Ata logo. –respondeu Ariel marchando da cafetería.

— Ata logo.

¿Como se lle ocorrería a este rapaz fuxir? ¿Non estaba ben na casa? O comisario Soler non entendía nada. Xa non estaba para estes trotes, ía pensando mentres observaba a paisaxe a través da fiestra do tren que o estaba a levar cara á Coruña. Despois da aventura das *Sombras* seguiu co seu traballo e botou moza, unha viúva cun fillo de poucos anos. Agora o rapaz, o cal nome é Xosé Manuel, aínda que tivese xa preto dos vinte e cinco para el sempre sería un rapaz, estaba a traballar nunha libraría na zona de Moncloa. Vivía con eles pois a vida non estaba como para independizarse. Se cadra tamén era un pouco lacazán e gustáballe que lle desen todo feito. Non era mala persoa, iso estaba claro, aínda que ás veces non se comportaba dun xeito moi maduro. Pensándoo ben, el tampouco o fixo á súa idade. Os xoves pensan que sempre o van ser e que a vida é unha pura festa. Algúns maduran antes, outros tardan máis e mesmo hai algúns que non maduran nin de vellos.

¿Por que marcharía tan de súpeto? Non entendía nada. Saíra hai dous días da casa, como se fose a traballar, co posto, esa noite non foi durmir. O comisario Soler e a súa muller estaban acostumados a esta forma de actuar de Xosé Manuel e non pensaron nada raro. Logo, de súpeto, chama ó día seguinte pola mañá ben cedo, para dicir que anda na Coruña e que non pensa volver. O comisario lembraba perfectamente todo: os choros da súa muller, el tentando acougala e dicirlle que xa era grandiño para facer o que lle petase, e ela veña a insistir en que algo raro pasaba, que endexamais se comportara así, que debeu tolear. El tentou facerlle comprender que o seu fillastro xa era maior de idade e que non podían obrigalo a volver á casa. E ela veña a chorar. O comisario Soler non o soportaba, quería moito á súa muller, e vela así estaba a romperlle o corazón. Ó final tivo que dicirlle que iría a por el e que falarían a ver que lle ocorrera. Tivo que pedir catro días no traballo para tentar arranxar esta lea e coller ó primeiro tren que saía cara ó Norte para tentar facer entrar en razón a Xosé Manuel. Coruña non era unha cidade moi grande, aínda así sería como andar na procura dunha agulla nun palleiro. Máis o menos sabía por onde empezar xa que conseguira, por mor do número de teléfono dende o que chamara o seu fillastro, o enderezo dende onde se fixo a chamada. Se era tan parvo como para facer iso sería fácil de atopar, pensaba o comisario Soler mentres empezaba a quedar durmido no seu asento do tren.

Pouco antes das sete da tarde Ariel chamou á súa curmá mentres facía un pequeno descanso na porta da tenda mentres vía pasar á xente cara á Praza de María Pita.

— Non esperaba a túa chamada –respondeu Sofía que nese intre estaba a puír un andel.
— E que teño que consultarche unha cousa.
— Ti dirás.
Ariel contoulle todo o referente á moeda que atopara á semana anterior e as súas xestións para pescudar máis información sobre ela.

— Dis que fostes a unha tenda de antigüidades que se chama *O faiado.*

— ¿Coñece-los donos?

— Coñezo, aínda que non son amigos meus. Fórono en tempos. ¿Non lle darías a moeda?

— Non son tan parvo.

— Ben, ides volver ti e maila túa amiga, pero non leves a moeda, dicide que non vos prestaba falar por teléfono e que preferiades facelo persoalmente. Tenta sacarlle o nome do entendido que di que coñece, se cadra eu sei quen é e vos podo aconsellar. Logo vólveme a chamar ó móbil. ¿De acordo?

— Si.

— E gárdaa ben.

— Fareino –respondeu Ariel que xa estaba mirando a morea de xente que de súpeto entrara na tenda de fotografía. –Teño que volver ó traballo. Ata logo.

— Ata logo.

Sofía deixou o que estaba a facer, limpou as mans nun pano que tiña enriba da súa mesa de traballo e foi cara ó soto da casa por unha escaleira agochada debaixo do chan do seu taller, xusto debaixo da fiestra da habitación. Chegou ata unha porta de aceiro, a cal abriu cunha chave que tiña colgada do pescozo, entrou no soto e pechou a continuación a porta. Naquela habitación tan especial Sofía tiña unha morea de aparellos electrónicos, entre eles un ordenador moi potente. Pero tamén había, na parede oposta á porta, uns andeis cunha chea de frascos de cerámica antiga cos máis diversos produtos e tamén, xusto na parede fronte ó ordenador, o debuxo dunha sombra. O resto era parede de granito sen máis sen ningún tipo de decoración. Aínda dubidaba se utiliza-la sombra para comunicarse con Steven ou tentar pescudar, coa axuda do líquido invención do antepasado de Carla, o que estaban a argallar Ricardo e máis Tareixa. Decidiu ir visitar á María do Mar. Estaba soa na casa, Carla e máis Xurxo xa marcharan, pero non había perigo de que ninguén entrase nela co sistema de seguridade que ía poñer en marcha co ordenador antes de ir cara á Inglaterra. Sofía sentou fronte o trebello, prendeuno, esperou a que se cargase o sistema operativo, e logo accedeu a un programa que lle facilitara Steven hai uns anos, o cal se actualizaba automaticamente cando cumpría. Activou o sistema de seguridade e logo foi cara a sombra.

Aínda que levaba unha morea de anos utilizando este sistema para viaxar dun sitio a outro endexamais acabara de acostumarse. Agora era preciso facelo, máis preciso cá nunca. Sofía achegouse a sombra, quedou un anaco mirándoa, logo adaptou o seu corpo ó debuxo da parede, pensou onde quería aparecer e, ó instante, volveu sentir a estraña e abraiante sensación de fundirse coa parede para materializarse, case sen sentilo, no soto da casiña de María do Mar e Steven, no condado de Sussex. A habitación era moi semellante á que tiña Sofía, só que un anaco máis pequena. Sofía achegouse a porta que había preto da sombra, premeu nunha pechadura numérica unha serie de díxitos e a porta abriu a modiño sen facer ruído, saíu, pechou a porta e torceu á dereita. Comezou a andar por un longo corredor que a levou ata outra porta das mesmas características. Despois de franqueala e pechar ás súas costas Sofía atopouse no interior dunha cova artificial que Steven mesmo construíra no seu xardín inglés tan ben coidado. Non había perigo de que o fillo atopase a porta, esta quedaba oculta trala aparencia dunha rocha da parede.

Sofía saíu da cova, atravesou o xardín e foi cara á casa. Escoitábase, mesmo coas fiestras pechada, *L'Elisir d'amore* interpretado por Alfredo Kraus. Seguro que María do Mar estaba a escribir no seu estudio do faiado. Podía subir directamente ata alí pola escaleira de ferro que había no exterior da casa e que levaba ata unha porta vermella, case á altura do tellado. Esta muller ás veces tiña ideas ben estrañas, pensou Sofía mentres subía pola escaleira e petaba na porta cun sinal que a súa amiga recoñecería ó momento. Aínda non terminara cando a porta abriuse de súpeto e Sofía viu a cara risoña de María do Mar.

— ¡Canto tempo! ¡Alégrame verte! Pasa, estaba a escribir.

— Xa mo imaxinei en canto escoitei a música –respondeu Sofía ó tempo que entraba nunha habitación chea de andeis con libros e con carpetas cos manuscritos de María do Mar.

— Alédame verte. ¿Pasa algo?

— Si, pasa. Teño que ver a Steven. Temos que falar, penso que Klauss-Hassán volveu ás andadas.

— ¿O que? –preguntou María do Mar o tempo que sentaba nun sofá preto da mesa onde facía as súas novelas e que se atopaba chea de esquemas, planos de casas feitos por ela e unha chea de fichas con descricións de personaxes, catro ou cinco bolígrafos, unha goma de borrar, o ordenador, unha impresora e un escáner. –Pois Steven agora non che anda na casa pero non ha tardar en volver. Se queres podemos tomar un té mentres me dis o que está a pasar.

— Está ben.

María do Mar ergueuse e foi cara a unha pequena cociña de dous fogos que tiña na outra parte da habitación, colleu un pequeno recipiente de cerámica, puxo auga a ferver e logo colleu unha bandexa, sacou unha chea de galletas dunha lata de metal e púxoas nela.. Mentres María do Mar preparaba todo isto, Sofía observábaa, case non cambiara, seguía a vestir igual que cando era máis nova e por riba non tiña aínda nin unha cana. Ó pouco María do Mar volveu coa súa amiga. Sofía contoulle a conversa que tivera co seu curmán e o achado da moeda.

— ¿E pensas que Tareixa e máis Ricardo están agora traballando para Klauss-Hassan?

— Penso. Son moitas casualidades: Francesco d'alla Vitta ven a Coruña, Tareixa e Ricardo interésanse pola moeda achada por Ariel; unha estraña moeda que ademais está esnaquizada en tres anacos. Só falta o comisario Soler para que esteamos todos os que participamos na aventura das *Sombras* ó completo. Lembra que Tareixa está enfadada con Carla e comigo e que ben puido asociarse con Klauss-Hassán en vinganza. De tódolos xeitos, heino pescudar coa axuda do líquido do pasado. Primeiro quería falar con Steven sobre a moeda, xa haberá tempo de face-lo experimento co líquido.

— Necesitas a Steven. Agarda un anaco –respondeu María do Mar mentres se erguía e ía polo té e mailas galletas.

Ámbalas dúas amigas estiveron falando do asunto e doutras cousas case media hora. Steven non daba chegado e Sofía quería volver á Coruña para poder seguir a Ariel e máis Uxía cando saísen da tenda de antigüidades de Tareixa. Dixo adeus á súa amiga e volveu á súa casa. Saíu do soto e subiu de novo ó seu taller. Xa eran preto das sete e media da tarde, chamou a Ariel, que lle dixo que Uxía ía vir a recollelo ó saír do traballo e irían á tenda de seguido. Nada máis colga-lo teléfono Sofía saíu da casa, foi ó garaxe da entrada do pobo, colleu o seu coche e liscou contra Coruña. Tiña o tempo xusto de chegar e poñerse ó axexo antes de que Ariel e a súa amiga aparecesen pola tenda.

Máis tarde falaría con Carla e con Xurxo e contaríalles o que estaba a suceder, pensaba mentres conducía a boa velocidade pola estrada que a levaría ata Coruña. Agora non tiña tempo de falar. O máis urxente estaba feito: Steven estaba avisado. Se alguén sabía ou intuía en que lea estaba metido Klauss-Hassán ese alguén sería Steven.

3. A trampa

Uxía estaba nerviosa, non tanto pola historia coa moeda como porque de novo ía ver a Ariel e estaba ilusionándose de máis. El non dera mostras de que lle gustara e ela xa se estaba a facer ilusións cunha vida en común. Despois de despedirse de Ariel fora ata a súa casa e estivera un anaco vendo a televisión, tentaba acougar un pouco con respecto ó que estaba empezando a sentir por aquel home alto, guapo e, aínda que cunha presenza xuvenil, moito maior cá ela. Ía vestida coma sempre, só unha vez tentara cambia-la súa maneira de vestir por un noivo que tivo e a cousa non resultou; dende aquela decidira que se gustaba ós homes debería ser tal como era e que non volvería tentar aparentar algo que endexamais podería ser. Chegou pouco antes das oito á tenda de fotografía, a reixa xa estaba a medio poñer e só quedaban un par de clientes dentro. Uxía fixo un sinal a Ariel para que se decatara da súa presenza e logo foi cara á libraría que había ó seu carón e púxose a mirar o que tiña exposto no exterior mentres esperaba ó seu amigo. Ariel non tardou en saír.

— Así que falaches coa túa curmá –dixo Uxía mentes comezaba a camiñar canda a Ariel contra a Praza de María Pita.

— Si. Non me dixo porqué pero temos que ir de novo a tenda e volver falar co home co que estiveches pola mañá.

— Seguro que está dos nervios.

— Se cadra iso é o que desexa a miña curmá: que observemos ó home e lle contemos o que vexamos. –dixo Ariel mentres subía un anaco o colo da súa cazadora vaqueira.

— Pois imos apurar que a tenda pecha dentro de vinte minutos –respondeu Uxía fitando nos ollos de Ariel e pensando que tiña uns ollos moi bonitos.

Deixaron de falar e comezaron a andar un pouco máis lixeiro. Uxía sentía a man da Ariel pasar ó carón da súa de cando en vez e dábanlle tentacións de collela pero tiña medo da reacción do seu amigo; a modo, Uxía, a modo, estaba a pensar a bibliotecaria mentres miraba de esguello a Ariel que, seguro, non se estaba a decatar do que sentía por el. Os homes ás veces son parvos.

Faltaban cinco minutos para a hora de peche cando entraron na tenda de antigüidades. Era moi estraño, alí non había ninguén e sen embargo a porta estaba aberta. ¿Non terían medo de que alguén entrase de súpeto e lles levase algo do que tiñan alí?

— Ola –dixo Uxía en voz ben alta para facer notar a súa presenza.

— Vou –respondeu unha voz que proviña da habitación do fondo.

Ó pouco, o mesmo home que a atendera as dúas veces que estivera na tenda saíu da estancia, tan pulcro como xa o vira Uxía. Á bibliotecaria deulle a impresión de que o home se sobresaltaba ó velos pero soubo conte-lo seu desacougo, non tan ben que Uxía non llelo notase.

— ¡Que sorpresa! ¡Non a esperaba! ¿E este o seu amigo, o que está interesado en ter información sobre a moeda que me amosou?

— Son. Pareceume mellor vir persoalmente para coñecer se xa atopara a alguén; segundo me dixo a miña amiga, vostede seica soubese de alguén que me axudase nas pescudas sobre a moeda.

— Si, si. Falei con esa persoa pero como non chamaron... Xa lle dixen a ela que sería conveniente ve-la moeda. –dixo dirixindo a mirada cara á Uxía. –¿Non a traería? –preguntou Ricardo sen poder acocha-lo seu nerviosismo.

— Neste momento está nun lugar seguro na miña casa. –mentiu Ariel que tiña a moeda aínda no seu portamoedas.

— Xa, mágoa, porque a persoa que lles pode axudar non vive lonxe de aquí e sei que agora se atopa na súa casa e poderíamos quedar con el para que botase unha ollada. Teña en conta que non é o mesmo ver unha foto que a moeda directamente. –insistiu Ricardo.

— Por suposto. Sabémolo. Pero trouxémo-la foto para que o seu amigo a vexa e, se cadra, se di que é interesante entón poderiamos quedar outro día –respondeu Ariel sen aparta-los ollos da cara de Ricardo. –Teña –seguiu falando mentres sacaba unha carpeta da mochila azul que case sempre levaba con el e onde tiña a cámara de fotos, carretes e outras cousas axeitadas para poder facer fotos pola rúa –pódella amosar ó seu amigo, no fronte da carpeta escribín o meu enderezo e mailo número de teléfono por se desexa poñerse en contacto comigo.

— Grazas, dareilla –respondeu Ricardo collendo a carpeta e tentando conte-la súa alegría. Este home era máis parvo do que imaxinaba. ¡Dar a un estraño o seu enderezo!

Uxía miraba a Ariel totalmente abraiada. Non dixo nada pero non entendía o que estaba a face-lo seu amigo. Apertaron a man que lles tendía Ricardo, acompañounos ata a porta, pechou e logo foi cara á estancia do fondo onde a súa irmá Tareixa estaba, agochada á vista dos clientes, escoitando a conversa que tiveran. Deulle a carpeta, Tareixa abriuna e púxose a observa-la foto da moeda de Washington.

— Dende logo é a moeda. –dixo mentres deixaba a un lado a foto e collía a carpeta onde Ariel apuntara o seu enderezo. –Sóame a trampa. Ninguén che é tan parvo: primeiro di que ten a moeda na casa e logo escribe o enderezo.

— ¿Ti cres?

— Si. Pode que non sexa o seu enderezo real, pode que sexa dun amigo ou de alguén que nin sequera coñece. De tódolos xeitos, haberá que comprobalo. Se cadra si é tan parvo. Vou seguilos. Ti marcha a casa e espera a miña chamada. Non esquezas poñe-lo sistema de seguridade.

— Non o esquecerei –respondeu o seu irmán un pouco farto de que Tareixa sempre lle estivese a dar ordes e non lle pedise nada de favor.

Tareixa, sen se decatar da mirada de xenreira que lle botara o seu irmán, saíu da tenda con paso lixeiro, mirou a dereita e esquerda, viunos camiñar ó carón da Igrexa dos Dominicos e colle-la costa cara á Praza de Capitanía, decidiu atallar pola pequena praza que había preto da tenda, onde só había unha rapaza de pelo curto e vermello sentada nun dos bancos de pedra facendo unha foto á fonte que había no medio da praza. Logo baixou a modo pola rúa perpendicular á praza e puido ver a Ariel e máis Uxía xa a piques de entrar na Praza de Capitanía, apurou o paso para non perdelos de vista e ía tan ensimesmada que non se decatou de que a rapaza da cámara de fotos, en realidade Sofía, tamén a estaba a seguir a ela. Sofía déralle instrucións precisas a Ariel sobre o que tiña que facer e como comportarse e Ariel seguiraas ó pé da letra.

Podería parecer unha trampa un pouco parva pero Sofía estaba segura que picarían en canto descubrisen que non mentira co enderezo. Non desexaba que roubasen a moeda, só que o intentasen, que mostrasen que estaban realmente interesados nela. Por iso Ariel mentira con respecto a onde se atopaba. Recibira unha mensaxe de Steven no seu teléfono móbil e estaría a esperala na súa casa do *Moucho* en canto rematase con esta lea. As sombras ían resultar útiles de novo.

Dixéralle a Ariel que fosen directamente á súa casa, que subisen un anaco, deixase a mochila e que logo volvesen baixar, e que, o facelo, metese un pouco de balbordo para que, quen estivese ó axexo dos seus movementos, crese que marchaban ó cine. Deste xeito, se cadra, provocaría que tentasen entrar no seu piso para procura-la moeda.

Tal como Sofía planeara ocorreu. O piso de Ariel estaba nunha casa fronte a unha praza que tamén tiña saída á rúa de Santo André e nunha das esquina había un bar dende onde podería observar tódolos movementos de Tareixa, no caso de que tentase forza-la entrada da casa. Viu ó seu curmá entrar coa súa amiga, pasaron dez minutos ata que saíron de novo, deixando mal pechado o portal. Ariel viuna na barra do bar pero non fixo ningún sinal de que a recoñecese. Estaba a facelo moi ben, pensaba Sofía, seguro que estaba encantado coa historia. Ariel nunca marchara de Coruña e sentía, ás veces, que perdera de ter experiencias especiais por iso; cando Sofía volveu de Madrid e contou toda a historia das sombras, pois sabía que era unha persoa moi discreta e non ía contarllo a ninguén, confesoulle sentir unha certa envexa por aquela aventura na que fora unha das protagonistas. Agora seguro que estaba que pegaba chimpos de alegría por estar nunha lea semellante.

Pasaran cinco minutos e ninguén entrara no portal, Sofía xa estaba pensando que Tareixa non se ía arriscar a facer nada a unha hora tan cedo como as nove da noite, e estaba xa a piques de marchar cando viu aparece-la figura inconfundible da súa antiga amiga. Cruzou a rúa cara ó portal de onde saíran Ariel e Uxía uns minutos atrás, mirou un anaco ás súas costas e logo a dereita e esquerda. Sofía observaba todo dende a barra do bar, de seguido viu como Tareixa entraba no portal. Agora so restaba esperar. Estivo tomando tapas e viños mentres non perdía de vista ó portal da casa de Ariel; ó cabo de media hora Tareixa volveu saír. Así que lograra entrar na casa. Ben. Esa moeda tiña que ser moi especial para que Tareixa se arriscase tanto. Xa non tiña máis que facer alí, pagou e marchou de seguido.

En realidade Ariel e Uxía estaban a esperar a Sofía no bar que había preto da biblioteca da rúa de Durán Loriga. Ariel xa lle explicara o seu comportamento na tenda e a bibliotecaria estaba tan emocionada polo que estaba a ocorrer como Ariel. Cando Sofía chegou estaban a rematar unha ración de raxo e dous ribeiros. Sofía contoulles todo o sucedido.

— ¿Tes aí a moeda? –preguntoulle.

— Téñoa. Na carteira.

— Dama. Isto pode poñerse perigoso. Gardareina eu nun sitio seguro. Agarda –dixo Sofía mentres botaba unha ollada polo bar tentando adiviñar se había alguén que os estivese a observar. –Mellor non o fagas, pódenos estar a vixiar alguén que non coñezamos. Non sabemos se Tareixa está a traballar soa ou en compaña doutros dos que non sabemos nada. ¿Onde a tes? –seguiu a falar baixando á voz.

— Na carteira –respondeu Ariel do mesmo xeito. –Envolta nun papel e debaixo dunha foto de carné.

— Colle todo e pásamo. –mandou Sofía, observou ben a moeda, tendo coidado de que ninguén que estivese ó arredor se decatase do que realmente estaba a facer, e logo devolveulla a Ariel. –Agora marchamos á miña casa, logo xa vos traerei de volta. Se cadra xa está alí un amigo que pode que saiba máis disto ca nós.

De seguido erguéronse das cadeiras, pagaron o consumido e marcharon cara ó coche de Sofía, preto dos Xardíns de Méndez Núñez. Durante a viaxe non falaron ren. Non tardaron en chegar ó pobo de Sofía. Uxía estaba abraiada. Durante os derradeiros quilómetros da viaxe Ariel estívolle a explicar como era o pobo e mailas normas tan especiais polas que se rexían os seus habitantes, e, de tódolos xeitos, quedou pampa cando viu cos seus propios ollos o fermoso e ordenado lugar onde vivían Sofía e mailos seus amigos. ¿Quen podería pensar que en pleno monte, non moi lonxe de Coruña, alguén puidese argallar unha comunidade coma aquela? Deixaron o coche no garaxe comunitario e logo foron a casa de Sofía. Había luz na cociña e alá foron todos. Nela había un home alto, forte e de pel morena e cabelo castaño claro que estaba na cociña de ferro que tiña Sofía preparando un guiso ou algo semellante e que recendía dun xeito estraño pero moi apetitoso.

— Ola Steven –saudou Sofía dándolle unha aperta. –Alédome de que esteas aquí.

— Eu tamén alédome de verte, aínda que sexa nunhas circunstancias tan especiais. Veña, sentádevos á mesa, a cea xa está lista. –respondeu o home nun perfecto galego aínda que cun acento que non era da terra.

— ¿Non serás o... antigo compañeiro da miña curmá? –preguntou Ariel que estivera a piques de pronuncia-la palabra *espía* pero se decatou a tempo de que Uxía non sabía nada e se cadra ó home non lle prestaba que ninguén soubese do seu verdadeiro traballo de axente encuberto.

— Son. Ti debes ser Ariel. Faloume moito a túa curmá de ti. –respondeu mentres apagaba o fogo e poñía enriba da mesa, xa argallada cos pratos e os cubertos, unha marmita de barro enorme chea de polo, e ó seu carón unha fonte de patacas asadas ó forno. –Ben, primeiro cearemos este polo ó curry e logo xa falaremos do que está a pasar.

Cearon en silencio e con fame, e despois da sobremesa, unhas filloas recheas de marmelada de mazá, recolleron entre todos e logo foron ó salón, onde, xa sentados comodamente no sofá, Ariel contoulle a Steven todo o que lle estivera a pasar dende que atopara a moeda de Washington.

— ¿Tela aquí? –preguntou Steven.
— Téñoa. –respondeu Ariel mentres collía o portamoedas, sacaba a moeda e entregáballa.

Mentres Steven estaba a examinala, Ariel non podía conte-la súa emoción por ter diante del ó espía inglés que axudara á súa curmá coa historia das sombras. ¡Un verdadeiro espía! Quen ía pensar que coñecería endexamais a un auténtico espía, el que nunca saíra da súa pequena cidade e que o máis emocionante que fixera xamais foran unhas fotografías do petroleiro que encallara preto da Torre de Hércules minutos antes de que estoupara.
Steven estivo un bo anaco examinando a esnaquizada moeda e logo, mirando a Sofía dixo:

— ¿Pensas que Klauss-Hassán está detrás de todo isto e que Tareixa está a axudarlle?
— Penso. Tamén está aquí Francesco d'alla Vitta. Se eses dous están xuntos seguro que están a argallar algunha mala cousa. Ademais, aínda non marchou, o que teña que ocorrer ten que estar a piques de suceder.
— ¿E por que pensas que Tareixa anda enredada en negocios co turco?
— Despois do das sombras cambiou moito. Sei que ten unha tenda de antigüidades pero o seu verdadeiro traballo e

a falsificación de libros e doutras cousas; endexamais a colleron pero coñezo de sobra as súas actividades. Se anda enleada nesta historia, é a mellor falsificadora da cidade, ten que ter relación con alguén sen escrúpulos e boas relacións para sacar adiante o material. Klauss-Hassán, segundo dixo un amigo que tamén anda no comercio da artesanía, chegou a Coruña hai dous anos con toda a súa familia e montou unha tenda. Non vende moito, non é un negocio no que se gañe diñeiro á esgalla, aínda que dea para ir vivindo sen moitos luxos, pero sei que puido mercar propiedades na cidade e nos arredores a pesar de todo. Ten que andar enleado en negocios ilegais, e o negocio da falsificación pode dar moitos cartos.

— Pero iso non demostra a relación entre ámbolos dous. Pode estar a traballar con outra persoa. –dixo Steven ó tempo que devolvía a moeda a Ariel.

— Tareixa é a mellor. Klauss-Hassán non recorrería a alguén que non lle dese garantías dun traballo ben feito.

— Pode que teñas razón, de tódolos xeitos deberíamos vixialos para comprobalo. En canto a moeda –dixo Steven mirando a Ariel –é falsa, non existen moedas acuñadas polos americanos con esa data. Penso que o importante non é a moeda senón o que esconde. Semella que está feita con tres tipos de materiais e, a simple vista, non podo dicir cales son, habería que tomar mostras e tentar analizalas nun laboratorio axeitado, que aquí non temos.

— Si temos –interrompeu Sofía. –Dous casas máis alá, pola mesma beirarrúa na que estamos, vive un xoieiro, se cadra pode deixarnos o seu laboratorio. Ás veces pídollo emprestado para facer comprobacións sobre algunha das cousas que restauro.

— ¿E poderías facer unha copia exacta da moeda?

— Podo, pero levará tempo. Hai pouco mercou un equipo láser para o tallado dos diamantes e sei como funciona. Podo chamalo agora mesmo, aínda é cedo para que estea deitado.

— De acordo –dixo Steven.

Uxía, que non dixera nada en todo o tempo, estaba pampa polo que estaba a escoitar e tan emocionada como o podía estar Ariel. Mágoa que mañá tivese que volver ó seu traballo. Devecía por coñéce-lo final de toda esta lea e desexaba poder participar nela, aínda que non sabía como podería axudar.

— Vou chamalo –dixo erguéndose do sofá e indo cara ó teléfono que tiña no seu taller. –Logo levarei de volta á Coruña a Ariel e Uxía. Volvo de contado.

— ¿E ti en que traballas? –preguntou Steven dirixíndose a Uxía.

— Son bibliotecaria. Nada tan emocionante como os vosos traballos –respondeu ela.

— Non penses, parécecho. –replicou Steven. –Cando levas tanto tempo coma min enleado nestas historias o que che apetecería realmente sería ter un traballo cun horario fixo e ve-la muller e o fillo cando volves pola tarde á casa. Ninguén está contento co que ten, pero cando o perde, éche outra historia, entón bótalo de menos. O teu traballo tamén semella moi interesante: sempre rodeada de libros e documentos, podendo aprender unha morea de cousas ás que moita xente non ten fácil acceso, se cadra descubrindo algún documento perdido entre dúas páxinas dun exemplar esquecido por todos.

— Pode que iso ocorra de cando en vez nalgunha biblioteca grande e importante pero nunha de provincias... –explicou Uxía que tentaba non fitar tanto para Ariel, non fora que fose a notar o moito que lle estaba a gusta-lo fotógrafo.

— Sorprenderíate as cousas estrañas que poden suceder nos sitios máis insospeitados, ¿verdade Steven? –interveu Sofía que acababa de entrar no salón.

— Certo. Xa vos contarei un destes días unha historia moi curiosa.

— ¿Non será a das sombras? –preguntou Ariel.

— É. Xa vexo que a túa curmá contoucha.

— Contouma, pero gustaríame saber máis dela.

— Noutra ocasión. Agora temos que facer. Eu teño que marchar a falar co meu xefe, mañá, en canto poidas, Sofía, ponte en contacto comigo. Se podo atopar máis información sobre todo isto chamareite eu en canto o saiba. Deica logo.

— Deica logo –responderon Ariel e Uxía.

— Deica logo Steven. Veña, imos a Coruña.

Á mañá seguinte Uxía estaba na biblioteca desembalando caixas de libros que acabaran de chegar. De cando en vez miraba o reloxo, Ariel non a chamara aínda, e onte, cando chegaron a Coruña, díxolle que o faría en canto tivese novidades acerca da historia da moeda. Se cadra esquecérao. Non o cría. Ían ter unha mañá moi movida, entre a clasificación dos libros novos, a actualización da base de datos e un taller de conta contos cuns rapaces de primaria que chegarían contra as once e media, non ía ter tempo de máis nada. So de pensalo cansábase. Normalmente gustáballe estar cos raparigos pero hoxe non tiña ánimos para aturar a unha morea de rapaces e rapazas de seis anos enchéndoa a preguntas. Ía pasalo á súa axudante. Hoxe prefería quedar arquivando. Ademais, deste xeito, estaría preto do teléfono.

Ariel, no laboratorio da tenda, estaba a rematar de revelar uns cantos carretes de fotos. Case non durmira pola noite coa emoción. ¡Por fin coñecera a Steven! A súa curmá díxolle, nada máis baixar do coche, que tivese o móbil operativo, que ía chamalo e que fixese exactamente o que ela lle dixera cando o fixese. Estaba desexando meterse de cheo na historia. Nin por asomo pensaba que puidese haber perigo, estaba tan contento por estar vivindo unha lea semellante que non se decatara de que podería saír mancado ou malparado. Estaba xa a rematar co último carrete cando soou o teléfono móbil; agora non podía responder pero mirou na pantalla a ver quen chamaba. Era a súa curmá. Mirou a hora no reloxo de parede que tiña na habitación: as doce. Deixou que a chamada esmorecese, dentro de dez minutos podería falar con ela. Se era moi urxente chamaría de novo. Puido rematar con tranquilidade o seu traballo. Despois saíu do laboratorio e foi cara á entrada da tenda para chamar a Sofía. Antes do terceiro ton a súa curmá respondeulle ó outro lado da liña:

— ¿A que hora pechades a tenda? –preguntou Sofía.
— Ás dúas.
— Ás dúas e media estarei na túa casa, vai chamando ó home da tenda de antigüidades e dille que esta tarde irás coa moeda para que a vexa o seu amigo. Xa che explicarei na casa. Deica logo, teño présa.
— Deica logo. Oe, espera.
— ¿Que?
— ¿Dígolle algo a Uxía?
— Iso é cousa túa, se fose por min non a metería nesta historia, pero alá ti.
— Entón chamareina, non vaia ser que enfade por non contar con ela.
— ¿Gústache a rapaza, verdade?
— Moito. Penso que me estou a namorar.
— Boa sorte, pero ela xa está por ti, non sei se o sabes. –respondeu Sofía.
— ¿De verdade?
— Os homes ás veces non os decatades de nada. Téñoche que deixar. Deica logo.
— Deica logo.

¡Así que lle gustaba a Uxía! ¿Non serían andrómenas da súa curmá? Non, pensaba que non. ¿Que argallaría a súa curmá? Tanto daba, xa o sabería máis tarde. Aínda tiña cinco minutos de descanso, aproveitaría para falar co home de *O faiado*. Ariel sacou da súa carteira unha tarxeta cos números de teléfono do anticuario, primeiro tentouno no teléfono fixo, non contestaban e ó pouco saltou o contestador automático:

— Fala o contestador de Roberto e Tareixa García Olavide. Neste intre non o podemos atender pero se deixa a súa mensaxe e o seu número de teléfono poñerémonos en contacto con vostede axiña. Fale despois de escoita-lo sinal.

Ariel quedou pampo cando o escoitou. ¡Así que os que foran antigos compañeiros de aventuras de Sofía no das sombras eran agora inimigos dela! Agora comprendía Ariel o interese da súa curmá en todo o que estaba a suceder. Marcou de novo o número de teléfono, pero non conseguía conectar. Decidiu chamar ó móbil de Ricardo. De seguido escoitou a voz do anticuario e de fondo os sons dunha rúa.

— ¿Quen é?

— Son Ariel, fun hai pouco pola súa tenda cunha foto dunha moeda.

— ¡Lembro, lembro! –respondeu Ricardo. –¿Que desexaba?

— ¿Podía quedar co seu amigo esta tarde? Gustaríame levarlle a moeda para que lle botase unha ollada. Estíveno pensando e cunha fotografía... penso que ten razón vostede, é mellor que vexa a moeda directamente.

— ¡Perfecto, perfecto! –respondeu Ricardo que estaba facendo un esforzo titánico para que non se decatase o rapaz das súas ansias por te-la moeda. –Non haberá problema, penso que non haberá problema. Vou tentar contactar con el e xa o chamo eu dentro duns minutos. ¿A este mesmo número que estou a ver na pantalla?

— Si. Con que mande unha mensaxe coa hora xa abonda, agora estou a traballar e non podería responderlle.

— Ben, ben, mandarei unha mensaxe entón. Alédome de que ó fin se decidise –respondeu Ricardo arrepentíndose ó momento de ter dito isto último, non fora que empezase a sospeitar.

— Grazas pola súa paciencia, ata logo.

— Ata logo.

Ricardo nese intre estaba nun atasco na Praza de Pontevedra coa furgoneta da tenda. ¡A quen se lle ocorre poñerse a arranxa-lo asfalto nun día entre semana! Alí estaba, entre dous coches, esperando a que os obreiros rematasen co burato que había case fronte o quiosco das revistas. Se chegaba tarde á reunión que nese intre había na tenda de Klauss-Hassán non era culpa súa. De tódolos xeitos, tiña boas novas: ían recupera-la moeda esa mesma tarde, a tempo para facelo intercambio pola noite. Mirou o reloxo. Xa levaba alí preto de media hora. Estaba máis que farto. E por riba antes de chegar á rúa Cidade de Lugo, onde estaba a tenda de artesanía, tiña que pasar polo Ventorrillo a deixar aquelas dúas mesiñas de noite que mercara un matrimonio vello o día anterior. Non chegaría a tempo. Decidiu chamar a Teresa. Polo menos serían boas novas as que lle diría e esperaba que, desta vez, non rifase con el.

— ¿Onde andas? –preguntou Tareixa en canto respondeu á chamada do seu irmán.

— Na Praza de Pontevedra. Hei chegar tarde. Pero...

— ¡Nin pero nin nada, es un inútil! –interrompeu Tareixa a explicación.

— ¿Deixarás que che diga o que está a pasar ou impórtache máis aldraxarme de seguido que saber que por fin imos te-la moeda? –berrou Ricardo un pouco farto de que a súa irmá sempre estivese de mal humor e asoballándolle de continuo.

— ¿O que?

— Chamou o home da moeda e di que desexa que a vexamos. Vaina traer esta tarde.

— Moi ben. Iso está ben. En canto poidas achégate á tenda de artesanía. Non tardes –dixo Tareixa colgando a continuación sen tan sequera despedirse do seu irmán.

Por fin remataran co asfalto, a circulación volveu á normalidade e Ricardo puido saír da lea montada na praza e deixalas mesiñas no Ventorrillo. Mentres ía camiño da tenda de Klauss-Hassán pensaba na relación que mantiña coa súa irmá. Farto, estaba farto. En canto este negocio concluíse marcharía de Coruña. Non lle ía dicir nada, simplemente calquera día liscaría para sempre desta cidade. Tratábao coma un farrapo. El endexamais facía nada á dereitas. Era como se esperase a que fixese algo mal para estoupar e amosarlle toda a súa xenreira acumulada no seu interior. O malo era que cando facía as cousas ben non escoitaba dela ningunha palabra de agradecemento ou sequera un pequeno afago. E as persoas, de cando en vez, necesitan escoitar un aloumiño, un afago, palabras de recoñecemento polo labor ben feito, algo que lles dea azos para continuar co seu traballo e sentir que o que fan serve para algo. Non a aturaba máis. Nin sequera sabía moi ben porque a estaba a axudar. Dende que volvera de Madrid e se puxera a traballar con ela as cousas non foran ben entre eles. Ó principio tentou pescudar porque a súa irmá cambiara tanto de carácter, sempre tivera unha personalidade difícil pero se podía falar con ela, pero ocorrera algo, non sabía o que era, que a converteu nunha amargada; ela endexamais quixo contarlle nada. Tanto lle daba realmente. Os primeiros meses da súa, podiamos dicir, asociación comercial, estáballe moi agradecido e non tiña en conta a súa pouca paciencia con el, Ricardo sempre fora un pouco lento para aprender segundo que cousas, e non dixo ren. Co tempo pensou que o mal humor de Tareixa non era culpa súa pero tamén que Tareixa xa non sabía relacionarse dun xeito normal coas persoas. Erraba. Sabía de sobra. O que non desexaba era telo preto dela. Aturou todo o que puido e aprendeu a non facer caso dos berros e malos modos da súa irmá. Creu que podería manter esta relación distante e difícil con Tareixa por moito tempo, pero estaba empezando a fartarse dela. Agora tiña aforrado suficiente diñeiro como para liscar para sempre e non ter que volver a vela. Iso faría. En canto rematasen con isto.

Non resultara difícil atopar ó seu fillastro. O primeiro que fixo o comisario Soler en canto chegou á cidade e descansar, as viaxes en tren deixábano baldado, foi contactar cun coñecido que tiña na policía da Coruña e dicirlle o que lle estaba a suceder. Todo foron facilidades para consegui-lo enderezo correspondente ó número de teléfono dende onde o seu fillastro fixera a chamada. O venres pola mañá fora ata alí e atopouno axiña. A cousa era ben sinxela: coñecera a unha rapaza por Internet, namorárase dela e, como era intérprete de música clásica e ía ter un concerto na Coruña, decidira ir cara a esta cidade e marchar con ela. Nese intre, diante de dúas cuncas de café con leite, estaba a falar con el:

— Xa es grandiño para facer estas parvadas. Deixaches moi preocupada á túa nai co que dixeches polo teléfono. ¿Non podías telo feito doutro xeito?

— A verdade é que non sei que me pasou.

— ¿Segues na teima de querer ir con ela? ¿Sabe ela algo disto?

— Non sabe ren. Foi un arrouto. Como querer ir, claro que quero. O que non sei se ela vai querer que marche canda ela.

O comisario Soler quedou fitando ó seu fillastro. Alto, moreno, non moi agraciado, non tivera moitas noivas. Sempre fora un rapaz tímido ó que lle custaba un mundo relacionarse coas mozas. Esta forma de comportarse non era propia del. Cría no que lle estaba a dicir. El non era quen de meterse en leas estrañas.

— Ben, entón ¿que pensas facer? –preguntou o comisario Soler.

— Se cadra o mellor será que marche contigo, de tódolos xeitos ¿podemos quedar esta noite e vela no concerto?

— Podemos. ¿Onde é?

— Nunha igrexa que hai na parte vella da cidade: a Colexiata de Santa María do Campo.

— Farémolo, agora imos dar unha volta e chamar á túa nai para tranquilizala. ¿Que pasa co teu traballo na libraría? – dixo o comisario Soler mentres se erguía da cadeira de brazos e camiñaba cara á porta de saída da casa.

— Dixen que collía uns días libres –contestou o seu fillastro Alberte collendo unha cazadora vaqueira dun gancho preto da porta.

— Así que non tiñas claro que ías marchar para sempre como nos dixeras.

— Seica non o tiña claro. Foi unha tolemia. –respondeu pechando a porta con chave e comezando a baixa-las escaleiras.

— Bo peixe estás feito. Imos.

Na tenda de artesanía a muller de Klauss-Hassán está vendendo a uns clientes unha fermosa alfombra feita a man, mentres o seu home está nunha habitación preta do almacén nunha importante reunión de negocios, segundo lle dixera. Nesa habitación, pequena e case sen decoración, cunha mesa de madeira e catro cadeiras, un armario de aceiro con pechadura, e sen fiestras están falando Klauss-Hassán, Tareixa, Ricardo e Francesco d'alla Vitta.

— Eu non me fío –dicía Tareixa.

— ¿Por que? –preguntou Klauss-Hassán.

— Resúltame moi estraño ese cambio de opinión: primeiro trae unha foto da moeda, e logo, de súpeto, decide que vai vir con ela para que a vexamos. Sóame a trampa.

— Se cadra tes razón. Pero temos que arriscarnos a que realmente sexa tan parvo como para non sospeitar nada da moeda. Hoxe temos que face-lo intercambio. ¿Estás segura de poder facer unha igual e en tan pouco tempo?

— Estou –respondeu Tareixa que xa tiña hai tempo preparada unha copia, cando lle entraron tentacións de enganar a Klauss-Hassán. –Non vai resultar doado, pero podo facelo.

— Estou seguro diso –dixo Klauss-Hassán tradeándoa coa mirada pois desconfiada dela aínda que non lle quedaba outra que tela de compañeira de negocios, era a mellor no seu oficio.

Tareixa aturou con firmeza a mirada de Klauss-Hassán. Ricardo e Francesco non dicían nada, a súa intervención no negocio que se traía entre mans Klauss-Hassán era mínima: o veneciano viñera para recoñecer ó contacto que tiñan na orquestra que esta noite ía actuar no concerto que tería lugar na Colexiata de Santa María do Campo; Ricardo só facía o que lle dicían, os verdadeiros artífices do negocio eran a súa irmá e o espía turco.

— De acordo –dixo Klauss-Hassán apartando os seus ollos de Tareixa. –Ímolo facer. ¿Dixo o home cando iría pola tenda?

— Son eu quen teño que mandarlle unha mensaxe coa hora –falou Ricardo. –Fíxenlle crer que teño un coñecido que pode falarlle dela.

— ¿Canto tardarás en face-la copia?

— Non moito, podo basearme nunha moeda actual coa efixie de Washington e modificala, se cadra cunha hora teño máis que suficiente.

— Así que o que hai que facer é telo entretido mentres Tareixa fai a copia –dixo Klauss-Hassán erguéndose da cadeira e comezando a dar voltas ó redor da mesa. –Ti –seguiu mirando desta vez a Francesco –podes representar ó amigo entendido, xa que non te coñece.

— Está ben.

— E ti –seguiu a falar Klauss-Hassán mentres se paraba detrás da cadeira de Ricardo e poñía as súas mans enriba dos ombreiros do irmán de Tareixa -¿serás quen de darlle conversa e telo tranquilizado durante o tempo que cumpra?

— Por suposto, non son tan inútil aínda que haxa persoas que o pensen –replicou Ricardo ó tempo que miraba a Tareixa, que non se deu por aludida.

— Entón xa podes mandarlle a mensaxe. Non metades a zoca. Vémonos pola noite no concerto. Xa sabedes o que tedes que facer.

Era preto da unha e media do mediodía cando Ariel recibiu unha mensaxe no seu móbil; nese intre estaba amosando a unhas rapazas unha cámara de vídeo para agasallar ó seu pai polo seu aniversario e non puido collelo, pero escoitou perfectamente a musiquiña de aviso. Se cadra era o anticuario. Xa quedaba menos para pecha-la tenda. Estaba desexando saír. Hai un anaco, lograra chamar a Uxía para dicirlle que pasaría a recollela en canto saíse e, seica, puido notar un certo ton de alegría na reacción da bibliotecaria. ¿A ver se a súa curmá ía ter razón? Toleaba por saber se Sofía estaba no certo.

Ás dúas Ariel saíu a fume de carozo da tenda de fotografía, pasou pola biblioteca: Uxía xa estaba a esperalo na rúa. Preto das dúas e vinte xa estaban na súa casa da rúa do Orzán e non ben acababan de acomodarse no sofá para falar cando soou o timbre do porteiro automático. A súa curmá, sempre tan nerviosa, chegara antes da hora e viña acompañada de Steven, Carla e Xurxo.

— Tiven que avisalos: Carla recoñecerá se quen está a axudar ó turco é realmente Francesco d'alla Vitta; Xurxo, como científico, estivo a botarme unha man coa composición da ditosa moeda. Míraa –dixo Sofía mentres tendía a Ariel a moeda de Washington.

— Xa a teño visto moito.

— Esta non: é a falsa.

— Pois semella a que atopei.

— Custoume un mundo pero coa axuda de Xurxo logreino, estivemos a traballar toda a noite. ¿Díxote Ricardo cando tedes que ir á tenda?

— ¡A mensaxe! Aínda non a vin. –respondeu Ariel mentres collía o móbil, localizaba a mensaxe e líao. –Contra as cinco.

— Ben. Agora só queda saber que desexan facer coa moeda –interveu Steven. –Conseguimos que nos deixen entrar nun piso que hai fronte mesmo da tenda, Carla e máis Xurxo estarán polos arredores, xunto con Sofía vixiarán tódolos seus movementos.

— ¿E nós? –preguntou Uxía.

— Vós con que vaiades á tenda xa teredes feito de abondo. –respondeu Steven. –Deixade que nós fagámo-lo resto.

— ¡Non é xusto! –replicaron Ariel e Uxía.

— Queremos saber o que está a pasar –dixo Ariel.

— Steven, se os deixamos fóra, coñecendo como coñezo ó meu curmán, sei que son quen de facer calquera parvada. ¿Que te parece se levas a Uxía contigo e eu quedo con Ariel?

— Se non queda outra... Pero tedes que facer o que Sofía e máis eu digamos. ¿Estamos?

— De acordo. –responderon Uxía e Ariel case ó tempo emocionados de máis.

— E agora ¿que tal se xantamos un pouco? –preguntou Carla. –¿Onde te-la cociña?

— Amósocha –dixo Ariel erguéndose da cadeira. –Penso que teño guiso conxelado suficiente para todos.
— Perfecto.

Ás cinco en punto Uxía e máis Ariel entraban pola porta de *O faiado*; na tenda estaban Ricardo e máis outro home, alto e gordo, moi ben vestido. Debía se-lo amigo do que lles estivera a falar. Na parte traseira da tenda parecía que non había ninguén. Uxía e Ariel achegáronse ata onde estaban os homes, no mostrador ó fondo da tenda. Ricardo presentou ó home que estaba o seu carón:

— François Coruages-Maland é un vello amigo bo coñecedor das moedas americanas.
—Encantado. Eu son Ariel Sánchez e esta é a miña amiga Uxía. –respondeu mentres tendía a man ó home gordo, que a estreitou fortemente e fixo unha especie de reverencia coa cabeza en dirección á bibliotecaria.
— Encantado de coñecervos –falou François cun lixeiro acento francés. –Dende que o meu querido amigo Ricardo me falou da túa consulta estaba desexando coñecerte.
— E ve-la moeda. –dixo Ariel.
— Por suposto. E ve-la moeda. ¿Trouxéchela, verdade?
— Para iso quedaramos. Aquí está –respondeu Ariel mentres sacaba a súa carteira dun pequeno bolso que levaba no cinto de coiro e daba a moeda a François.

O home colleu o papel e despregouno con coidado enriba do mostrador. Parecía a moeda. A data coincidía, non podía haber dúas iguais.

— Gustaríame poder examinala máis polo miúdo, se cadra non lle importaría esperar un anaco mentres o fago aquí mesmo, no taller que ten Ricardo aquí detrás. Necesito a axuda duns cantos instrumentos especiais para facelo.
— Claro –respondeu Ariel –,se non lle importa –seguiu falando esta vez a Ricardo -¿poderíamos quedar aquí esperando?

— ¡Por suposto! Non hai ningún problema. ¿Saben que aquí temos algunhas cousas que posúen unha historia moi curiosa? Mesmo temos unha cunca co seu prato que perten-ceron á vaixela do Titanic. Veñan comigo. –dixo Ricardo apartándoos da porta de entrada ó taller da súa irmá onde ela e máis Francesco d'alla Vitta ían argalla-lo engano e levándoos cara a un dos andeis pechados con portas de cristal da entrada.

— ¿En serio? –preguntou Uxía.

— Vendémola con certificado de garantía. Os nosos produtos teñen un certificado de que son perfectamente lexítimos. Non vaia pensar que tódolos anticuarios somos unha panda de aproveitados e vendedores de xénero roubado. –respondeu Ricardo rindo despois das derradeiras palabras.

— Non pensara tal cousa –respondeu a bibliotecaria seguindo ó anticuario polo corredor formado polos mobles da tenda mentres miraba cara atrás e observaba a reacción de Ariel antes as palabras de Ricardo. O seu amigo sorría.

— Velaí a cunca –falou Ricardo mentres se paraba diante do andel da esquerda da porta de entrada á tenda, collía unha chaviña do peto esquerdo do seu chaleco, metíaa na pechadura e collía unha cunca de porcelana branca con debuxos de pequenas rosas en todo o seu bordo. -¿Non é fermosa?

— Moito.

Mentres Ricardo entretiña a Ariel e Uxía cun milleiro de historias, algunhas verdadeiras e outras inventadas por el para a ocasión, Tareixa e Franceso estaban a falar na habitación tralo mostrador.

— Así que xa tiñas feita unha copia da moeda. Iso quere dicir que pensabas enganar ó turco.

— Pensaba. –respondeu Tareixa á acusación do veneciano. –Logo cambie de opinión pero gardei a copia; endexamais boto ó lixo estas cousas, poden valer no futuro.

— ¿Que che fixo botarte atrás?

— Coidei que ganaría máis cartos se non o enganaba que facéndoo.

— Só che interesan os cartos, ¿verdade?

— Máis nada. –respondeu Tareixa. –As vosas lerias místicas tanto me ten. Eu estou no negocio polos cartos. Como digas algo a Klauss-Hassán disto vaste acordar de min. ¿Estamos?

— Fíate de min. Non lle vou dicir ren.

— Eu non me fío de ninguén, pero como llo digas vaite pesar, sei cousas de ti, e teño probas que poden confirmalo, que poden ir, dun xeito anónimo por suposto, á policía e poderías parar cos teus ósos na cadea. Así que caladiño. Imos deixar que eses parvos pensen que estamos a examina-la moeda e dentro de media hora dámoslle a copia. Non se van decatar. Iso seguro.

— Seino. Es a mellor. E volvo a repetirche que non vou dicir nada. Non fai falla que me ameaces.

— Só por se acaso. Non farei nada se ti non o fas. –respondeu Tareixa xogando cos anacos da moeda argallada por ela.

Eran preto das seis da tarde cando Francesco saíu da habitación, nese intre Ricardo estaba a amosar ós dous amigos un moble recentemente restaurado que xa tiña o letreiro de *reservado*. Francesco achegouse a eles e tusiu levemente para facer notar a súa presenza.

— ¿Que che pareceu a moeda? –preguntou Ricardo volvéndose cara á Francesco.

—Sinto, non ten valor ningún. Semella un divertimento de alguén. Pode que sexa unha curiosidade pero non ten valor numismático. Nin os materiais cos que está feita nin a data corresponden coa época. Non sei o que pensaba vostede facer con ela, pero dubido que lle poda sacar algún beneficio económico. –dixo Francesco devolvendo a moeda a Ariel.

— A verdade é que non me facía moitas ilusións, parece bastante estraña. Moitas grazas polo seu tempo. Se me di canto son os seus honorarios... –respondeu Ariel collendo a moeda e gardándoa de novo na carteira.

— ¡Non é nada! ¡Por favor! Foi un pracer axudarlle e unha satisfacción poder vela. Se cadra en Internet... Sempre hai alguén na rede que merca cousas estrañas.

— Niso ten razón. Non sei o que farei con ela, se cadra gárdoa como unha curiosidade. Moitas grazas. Ós dous. Deica logo. –respondeu o fotógrafo. -¿Imos? –falou dirixíndose a Uxía, quen lle respondeu cun xesto afirmativo.

Ricardo e Francesco quedaron mirando para eles ata que saíron da tenda; de seguido pecharon a porta., o anticuario puxo o cartel de *Volvo en cinco minutos* e foron cara á habitación do fondo onde estaba Tareixa.

— Xa chamei a Klauss-Hassán –dixo Tareixa en canto entraron no seu taller. –Temos que estar na igrexa de Santa María do Campo para o concerto que vai ter lugar esta noite. Chegaremos cada un pola nosa banda e poñerémonos o máis apartados uns dos outros; nada de sinais, o único que vai facer algo é Francesco e xa sabe que parte do plan lle toca.

— Entón aínda temos case catro horas por diante. –interveu Ricardo.

— E nese tempo podedes facer o que vos pete e deixarme en paz. Veña, liscade de aquí ámbolos dous. –dixo Tareixa mentres collía a moeda que lle entregara Ariel e a metía nunha caixiña de madeira escura.

— Xa marchamos –respondeu o seu irmá ó tempo que lle facía un sinal a Francesco para ir cara á rúa.

Ámbolos dous homes deixaron a Tareixa soa coas súas teimas e colleron pola rúa de Santa María sen se decatar de que un home de cabelo gris longo recollido nunha coleta, con barba, moi delgado e non moi alto, estaba a seguilos. Xurxo sabía pasar desapercibido cando lle petaba e os dous homes non se deron de conta de que topaban coa mesma persoa unha e outra vez en todo o percorrido que fixeron dende a parte vella da cidade ata a Praza de María Pita, onde pararon nunha das terrazas para falar comodamente e facer tempo ata que chegase o momento do concerto na igrexa. Xurxo sentou na mesma terraza ca eles, case tres mesas máis aló. Ricardo e Francesco non debían de sospeitar que lles estaban a axexar tódolos seus movementos.

Mentres, nun piso fronte a tenda de antigüidades, que tiña fiestras tanto cara á rúa Santa María como a rúa Cortaduría, Steven estaba pendente de ver saír da tenda a Tareixa. Aínda que sabía onde ía ter lugar o encontro dos seus inimigos, xa que a moeda que argallaran Sofía e máis Xurxo tiña incorporado un pequeno micrófono que lle permitiría escoitar tódalas conversas que se fixesen a pouco máis dun metro da moeda, non sabía realmente a importancia dela nin para que a querían. Xa quedara claro co análise que fixeran os seus dous amigos que a moeda de Washington estaba composta de prata, ouro, cinabrio e platino. Non tiña sentido todo aquel rebumbio por uns materiais tan normais, a moeda tiña que agochar algunha outra cousa, non sabían que era pois só fixeran un análise superficial dos materiais dos que estaba composta para poder fabricar unha copia. Steven mandara a auténtica moeda ó seu xefe Williams e dixéralle o que estaban a face-los antigos compañeiros da aventura das *Sombras* para descubrir na que estaba metida Klauss-Hassán nesta ocasión. Williams dixéralle que en canto soubese algo xa lle chamaría ou aparecería pola casa de Sofía para contarllo persoalmente. Uxía non paraba de camiñar por toda a casa, nerviosa de máis polo que estaba a suceder e emocionada por estar a participar nunha auténtica intriga na que mesmo estaba de compañeira dun auténtico espía. Botaba de menos a Ariel, que andaba coa súa curmá polos arredores da Praza de Azcárraga. En canto saíron da tenda ela tivo que meterse na casa que lles emprestara, a cambio dun módico prezo, un coñecido de Sofía e Ariel marchou coa súa curmá a encontrarse con Carla na praciña que había preto do convento dos Dominicos, un anaco lonxe da tenda pero non tanto como para non poder controlar a Ricardo e Francesco no caso de que tomaran esa dirección se saían dela. Mágoa que o fixeran na dirección contraria, pola rúa Santa María, que era onde estaba Xurxo ó axexo, pensaba Ariel, que devecía por facer de espía e andar a perseguir ós malos polas rúas, algo que non era tan fácil como el pensaba. Por mor do teléfono móbil, que todos estaban a utilizar para comunicarse con mensaxes, sabían onde se atopaban neste intre os dous homes. Aínda así, quedarían na praciña por se era Tareixa a que se movía e tiñan que seguila e a Steven non lle daba tempo de facelo. Todos sabían, pois Steven comunicáralo en canto o escoitou, que algo ía pasar esa noite no concerto da Colexiata pero non desexaban perder de vista a tódolos que estaban implicados na historia, non fose ser que consistise nun engano e realmente o encontro desa noite tivese lugar noutro sitio distinto e a outra hora.

Ás nove e cuarto da noite o atrio da Colexiata de Santa María do Campo estaba empezando a ateigarse de xente interesada en escoita-lo concerto de Bach que ía ter lugar dentro dun anaco. No interior, grazas ás súas relacións de traballo co abade, xa que restaurara algunha que outra reliquia da colexiata, preto da tumba máis próxima ó altar maior, estaba Sofía dende hai tempo. Dende aí podería ter unha vista bastante boa de tódolos bancos da igrexa Dubidou entre ese sitio e ó coro, un nivel máis alto que o resto da igrexa, e decidiu no derradeiro momento quedar na tumba. Tiña a intuición de que os músicos que ían actuar esa noite tiñan algo que ver co que estaba a pasar coa moeda e desexaba observa-las súas reaccións tanto coma os do público que asistise, entre o que ían estar Klauss-Hassán e Francesco d'alla Vitta, e os seus vellos amigos, agora convertidos en inimigos, Tareixa e Ricardo. Steven estaría a piques de chegar, ela mesma abriríalle unha porta lateral que había na igrexa, e quedaría na primeira fila dos bancos, atento a calquera sinal particular dos músicos, se é que eran calquera deles o contacto de Klauss-Hassán. Tanto Steven coma Sofía pensaban que non se trabucaban. Eran as nove e media cando a xente empezou a entrar na Colexiata. Dende a súa posición privilexiada Sofía foi informando a Steven, por medio de sinais previamente concertadas entre eles, que Xurxo quedara no derradeiro banco da dereita, segundo se entraba na igrexa, diante del colocouse Klauss-Hassán, e catro bancos adiante

Francesco. Ariel e Uxía estaban de pé, detrás dunha das columnas que separaban os bancos das capelas que había nos laterais da igrexa, moi pretos da entrada ó coro, situado na parte superior, na banda oposta á de Xurxo, e que neste instante tiña a súa porta enreixada pechada por mor dun cadeado. Tareixa e Ricardo sentáranse nun banco da parte oposta onde estaba Francesco, un pouco máis atrás que o veneciano, Carla andaba no terceiro banco da esquerda, pendente tamén do que estiveran a face-los músicos, ós que coñecía por referencias pero que nunca escoitara. A quen non esperaba atopar alí Sofía e foi unha auténtica sorpresa cando o viu foi ó comisario Soler. Viña acompañado por un home xove, se cadra o seu fillo, aínda que Sofía non sabía se casara ou non. ¿Que faría este home na Coruña? Entrou despois de que tódolos seus amigos estivesen xa nos seus postos e, aínda que pasou moi preto de Carla, non pareceu recoñecela. Tamén é verdade que pasaran quince anos dende a derradeira vez que a vira e que a súa amiga cambiara moito fisicamente. Mentres o concerto non empezaba a xente falaba e comentaban a peza que se ía interpretar. Eran as dez menos dez cando o trío de intérpretes ocupou os seus postos: consistía en dous rapaces e unha rapaza miúda, de pel clara e cabelo rubio nunha longa trenza. Sofía observou como o xove que acompañaba ó comisario Soler fitaba á rapaza e se poñía máis vermello que unha papoula. Así que era iso. Estaba namorado dela. Era estraño porque ela, aínda que botou unha ollada pola igrexa, pareceu que non o coñecía ou non lle importaba. Os músicos tiraron un tempo afinando os instrumentos, as voces da xente ían baixando de volume ata que por fin, cando os músicos foron presentados, deixaron de escoitarse.

Despois da presentación, o silencio e de súpeto os tres instrumentos comezan a soar ó tempo na vella igrexa e empézana a encher de confusión barroca e bachiana. É unha peza especial con trinta e tres variacións do mesmo tema. Puro barroco. Sofía observa dende a súa posición a perfecta execución da peza. Nin Klauss-Hassán, nin Francesco, nin Tareixa ou Ricardo se comunican entre eles nin dan mostras de estar alí por outra cousa que non sexa a audición deste trío de músicos búlgaros. Se cadra, pensa Sofía, o que teña que ocorrer será despois do concerto. A primeira variación finaliza e os músicos comezan a execución da segunda. Sofía non da creto o que está a oír, mira a Carla que tamén observa estrañada ós músicos. Aquilo non é de Bach. Parece que ninguén máis se está a decatar. De súpeto Francesco érguese do seu posto, sae ó corredor que separa ámbalas columnas de bancos e comeza a camiñar cara ós músicos e, antes de chegar ó sitio onde se atopa Steven, queda parado durante un intre fitando para o trío búlgaro. O silencio é total agás polo son desa variación que, aínda que ninguén máis se dea de conta, non sendo ámbalas dúas amigas, non é do xenial músico. Paréceselle, pero non é, niso Sofía está segura porque é unha das súas pezas favoritas. Os músicos andan ó seu, Sofía obsérvaos e cre ver como a rapaza, que está no centro do grupo, ergue unha cella e queda fitando durante uns segundos, ó tempo que executa maxistralmente, sexa o que sexa aquilo que están a interpretar, o violín. Francesco da media volta e volve sentar no banco. Sofía non entende nada, pero sabe que algo raro está a pasar e comunícallo por medio de sinais a Steven. O resto do concerto transcorre normalmente e os músicos son moi aplaudidos cando rematan o concerto. Saen todos da igrexa e, como a meirande parte das veces, o público queda un bo anaco falando e atopando amigos e coñecidos no atrio da colexiata. Cando Sofía sae Uxía, Ariel, Carla, Xurxo e Steven están a esperala no cruceiro.

— ¿Estás segura do que me dixeches? –pregunta Steven.

— Si. E Carla tamén. Esa variación non era de Bach. –responde Sofía.

— Se cadra hai algunha mensaxe agochada nas notas –interveu Carla. –Hai tempo que se utilizou ese sistema para transmitilos. Pero vai saber cal é a clave.

— Aínda non saíron –di Ariel á súa curmá. –¿Non é estraño?

— Faríano polas portas laterais. –respondeu Steven que non paraba de mirar cara á enorme entrada da colexiata.

— Non creo, esas portas están pechadas, vino facer ó abade en canto a xente empezou a baleirar á igrexa. –dixo Sofía. –Aínda teñen que estar dentro e a rapaza do trío debe se-lo seu contacto. Foi a única que fixo algo estraño cando Francesco se achegou ata eles. De tódolos xeitos vou comprobalo. Agora volvo.

Sofía comezou a camiñar entre a xente para achegarse ata a porta lateral esquerda da igrexa, comprobou que estaba pechada e logo, rodeando por detrás do ábsida, foi a outra, que encontrou do mesmo xeito. Volveu cos seus amigos e díxolles que estaba no certo. Klauss-Hassán e os demais tiñan que estar aínda no interior da colexiata. De feito ela pensou que xa marcharan pois cando empezou a derradeira variación víraos saír dos seus asentos e ir cara á capela da esquerda da entrada e quedar alí un anaco. Estiveron esperando máis de quince minutos e o atrio e a igrexa foran baleirando de xente. Estaban xa a piques de marchar cando viron ó comisario Soler. El aínda non se decatara da súa presenza, ía falando co home xove co que o vira Sofía na primeira fila de bancos. Cando estiveron preto do cruceiro Sofía faloulle:

— ¡Comisario Soler! ¡Comisario Soler!

— ¿Que quere? ¿Quen es ti? –dixo o comisario Soler parando de súpeto e fitando a Sofía sen recoñecela.

— Sofía Castro Souto. ¿Non me recoñece?

— Sofía ¡canto tempo! –respondeu el pegándolle unha aperta, soltándoa a continuación e mirando ós outros que estaban con ela. –É ti ¿es Xurxo?, e ti ¿Carla?, e Steven. –dixo mentres se dirixía a cada un deles e lles pegaba unha aperta. –este é o meu fillo, Alberte

— Encantada –respondeu Sofía apertando a man de Alberte –¿E logo casou?

— Casei uns meses despois da aventura que tivemos coas sombras. Conteillo –seguiu a fala-lo comisario Soler sinalando a Alberte. –¿Onde se atopan María do Mar, Ricardo e máis Tareixa?

— María do Mar casou comigo, agora vivimos no meu país e temos un fillo. –respondeu Steven.

— Era visto. ¿E os outros dous? –insistiu o comisario Soler.

Durante un intre Sofía mirou a Steven e quedou calada. Non podían falar do que estaba a pasar ó comisario co fillo diante e tampouco estaban convencidos de que o fose a comprender.

— Hai moito que non os vexo –mentiu Sofía, decatándose de que o comisario tampouco se dera de conta de que estiveran no concerto. –¿Va quedar moito tempo en Coruña? Gustaríanos tanto saber que foi de vostede e como lle vai. ¿Sabe que Luís está en Madrid? Hai pouco que estivo aquí e dixo que tentaría localizalo.

— Se cadra foi quen chamou o mércores á comisaria. Dixéronlle que non estaba pero non deixou recado ningún do seu nome. Eu tiven que vi-lo mércores cara a Coruña e non sei se volvería telefonar. Sinto que non teñamos máis tempo para vernos, mañá pola noite imos de volta a Madrid.

— Poderíamos comer todos xuntos, os vellos amigos, e tamén os novos. Esquecinme de presentarlle, este é o meu curmán Ariel e esta a súa amiga Uxía. ¿Por que non quedamos a comer aquí?

— Gustaríame moito pero temos que pensalo, chámame mañá á primeira hora e xa che direi, aquí te-lo número do meu móbil –respondeu o comisario Soler sacando un pequeno caderno e apuntando un número de teléfono.

— Chamareino, pero faga un esforzo por quedar con nós. Alédome tanto de te-lo visto. Non o entreteño máis. Ata mañá, se cadra. –dixo Sofía pegándolle unha nova aperta ó comisario e dándolle a man ó seu fillastro.

— Ata mañá.

O comisario Soler e máis Alberte colleron pola rúa que baixaba cara á Praza de María Pita mentres Sofía e os seus amigos quedaban mirando como un dos cóengos pechaba a porta da colexiata. Non perdera de vista a porta mentres estivera a falar co comisario Soler e por aí non saíra ninguén. Perderan o rastro de Klauss-Hassán e os seus colegas. ¿Onde se meterían? O transmisor que puxeran na moeda hai tempo que non lles facilitaba información, se cadra o descubriran aínda que non o cría. Seica gardaran a moeda nalgún lugar e o transmisor non tiña a suficiente potencia para traspasa-lo material onde estivera agochada a moeda.

— Vou quedar durmir na túa casa –dixo Sofía ó seu curmán –quero andar por aquí mañá ben cedo para descubrir o que pasou, porqué non os vemos saír.

— ¿E como vas facer? –preguntou Steven.

— Aínda non o sei, pero algo argallarei. Só espero que o negocio que tiveran entre mans non o remataran aínda. No caso contrario teremos que amolarnos e recoñecer que por esta vez Klauss-Hassán foi máis listo ca nós. O meu coche está nos Xardíns de Méndez Núñez. Toma as chaves. Seguro que María do Mar está preocupada por ti. –seguiu a falar Sofía mentres lle tendía a Steven as chaves do seu Land Rover.

— Vale, pero non te arrisques. En canto saibas algo avísame. Williams non puido descubrir nada. Mandoume unha mensaxe ó móbil hai pouco, pero di que vai seguir pescudando. Deica logo entón.

— Deica logo. –responderon Sofía, Uxía, Ariel, Xurxo e Carla.

— ¿Non ides con el? –preguntou Sofía ós seus amigos.

— Non, se non che importa quedaremos contigo. Espero que non abusemos da hospitalidade do teu curmán, senón marcharemos a unha pensión. –dixo Carla.

— Non hai problema, teño camas por tódalas partes da casa agochadas para casos como este, xa o pensara hai tempo e está a ser moi útil polo que vexo. –respondeu Ariel –e se ti tamén queres quedar –seguiu dirixíndose desta vez a Uxía –podes facelo, así non terás que erguerte tan cedo mañá para ir traballar.

Uxía, que non esperaba este ofrecemento, quedou pampa por un intre pero reaccionou a tempo.

— De acordo, chamo a miña irmá e arranxado. –respondeu mentres collía ó teléfono móbil e marcaba o número da súa irmá, quen o colleu o momento e decatouse da situación ó instante, desexándolle boa sorte co seu namorado.

Son máis das doce da noite, a Colexiata permanece silenciosa, as súas pedras van arrefriando, no exterior a escuridade comeza a envolve-lo granito centenario e dentro, nun recuncho do coro, xace un corpo frío, coma as lousas sobre as que descansa. É o corpo dunha rapaza nova, pequena e cunha longa trenza de cabelo rubio. E preto dela, brillante e rechamante unha moeda coa efixie de George Washington.

4. A investigación

Sofía ergueu cedo, coma sempre, tanto que tivo que esperar a que abrise o quiosco da Praza de Mina para merca-lo periódico, pagou e, sen pararse a miralo, dobrouno, logo foi buscar unha cafetería aberta a esas horas para toma-lo primeiro café do día. Entrou na cafetería do hotel que había en Xoana de Vega e despois de escoller mesa e sentarse na cadeira despregouno. Non o podía crer. Na primeira páxina aparecía a fotografía da Colexiata e ó pé da foto o periodista contaba como xa de madrugada, pouco antes da unha, o abade, que tiña o costume de dar unha volta polo edificio antes de marchar definitivamente, atopara a porta do coro aberta, algo fóra de lugar, e ó subir achou o cadáver dunha muller nova, que resultou ser un dos intérpretes do trío que dera o concerto a noite anterior.

Sofía tomou ás presas ó café, pagouno e liscou a fume de carozo cara á casa de Ariel. Contra o seu costume, pois o fotógrafo endexamais espertaba antes das oito da mañá e agora eran preto das sete e media, Ariel xa estaba na cociña preparando o almorzo e Uxía estaba con el. Sofía ó momento notou que ámbolos durmiran xuntos, mellor para eles, ela parecía unha boa rapaza.

— Mira –dixo Sofía tendendo o periódico a Ariel.

O fotógrafo colleuno, leu a portada e logo buscou a páxina onde se ampliaba a información da noticia; Uxía estaba pendente dos seus menores movementos e miraba a Ariel con cara de estrañeza preguntándolle, sen obter resposta, polo que estaba a suceder. Despois de ter lido a noticia Ariel fitou á súa curmá.

— ¿Pensas que puideron ser eles? –preguntou Ariel. –Non ten sentido, se era o seu cómplice por que ían matala.

— ¿A quen mataron? ¿Que está a ocorrer? Ariel responde. –interveu Uxía.

— Á rapaza do trío de músicos que tocaron onte pola noite na Colexiata. –respondeu Ariel moi serio –Isto está a empezando a ser perigoso. Teríamos que chamar á policía para contarlle o que sabemos.

— Faremos algo mellor –dixo Sofía –chamaremos ó comisario Soler.

— ¿O home a quen saudaches cando estabamos reunidos no cruceiro do atrio? –preguntou Ariel.

— O mesmo. Se non interpretei mal os sinais do seu fillo, estaba namorado da rapaza. En canto o comisario saiba o que pasou tomará a historia como algo persoal. A el podemos contarlle o que sucede realmente. Haberá que dicirlle toda a verdade se desexamos que nos teña en conta. Vou chamalo de contado.

— ¡Se non son nin as oito, Sofía!

— Tanto ten, vouno chamar.

— Sempre tan teimuda. –dixo o seu curmán ó tempo que collía a man de Uxía e a acariñaba.

Sofía saíu da cociña e estivo sentada no sofá da sala falando co comisario preto de cinco minutos, logo volveu á cociña.

— Ven cara aquí, chegarán dentro dunha hora. Hai que espertar a Carla e Xurxo e contarlles o que está a pasar.

— Non están, marcharon. –dixo Ariel que nese intre estaba a servir a Uxía o café mentres a bibliotecaria lle preparaba unha tostada con manteiga e marmelada de amorodos.

— ¿Onde marcharon?

— A dar unha volta polo Dique de Abrigo.

— Pois vou chamalos, isto interésanos a todos. Tamén hai que avisar a Steven. –dixo Sofía volvendo a marchar cara á sala do televisor onde permaneceu, desta vez, case media hora colgada do teléfono. Xusto cando rematou chamaron á porta: era Carla e máis Xurxo. Sofía amosoulles ó periódico e ámbolos dous amigos puxéronse de contado a le-la noticia.

Ariel prendeu a televisión e viu como se interrompía a emisión do programa *Bos días* para dar un adianto informativo sobre o crime que tivera lugar na igrexa da Cidade Vella de Coruña. O de sempre, que a policía aínda non sabía nada de certo e que estaban a seguir varias liñas de investigación. Ou sexa, que non tiñan nin idea do que sucedera nin a razón do asasinato. A periodista, unha rapaza de pelo negro moi curto á que se lle notaba que era o seu primeiro día ante as cámaras, estaba nerviosa de máis; detrás dela, a imaxe familiar da Colexiata, rodeada dunha cinta amarela: dentro, uns cantos policías; fóra, unha morea de curiosos facéndose, pensaba Ariel, as máis peregrinas teorías sobre o que ocorrera.

O timbre da porta volveu soar, desta vez eran o comisario Soler e o seu fillastro, este último con cara de ter chorado a esgalla. Sofía contoulle ó comisario a verdadeira razón de que o atoparan no concerto: como Ariel achara unha moeda estraña preto da Praza das Bárbaras, como souberon que Tareixa e Ricardo estaban interesados nela e que eran cómplices de Klauss-Hassán e de Francesco d'alla Vitta nunha lea que aínda non sabían de certo de que ía, como os estiveran vixiando e descubriran que ían intercambia-la moeda por algunha outra cousa durante, ou quizais despois, do concerto da Colexiara e por iso estaban esa noite na igrexa, como tamén sospeitaron que a rapaza asasinada podía se-lo contacto co que Klauss-Hassán tiña que poñerse en comunicación, e como os perderan de vista pouco antes de que rematara o concerto.

— Ben, imaxino que será inútil tentar que deixéde-lo asunto en mans da policía. –dixo o comisario Soler –¿Verdade? ¿Que pensades facer?

— Eu pensaba ir á tenda de Tareixa e ver o que está a facer. Xa lle dixen que os enganamos coa moeda e puxemos un micrófono na copia que lles deu Ariel. Non sabemos porqué deixou de transmitir pero case estou convencida de que non o descubriron, senón non terían ido á Colexiata.

-Ou seica era tan importante o que tiñan que intercambiar –interrompeuna o comisario Soler –que non lles importaba que o puxerades, con tal de que non souberades o que realmente ía pasar esa noite.

— Nós temos que marchar –dixeron Ariel e Uxía que, a pesar de ser sábado, tiñan que ir ó traballo.

— Marchade logo. ¿Que ides facer vós? –preguntou o comisario Soler mirando para Carla e Xurxo.

— O que vostede diga.

— Xa. ¿Podedes quedar aquí con Alberte mentres Sofía e máis eu estamos fóra?

— Podemos.

— Eu quero ir con vós –interveu Alberte aparentemente máis calmado que cando entrara na casa.

— Diso nada. Deixa que traballen os profesionais. –respondeu o comisario.

— Ela non é unha profesional –teimou o fillastro mirando cara a Sofía.

— Seino, pero coñézoa, se a deixo fóra tentará algunha parvada e meterase nalgunha lea boa; porque niso seguro que non cambiaches. ¿Certo Sofía?

— Ten toda a razón do mundo. Con ou sen vostede eu vou pescuda-lo que está a suceder.

— ¿Non cho dixen? Logo xa vos contaremos o que descubramos.

— ¡Pero eu quero axudar! –insistiu Alberte. –Gustábame tanto esa rapaza... Quero sabe-lo que ocorreu e quen foi quen a matou. Vou ir convosco.

— ¡Dixen que non! Entendo polo que estás a pasar, pero non podes vir. Espera aquí con Carla e Xurxo. Eles seguro que devecen por axudar tamén, pero van quedar aquí contigo. Xa vos contaremos logo se descubrimos algo novo. ¿Estamos?

— Vale –rendeuse por fin o fillastro do comisario.

— Ademais, dentro dun anaco coñecerás a un auténtico espía –interveu Sofía –e iso seguro que che resulta moi emocionante.

— ¿E logo? ¿Steven anda metido no allo? –preguntou o comisario Soler ó tempo que se erguía do sofá e comezaba a camiñar cara á porta de saída.

— Si –respondeu Sofía seguíndoo –e parece que ten novas sobre o ditoso intercambio que ían facer a noite pasada Klauss-Hassán coa rapaza búlgara. Non me dixo en que consistía pero vai vir cara aquí. Cando regresemos xa estará na casa.

— ¿E como tan rápido? –preguntou mentres pechaba a porta.

— Home, comisario, pola sombra. Teño unha na casa da aldea e el outra na súa de Inglaterra. Carla fabricou unha para cada un de nós.

— ¿E como foi que Tareixa e Ricardo andan con Klauss-Hassán? Hai anos erades moi amigos. ¿Que ocorreu?

— Xa llo contarei outro día, agora temos que apurar e tentar atopar un agocho preto da tenda de antigüidades de Tareixa antes de que abra a tenda. Sei que non o fará ata preto das dez pero non quero arriscarme a que estea polos arredores e nos vexa. Veña, comisario, bula.

— Eu xa non estou para isto –respondeu o comisario Soler tentando segui-los pasos largos e áxiles de Sofía –xa vou maior.

— Non sexa parvo, o que pasa é que está baixo de forma. Se fixese algo de exercicio...

— Iso di a miña muller. ¡Recoiro! ¡Teño que chamala!

— Xa o fará logo. Veña, apure.

Xa pasaran a rúa da Estrela e estaban na dos Olmos, aínda lles quedaba un bo anaco ata chegar á Cidade Vella e logo ata á Praza das Bárbaras. Por esas rúas tan cedo non había ninguén, só uns cantos peóns e os camións e furgonetas dos provedores das cafeterías, mesóns e bares, e algún listo que tentaba pasar co seu coche por unhas rúas prohibidas ó tráfico rodado o resto do día. Chegaron ó final da rúa Galera, torceron pola rúa Barrera e logo foron cara á rúa da Franxa, seguírona e chegaron a María Pita. No canto de entrar na Cidade Vella por unha das arcadas saíron de novo e colleron polo Paseo do Parrote e rodearon o Xardín de San Carlos para entrar na zona vella pola Igrexa da Orden Terceira., seguiron pola rúa da Maestranza, e, un pouco máis aló, despois de cruza-la muralla polo arco, saíron á rúa Herrerías, onde se atopa a casa de María Pita e, por fin, chegaron á Praza das Bárbaras.

— ¿E agora que? –preguntou o comisario Soler que estaba suorento polo ritmo de camiñar á que o obrigara Sofía.

— A tenda de Tareixa está xusto do outro lado. Aínda é cedo –respondeu Sofía mentres miraba o seu reloxo. –Pero axiña abrirá.

— ¿E que conseguimos con iso? Nós non podemos movernos nin entrar nela, pode recoñecernos. ¿Non pensaras niso?

— Por suposto pero Steven, o venres pola tarde fixo algo que nos vai permitir sabe-lo que está a ocorrer tanto dentro da tenda como da casa.

— ¿Non poñería micrófonos?

—Fixo algo mellor ca iso: puxo cámaras agochadas por tódolos sitios e trouxo un pequeno ordenador para que podamos velo. Aquí o teño –respondeu Sofía sacando dun dos bolsos da súa cazadora, que levaba neste intre atada á cintura un trebello de apenas vinte centímetros de ancho por uns quince de alto. –Pero para que sexa efectivo teño que estar preto do sitio onde se puxeron as cámaras, este é un lugar axeitado. Non poden vernos nin saber que estamos aquí e nós poderemos saber todo o que está a suceder.

— A vós o de pedir axuda á policía non vos vai moito.

— ¿E pensa que serviría de algo? ¿Que nos ían crer?

— Eu fíxeno.

— Vostede é distinto.

— Sofía estás a tomalo como unha cuestión persoal.

— ¡Pois claro que o é! O meu curmán está metido nesta lea. Teño que axudarlle senón sería quen de face-lo parvo e...

— Do mesmo xeito que o fixeches vosoutros hai quince anos. –interveu o comisario Soler.

— Iso é outra historia. Vou prendelo –dixo Sofía mentres premía o botón que poría en marcha o ordenador.

— Éche a mesma historia. –respondeu o comisario mentres miraba como o ordenador, por mor das teclas que estaba a premer Sofía, ía amosando a tenda e as habitacións da casa de Tareixa.

Este Steven era o demo, pensaba o comisario, mentres miraba como Sofía ía facendo un percorrido por toda a casa de Tareixa e pola tenda. A muller estaba durmindo aínda. Ó comisario custoulle recoñecela, cambiara moito nestes anos. Tiña unha bonita casa e unha fermosa tenda, pensaba o comisario. De súpeto, claramente, como se estivesen na mesma habitación que a súa antiga compañeira de aventuras, escoitaron o son do espertador. Viron como Tareixa apagaba o trebello e se erguía da cama ó momento. Vírona mesmo almorzar, logo, para o seu abraio, volveu a habitación, quitou unha pequena alfombra que había preto da ventá enreixada e abriu unha trapela que tiña no chan. Durante un momento perdérona de vista. Sofía comezou de novo a premer con velocidade as teclas do pequeno ordenador co fin de saber onde se metera. Non había xeito, desaparecera.

— Ten que estar na casa. Todo o edificio é dela. Abaixo só está o garaxe e a tenda. Ten que estar nalgures –dixo Sofía amosando na pantalla do ordenador ámbalas dúas estancias e tamén a habitación tralo mostrador.

Estivo uns minutos indo dun sitio a outro tentando atopar a Tareixa ata que, nun destes ires e vires, viron como o andel da estancia onde Tareixa facía as súas restauracións de libros empezaba a moverse como se fose unha porta e ó pouco aparecía Tareixa na pantalla.

—Así que ten un agocho xusto debaixo da súa habitación. Aí é onde debe de traballar nos seus negocios ilegais. Seguro que nin Ricardo coñece esa habitación. –dixo Sofía.

Tareixa, ignorante de que a estaban a espiar, sentou na súa mesa de traballo, sacou o teléfono móbil e marcou un número. Rapidamente Sofía premeu unha serie de teclas e do mesmo xeito que se estivese a utilizar un zoom dunha cámara fotográfica a pantalla mostrou o número que Tareixa acababa de marcar. A voz que soou o outro lado da liña fixo que o comisario Soler lembrase unha morea de sensacións que pensaba xa estaban esquecidas. Tareixa estaba a falar con Klauss-Hassán.

— ¿Por que a tiveches que matar? Agora vánsenos botar enriba. –dicía Tareixa.

— Dixo que a moeda era falsa e que non ía face-lo intercambio. Es ti quen metíche-la zoca, non podía permitir que marchase co xadrez. Trabucácheste ó darlle a moeda ó parvo do fotógrafo e quedamos coa túa copia.

— Non tal. Se cadra el enganounos a nós e deunos unha que non era. Xa me parecía sospeitoso tanto cambio de actitude. –respondeu Tareixa. –O que non sei é como foi quen de facelo. Ten que haber alguén que o estea a axudar. Non penso que teña os coñecementos necesarios para facer unha copia tan rapidamente como o fixo.

— Seica non es tan boa como pensas. Seica hai alguén nesta cidade que é mellor ca ti. Se cadra foi un erro asociarme contigo.

— Ninguén é mellor ca min. Coñezo a tódolos parvos que están no negocio e non valen un patacón. ¿Cando vas mandar o xadrez?

— O luns virán por el.

— ¿Onde o tes?

— No almacén da tenda. Aínda que este negocio saíse ben, temos que saber quen está detrás da falsificación da moeda. Ti sabes onde vive o fotógrafo, se cadra habería que falar con el amigablemente –dixo Klauss-Hassán. -¿Tes algo en contra?

— Nadiña. Podes facer o que che pete. Pero temos que atopa-la moeda auténtica.

— Atoparémola, non che preocupes. Vémonos logo na miña tenda. A ver se podes pescudar quen é realmente o fotógrafo.

— Teño un amigo na policía que se cadra pode botarme unha man.

— ¿Na policía?

— Hai que ter amigos ata no inferno. Logo falamos.

— Deica logo.

— Deica logo –respondeu Tareixa cortando a comunicación.

O comisario Soler decatouse de que Sofía, a medida que escoitaba a conversa, ía poñéndose cada vez máis nerviosa pero non dixo ren. Sabía o que significaba: o seu curmán estaba en perigo xa que Klauss-Hassán o tomara como obxectivo. Viron como Tareixa deixaba o teléfono a un lado na mesa e como logo, despois de quedar uns minutos pensativa sen facer nada volvía a collelo, gardábao no bolso do pantalón e saía da tenda. Nese intre Sofía apagou o ordenador e mirando cara o comisario dixo:

— Temos que marchar, hai que volver á casa de Ariel. Se cadra Steven xa chegou e pode aclararnos que diantre ocorre coa moeda e seica saiba a que xadrez están a referirse estes dous. Temos que facer algo, temos que protexer a Ariel de Klauss-Hassán. En canto Tareixa saiba que é o meu curmán non vai tardar en decatarse de quen foi a que a enganou. Vostede podería, xa que é policía, tentar coñecer algo máis da rapaza que mataron. ¿E o seu fillo non saberá cousas dela?

— Só o nome, Mariska, máis nada. E pode que nin sequera sexa o seu nome real –respondeu o comisario Soler.

— Pois entón ten que pescudar sobre ela. Ten que ir á policía e darse a coñecer.

— ¿Que lles digo: que me gustaría inmiscirme na súas pescudas porque me peta?

— Vostede verá que escusa pon.

— Esa clase de información ¿non será máis doado que a consiga Steven?

— Se cadra ten razón. Veña, imos, xa estamos a tardar. Temos que volver a casa de Ariel.

Sofía gardou o ordenador no bolso da cazadora e logo, sen dicir máis nada, comezou a camiñar, como sempre, a toda présa. O comisario Soler seguíaa con esforzo. Non tardaron en chegar onde Ariel. Efectivamente Steven xa estaba con eles. Alberte semellaba que acougara bastante; o inglés, coa súa particular psicoloxía, estivera a falarlles sobre a aventura das sombras. Sofía non quixo dicir nada do que estivera a espiar diante de Alberte, fixo un sinal a Steven e este interrompeu o seu relato para ir tras ela á cociña. Alí Sofía contoulle todo o que vira e escoitara por mor das cámaras e micrófonos que o inglés instalara na tenda e casa de Tareixa.

— ¿Que podemos facer para protexer a Ariel?

— O máis sinxelo sería que desaparecese unha tempada, se cadra podería quedar na miña casa ou na de Williams. Porque imaxino que non aceptarías que servise de cebo para coller ó turco.

— Por suposto que non. Aínda que el estaría contento de máis por meterse na lea, eu non quero que o faga.

— Xa é grandiño Sofía, ¿non pensas que deberiámolo contar e que el decidise?

— É o meu curmán máis novo e non desexo que lle pase nada.

— ¿Cantos anos ten?

— Trinta e tres.

— E ti non tes moitos máis –insistiu Steven.

— Trinta e oito.

-Pois deixa que el decida.

— Se non ten ningunha experiencia de tratar con este tipo de xentalla.

— A mesma que tiñas ti hai quince anos e eras moito máis nova ca el.

— Niso levas razón –respondeu Sofía un anaco máis acougada que ó principio da conversa co inglés.

— Entón imos contarllo.

— Outra cousa, xa sabemos o que están a argallar Klauss-Hassán e Tareixa.

Entón Sofía contoulle toda a conversa que espiara de Tareixa con Klauss-Hassán e o descubrimento dunha sala agochada xusto debaixo do dormitorio de Tareixa.

— ¿E dis que falaron dun xadrez?
— Si.
— Falarei con Williams a ver que saben os nosos colegas búlgaros sobre ese grupo musical e tamén que pescude si houbo algún roubo nalgún museo. Se cadra o grupo, coa facilidade que ten para viaxar por calquera parte do mundo, tenta sacar algúns ingresos extras de forma pouco legal.
— De acordo. Outra vez metidos en leas de espionaxe, ¿eh, Steven?
— Eu aínda sigo. Imos cos outros, imos contarlles o que descubriches.
— Imos logo.

Segundo Steven e Sofía entraron na sala do televisor os seus amigos quedaron mirando para eles. Sabían que algo importante estiveran decidindo na cociña e agora esperaban ansiosos que lles puxesen ó corrente do que sucedía. Sofía, en poucas palabras, contou a conversa que tivera con Steven e como resultara a espionaxe que fixeran na casa de Tareixa. Pensaban utilizar a Ariel como cebo para coller ó turco pero antes deberían saber seo curmán de Sofía estaría disposto a facelo. Durante o resto da mañá non fixeron ningunha pescuda máis. Cada un foi o seu: o comisario Soler e máis Alberte estiveron a pasear pola cidade e logo chamaron á muller do comisario para dicirlle que demorarían un par de días en Coruña e que ámbolos dous estaban ben; Steven tamén chamou á súa casa e máis ó seu xefe para poñerllo ó corrente do que pasara. Carla e Xurxo decidiron dar unha volta pola cidade e de paso, pero iso non llo dixeron a Sofía, ir a tenda de Klauss-Hassán a botar unha ollada. Sofía, nerviosa como estaba por saber que o seu curmán andaba no punto de mira do espía turco, decidiu poñerse a cociña-lo xantar e vendo que Ariel esquecera face-la compra saíu para ir á Praza de Lugo e mailo supermercado para abastecelo. Ó mediodía reuniríanse todos de novo na casa de Ariel para argalla-lo plan que enganaría a Klauss-Hassán.

E aí estaban todos, ó redor da mesa e cunhas pizzas autenticamente italianas, as dúas e media do mediodía. Ariel, efectivamente, saltou de alegría cando soubo que ía servir de engado para coller ó espía turco que noutro tempo déralle tantos quebracabezas á súa curmá. Sofía rifou con el.

— ¡Es coma un raparigo! ¡Non che é un xogo, Ariel! ¡Podes saír mancado!

— Non che preocupes tanto por mi. ¿Non é emocionante Uxía?

— É, non cho nego, pero a túa curmá ten razón: non é un xogo, pode ser moi perigoso. ¿Estás seguro de querer facelo?

— Estou, non o vou estar. Por suposto que quero facelo. E ¿que é o que teño que facer?

— Nada. Quedar na casa aparentemente só. Face-la túa vida normal e o que acostumes facer, todos nós faremos quendas para non che perder de vista; non tentes pescudar onde estamos nin se estamos a seguirte ou non porque entón Klauss-Hassán decatarase de que é unha trampa. ¿Comprendido? –dixo Steven –Vostede, comisario Soler, ¿que vai facer?

— Se non me necesitades, e xa vexo que non, que vos apañades moi ben sós, marchar para casa, e Alberte tamén ven comigo. Xa che estou a ver que desexarías quedar, pero non, non vas quedar.

— Son maior de idade e podo gobernar ben a miña vida.

— Non che falta razón pero se a túa nai chega a saber que che deixei en Coruña enguedellado por unha lea de espionaxe, mátame. E teño moito aprecio á miña vida.

— Es un esaxerado. A miña nai é unha santa –respondeu Alberte.

— Unha santa cun xenio do demo. Nós marchamos. Non se fale máis.

— Pois eu quedo. –insistiu Alberte.

-— Entón non me queda outra.

— ¿Que vas facer? –preguntou o fillastro.

— Coller máis días libres, mentir á túa nai e quedar convosco.

— ¡Xenial! –berrou Alberte contento de máis.

— Xa non estou para estas leas –dixo o comisario Soler cun xesto de cansazo.

Despois do xantar Tareixa achegouse á tenda de Klauss-Hassán. Eran as tres e media e sabía que o turco a esa hora estaría a argalla-la contabilidade semanal dos seus negocios, tanto os legais coma os outros. Petou dun xeito determinado na porta e de contado Klauss-Hassán apareceu para franquearlle a entrada. Foron xuntos sen falar ata o mostrador.

— ¿Podo velo? –preguntou Tareixa a Klauss-Hassán.

— Estou rematando de montalo para comprobar que non falta nada e que funciona axeitadamente, ven comigo, téñoo no almacén –respondeu Klauss-Hassán mentres minimizaba a aplicación que estaba a utilizar nese momento para leva-la contabilidade da súa tenda de artesanía.

Ámbolos dous socios foron cara ó almacén, unha habitación case tan grande coma a tenda chea de andeis onde se amoreaban zapatillas, xogos de té, alfombras, cadeiras de madeira, vestidos típicos turcos, e demais. Klauss-Hassán foi guiando a Tareixa polo labirinto de madeira e ferro dos andeis ata chegar a unha parede completamente tapada por un tapiz que representaba a batalla de Hattin onde os cabaleiros templarios e, por extensión toda a Cristiandade, sufriron unha gran derrota capitaneada por Saladino. Klauss-Hassán pasou a man por debaixo do tapiz e premeu nalgures, ó momento o tapiz deslizouse cara á esquerda e deixou á vista unha forte porta de aceiro, a cal tiña unha pechadura numérica e dixital. O turco, indiferente á mirada atenta de Tareixa, premeu sucesivamente unha serie de números e logo pasou o seu dedo meniño da man esquerda polo diminuto escáner; de seguido a porta abriuse e deixou ver unha estancia de catro metros por cinco e no medio da mesma un trebello consistente nunha caixa de madeira cun taboleiro de xadrez na súa parte superior e nun dos laterais un boneco, vestido de turco, que semellaba xogar ó xadrez.

— ¡O autómata de Kempelen! –dixo abraiada Tareixa –e pensar que todo o mundo cre que desapareceu no incendio de 1854 de Filadelfia... ¿É o auténtico? –preguntou.

— Iso tes que decidilo ti. ¿Canto vas tardar en darme un informe?

— Penso que non moito, estes artesáns poñían a súa firma nalgunha parte das súas creacións, Cómpre que teña un ordenador conectado á rede para investigar sobre Kempelen, tamén necesito material da miña tenda para pescuda-la antigüidade da madeira e dos vernices do trebello. ¿Como o conseguiches?

— Iso non che importa. Vas quedar nesta habitación ata que remáte-la análise do autómata. Toma –dixo Klauss-Hassán tendendo un caderno e máis un bolígrafo a Tareixa –apunta aquí o que precisas da tenda, eu chamarei ó teu irmán para que o traia ata aquí. Nese recuncho –seguiu o turco –tes un ordenador con conexión a Internet, púxeno eu persoalmente e funciona de raio. Veña, bule, mentres eu vou rematando de montalo.

Tareixa foi cara ó ordenador e púxoo en funcionamento mentres escribía a listaxe que lle pedira Klauss-Hassán e este ía cara ó autómata e comezaba a fedellar nel.

Nese mesmo momento, na casa de Ariel.

— Xa sei de que se trata –dixo Steven mentres entraba de novo no salón.

— ¿Falaches entón con Williams? –preguntou Sofía que estaba deitada no sofá. –¿De que vai a cousa?

— Do autómata de Kempelen.

— ¿Que é iso? –preguntou Ariel que estaba sentado na alfombra ó carón de Uxía xogando un parchís.

— Conta unha lenda que o barón von Kempelen, un aristócrata búlgaro que viviu na segunda metade do século dezaoito, era moi afeccionado a fabricar autómatas e construíu un que consistía nunha caixa de madeira cun taboleiro de xadrez e nun dos lados había un boneco con forma de turco que era quen de xogar ó xadrez e de gañar a calquera dos mestres da época. Daquela Polonia estaba esnaquizada e fora repartida entre Rusia, Prusia e Austria. Un coronel polaco, o conde Boleslas Woronsky, xogou unha partida contra un oficial ruso e ganou. Houbo unha lea despois disto e os polacos subleváronse. Houbo unha batalla, que gañaron os rusos, e moitos mortos e feridos polacos. Un deles, o conde Woronsky, foi ferido nas pernas e os seus homes levárónllo a que o curase o doutor Orloff, que o tivo na súa casa unha morea de tempo. Pola outra banda, Catalina a Grande buscábao e prometera cinco mil rublos a quen axudara a atrapalo e a morte a quen o agochara ou o deixara escapar. Kempelen, simpatizante dos polacos, chegou un día á casa de Orloff e soubo da historia do conde Woronsky. Estivo facéndolle compaña unha morea de tempo e xogou con el unha chea de partidas de xadrez, decatándose do bo xogador que era. Quería axudar a Woronsky e empezou a argallar unha idea. Durante meses estivo sen ir a velo e mentres empezou a construír un trebello que permitiría ó conde saír do seu agocho con seguridade: un autómata xogador de xadrez. Na caixa que servía de soporte ó xadrez e que, aparentemente, contiña tódolos engrenaxes que facían que o autómata movese as mans, podía agocharse unha persoa. Deste xeito Woronsky puido saír da casa de Orloff e viaxar por toda Europa. Un día que Kempelen estaba nunha feira facendo unha demostración do funcionamento do autómata, un oficial ruso pediu xogar contra el. Era o mesmo oficial contra o que xogara Woronsky. Este non puido resistirse e volveulle gañar.

O oficial ruso contoulle a tsarina o ocorrido e a emperatriz mandou traer ata ela a Kempelen e mailo seu trebello. O autómata gañoulle a partida e a tsarina, aínda sospeitando que dentro da caixa se atopaba o seu inimigo, deixou marchar a Kempelen e o autómata pois entendeu que un home que xa non ten pernas xa non é máis que un xoguete que, ó fin e ó cabo, é o que era o autómata. Durante anos estiveron dando voltas por Europa ata que o autómata pasou a outras mans e, despois de xogar contra Napoleón, desapareceu.

Esa é a lenda. A versión histórica éche ben distinta.

O Turco, construído en 1769 por Wolfgang von Kempelen, exhibiuse por primeira vez ante a emperatriz de Austria María Teresa en 1770. Realizou unha xira por Europa durante máis de dez anos ata que Kempelen cansou del e deixou de amosalo en festas e salóns. Logo pasou a mans de Joahann Maezel cando Kempelen morreu no ano 1804. Maezel levou o autómata a xogar en Francia e Inglaterra, e logo, por mor das súas débedas, decidiu marchar a Estados Unidos a exhibilo. Máis tarde tentou facer unha xira por Sudamérica pero, ó morrer o seu secretario, que segundo se sospeitaba era o mestre que se agochaba no interior do autómata, tivo que volver a Estados Unidos. Mentres estaba no barco Maezel morreu. Pouco despois o Turco pasou a ser propiedade de John Mitchel, doutor en medicina e cirurxía, que fundou un club co expreso propósito de acadar diñeiro co autómata. Máis tarde o Turco pasou a ser propiedade do Museo de Filadelfia. En 1854 desapareceu no gran incendio que asolou a cidade.

Segundo Williams, é probable que antes do incendio alguén sacase o trebello do museo e que o fogo fose unha forma de agocha-lo roubo. O que si sabe de certo é que o suposto autómata de Kempelen, neste momento, estaba en posesión dun arquitecto búlgaro ó que roubaron hai uns meses no seu castelo nos Montes Balcáns e que nin a policía búlgara nin a Interpol conseguiron atopar pegadas do ocorrido con el nin de quen o levou.

— Se tiña que agochar un home no seu interior ten que ser un caixón ben grande. –interveu Ariel.

— A cabina onde estaban os engrenaxes tiña un metro vinte de longo, 60 centímetros de profundidade e 90 de alto; se a isto sumamos a altura dun boneco sentado, e que estaba feito a tamaño natural, habería que sumar entre cincuenta e setenta centímetros á altura do autómata. Polo tanto –seguiu Steven mentres collía un papel –estaríamos a andar na procura dun caixón de un metro vinte de longo por metro sesenta de alto. Isto no caso de que o autómata estivese embalado enteiro e un chisco máis baixo se está desmontado. Así que o que teriamos que facer é entrar na tenda de Klauss-Hassán dalgún xeito para atopa-lo caixón. E témolo que facer entre hoxe pola noite e mañá. Segundo a conversa que tivo con Tareixa irán a busca-lo caixón o luns.

— ¿E non sería máis doado recupera-lo autómata o mesmo día do traslado? Non sabémo-las medidas de seguridade que ten o turco na tenda –interveu Sofía –e ningún de nós pode ir e arriscarse a que Klauss-Hassán nos recoñeza e poda sospeitar que estamos a argallar algunha cousa.

— Pero a min no me coñece e podería pescudar sobre o sistema de seguridade –dixo Alberte, o fillo do comisario Soler.

— ¡Dixo nada! –interveu o comisario.

— Se cadra non é tan mala idea –dixo Steven –veña, só ten que mirar se hai cámaras ou cables ó redor das fiestras da tenda.

— Pero ¡vosoutros toleaches de vez! ¡Non o vou permitir!

— Podo ir mercar algo á mamá, mentres estou a mirar podo decatarme dalgunha cousa. Lembra que estiven unha tempada, antes de atopa-lo traballo na libraría, axudando a Carlos, que tiña unha empresa de seguridade privada, e algo sei diso.

— Como o chegue a saber a túa nai mátame –respondeu o comisario Soler vendo que non podía impedir que o seu fillastro se implicase na lea que se aveciñaba e que sospeitaba perigosa de máis, coma sempre que Klauss-Hassán andaba polo medio. –Pero non vai estar aberta a tenda sendo sábado.

— Si que está, non moito tempo pero está –interveu Uxía.

— Pois non se fale máis –dixo Alberte máis contento cunha pascuas. -¿A que hora abre?

— Contra as seis –respondeu Uxía.

— Penso que esquecedes algo moi importante –dixo o comisario Soler -¿como ides sacar semellante mole da tenda?

— Xa me encargo eu de argallar algo con Sofía –respondeu Steven –Ti que pensas ¿podemos ter algo preparado con tan pouco tempo, para esta noite se cadra?

— Algo se poderá facer –respondeu Sofía –pero temos que volver ó pobo.

— ¿E como pensades entrar na tenda? –preguntou o comisario Soler –non o podedes deixar ó chou. ¿Alguén sabe como é a tenda?

— Eu –respondeu Uxía –encántame e teño ido unha morea de veces a ela a por pequenos agasallos para as amigas.

— Conta.

— Está entre dúas casas, é longa, á esquerda está o mostrador co ordenador, onde case sempre anda un home alto, de cabelo negro e pel moren clara, forte.

— Klauss-Hassán –dixo Xurxo.

— Á súa esquerda hai unha porta que case sempre está aberta dende onde se poden ver uns andeis, que debe ser o almacén. Tanto á dereita como á esquerda hai dúas casas particulares.

— ¿A tenda sabes se chega ata a rúa que hai detrás? –preguntou Sofía.

— Penso que non. –respondeu Uxía. –Enriba dela hai dous pisos máis.

— Pois non vai ser doado entrar. –dixo Steven. –¿Éche unha rúa moi transitada?

— Se cadra os sábados un pouco máis pero seguro que a partires das doce da noite só atoparedes algunha persoa paseando ó can. –seguiu falando Uxía.

— ¿Sabes se algunha das casas que hai ó carón da tenda está baleira? –preguntou Sofía.

— Creo que non..

— Teriamos que ve-lo sitio ou ter un plano da rúa para facernos unha idea da situación. E temos que facelo rapidamente. Iso non entraña perigo, pódese facer agora mesmo. ¿Non che importa Alberte?

— ¡Non, ho! De contado marcho –respondeu o fillastro do comisario Soler erguéndose da cadeira e comezando a camiñar cara á porta.

Todos quedaron mirando cara a el.

— A propósito, ¿como se chega ata esa rúa? –dixo volvéndose cara ó salón.

— Ven aquí –dixo Uxía collendo unha folla dun caderno que había enriba da mesiña fronte do sofá e sacando un pequeno bolígrafo do bolso traseiro do seu pantalón –que che fago un plano de contado.

— Ben, nós marchamos ó pobo para argallar algún trebello para transporta-la caixa. Non tardaremos. Logo xa pensaremos como entrar no de Klauss-Hassán. –dixo Steven –Imos Sofía.

— Esperade –interveu Carla –se cadra poderiamos utiliza-lo líquido que disolve as paredes. Sempre será máis sinxelo que andar rebentando pechaduras. Vou convosco. Teño que marchar ó pazo de contado.

— Eu tamén marcho –dixo Alberte collendo o papel onde Uxía, sempre tan meticulosa, debuxara un plano da cidade dende a rúa do Orzán ata a rúa Cidade de Lugo.

— E eu vou contigo –dixo o comisario Soler –non che quero perder de vista aínda que sexa para unha cousa tan sinxela.

— Ariel, quedas con Xurxo e Uxía. Non saias ata que nós esteamos de volta. Sei que Klauss-Hassán non che está a axexar neste intre –dixo Steven mentres botaba unha ollada no seu teléfono móbil. –Temos que argalla-lo plan de seguridade para ti, e para iso temos que estar todos.

— ¿E como sabes que o turco non está a vixialo? –preguntou Sofía.

— Porque mo dixo María do Mar.

— ¿Anda aquí? –dixo abraiada a súa amiga.

— No bar de abaixo. Non pensarías que podería deixala de lado cando andamos todos metidos nunha boa liorta.

— Xa me estrañaba que non estivese aquí –dixo Xurxo – pero pensei que acougara.

— Non acougará na vida –respondeu Steven –, cando lle dixen de que ía a historia insistiu en vir. Veña, hai que marchar.

O comisario Soler, mentres camiñaba canda Alberte pola avenida Finisterre, ía pensando no ben que o ía pasar cando se xubilase: non máis persecucións, non máis gardas de noite no coche cunha friaxe do demo, non máis perseguir criminais nin pescuda-los pasos dos rapaces fuxidos das súas casas. Pero para ese momento aínda quedaban dez anos.

—¿Estás a escoitarme? –dixo Alberte que viu ó seu padrasto un anaco despistado.

— Perdoa, estaba nas nubes. ¿Que dicías?

— ¿Mamá coñece tamén a historia das sombras?

— Como para agocharlle algo. –respondeu –claro que o sabe. E non penses que non está a sospeitar que estamos metidos nalgunha pelexa estraña, pero non dixo nada cando a chamei e lle dixen que quedabamos de turistas na cidade. Cando remate todo, contareillo. A ver déixame ve-lo plano que che fixo Uxía.

Alberte deullo e o comisario mirou cara arriba e leu *Rúa Maxistrado Manuel Artime.*

— É a seguinte rúa. –dixo mentres miraba o plano –segundo ten marcado Uxía a tenda queda case no centro da beirarrúa da dereita segundo subimos por ela. Agora faime caso: iremos pola beirarrúa contraria á tenda e se vemos luz nela ou sospeitamos que hai alguén dentro non pararemos a axexar, camiñaremos como se estivésemos indo cara a outro sitio. Se non hai luz, achegarémonos ata a porta. ¿Estamos?

— ¡Que emocionante!

— ¡Déixate de parvadas e non o esquezas!

— Vale, vale. Non te alporices.

— Non o fago e que non me gusta nada todo isto, ti non coñeces a ese home, é moi perigoso e non me fai ningunha graza que esteamos metidos neste barullo. –dixo o comisario Soler mentres pasaban por diante da tenda tentando esculcar no seu interior. –Ben, xa podemos marchar.

— Mira, parece que prenderon a luz.

— ¡Ven, axiña! Mira ese escaparate.

Alberte non entendía nada pero fixo o que seu padrasto lle dicía e ámbolos dous homes puxéronse cara ó cristal dunha perruquería que había case fronte a tenda de artesanía. O comisario Soler tentaba saber a identidade da persoa que estaba a piques de saír pola porta observando o seu reflexo no cristal; a porta abriuse pero ninguén saíu por ela, fíxolle un xesto a Alberte para que non se movese. Ó cabo de cinco minutos viron aparecer a un home gordo de máis, estaba cambiado pero o comisario de contado recoñeceu tras aquela capa de graxa ó irmán de Tareixa, Ricardo. Así que el tamén estaba metido no asunto. Ricardo entrou na tenda, a porta pechouse e ó pouco o local volveu quedar ás escuras.

— Xa podemos marchar.

Xa levaba un tempo facendo os análises ó autómata cando Tareixa recibiu unha chamada no seu teléfono móbil. Mirou á pantalla: era o seu amigo o policía. Deixou o que estaba facendo e foi cara á mesa onde tiña o ordenador; abriu o programa de procesador de textos e comezou a escribir mentres escoitaba polo modo de mans libres o que lle estaba a dici-lo seu amigo. Xa sabía quen estaba detrás do engano da moeda e non podía ser peor. Deulle as grazas e colgou. Logo gardou o documento no disco duro, pasouno a un pen drive que sempre levaba con ela e logo borrou o documento do ordenador. Volveu ó seu traballo, cando Klauss-Hassán volvese da tenda, neste intre andaba a atender a un rapaz madrileño que desexaba mercar un agasallo á súa moza, daríalle as malas novas. Realmente aquela máquina era unha preciosidade, unha farsa como autómata, pero unha marabilla como aparello curioso. E o xadrez estaba fabricado cun gusto exquisito.

Klauss-Hassán apareceu de novo onde ela pasados case quince minutos.

— Temos un problema –dixo Tareixa mentres limpaba un pincel cun pano que tiña na súa cintura. –Xa sei quen é o fotógrafo e como puido ser que nos enganara coa moeda.

Klauss-Hassán non dixo ren. Tareixa quedou mirando para el. Ía enfadar, sabíao.

— Chámase Ariel Sánchez Castro e é un curmán de Sofía. ¿Lembras a Sofía?

— ¿Como esquecela? Daquela erades boas amigas e fixéchesmo pasar moi mal. ¿Estás segura diso?

— Por suposto. Ademais, xa me daba a min que tiña que estar metida nisto pero non sabía porqué podería estar interesada en amolarnos; agora o sei: está a axudar ó seu curmán. Sofía foi na primeira persoa que pensei cando descubrimos que a moeda era falsa, sempre foi a mellor facendo imitacións cando estabamos a estudar.

— Agora si que vou ir polo fotógrafo. –dixo Klauss-Hassán. –E temos que consegui-la moeda auténtica.

— ¿Que importancia ten? Xa témo-lo autómata. A moeda xa non serve para nada.

— Serve. Teño nova información sobre ela e a mesma persoa a quen lle imos vende-lo autómata quere tamén a moeda e pagará tanto por ela como pola máquina de Kempelen.

— Pero se nin sequera é auténtica, non existe ningunha moeda desa época. Seino de certo.

— A nós iso tanto nos ten. Quere a moeda. Vai pagar uns bos cartos. Éche o único que debe importarnos.

— Moi ben. ¿E que pensas facer? ¿Como imos consegui-la moeda? Nin sequera sabemos onde a ten agochada. –respondeu Tareixa volvendo a examina-lo autómata.

— Pois teremos que secuestrar ó fotógrafo e sacarllo, ¿non?

— Faralo ti, eu non penso participar nun secuestro.

— Ti farás o que eu che diga –respondeu ameazante Klauss-Hassán.

— ¿E como me pensas obrigar? –preguntou desafiante Tareixa que, aínda que tiña un medo cerval a Klauss-Hassán, non se acovardaba ante nada nin ante ninguén.
— Hai maneiras, tes unha tenda moi feitiña, chea de mobles vellos de madeira, e a madeira arde tan facilmente...

Tareixa quedou sen fala. Toda a súa vida estaba nesa tenda, nesa casa arranxada por ela; se ardía non só perdería unha morea de cartos, perdería o esforzo de media vida, as súas ilusións. Sabíao capaz de facer o que estaba a dicir. Tería que seguir con Klauss-Hassán ata que rematase o negocio, logo non desexaba volver a ter tratos con el. Agora vía que fora un tremendo erro asociarse con el.

— ¿Que queres que faga?
— El é fotógrafo. Vas encargarlle un catálogo da tenda, mellor dito vai facelo Ricardo, e virá aquí só. Logo haberá que atopar un sitio onde telo retido o tempo suficiente para interrogalo con comodidade.

A Tareixa deulle un calafrío ó escoita-las derradeiras palabras de Klauss-Hassán e no que realmente querían significar. En certo sentido compadecía ó fotógrafo.

— ¿Tes algún lugar axeitado? –dixo o turco fitando a Tareixa.
— Teño –respondeu ela –se cadra a habitación que hai ó carón do meu taller, detrás dos andeis. Só habería que tapala fiestra. Pero Ricardo non ten que decatarse disto, non estaría de acordo.
— E ti tampouco estás pero non che queda outra ¿verdade?
— Verdade. Pero sei que despois disto non volveremos traballar xuntos. ¿Estou certa?
— Estás. Non che volverei molestar. E Ricardo non vai saber nada. Mesmo vai parecerlle unha boa idea o do catálogo.

— Niso estou de acordo. Leva meses dicíndoo. ¿E cando o queres facer? Xa estamos a sábado e se temos que entrega-lo autómata o luns...

— Houbo cambio de plans, temos aínda dous días máis para atopa-la moeda, tenta quedar con el para o luns pola tarde, terei tempo de sobra de sacarlle toda a información que precise. Mañá, con tranquilidade, fala con Ricardo para que chame ó fotógrafo.

— Ben. A propósito, o autómata é auténtico.

— Iso é unha boa noticia.

Esa mesma noite en casa de Ariel.

— Temos novas sorprendentes –dixo Sofía –pedinlle ó meu amigo o xoieiro que, dado que en si a moeda non é auténtica, tentase pescudar que agochaba trala capa de prata coa efixie de Washington. Semella que cada anaco está gravado cuns estraños e rebuscados caracteres, por separado non teñen sentido ningún pero se se xuntan parece que amosan unha especie de labirinto ou de plano. Conseguiu pescudar isto cunha especie de raios xe que ten no seu laboratorio e que son quen de volver invisible a prata pero non os demais metais, ou algo semellante. Non pode facer máis non sendo que lle deamos permiso para tentar separa-la capa de prata dos outros materiais. A moeda xa estamos seguros de quen non ten valor ningún, o importante está debaixo. ¿Que facemos?

— Dille que tente separalas –respondeu Ariel –a tódolos efectos son o seu dono, ¿non?

— Si.

— Pois que a separe –dixo o fotógrafo.

— ¿Como vai facelo? –preguntou Steven.

— Segundo me dixo –respondeu Sofía –todo depende do material que estea por enriba. Se o que recubre os anacos é prata pura e os materiais que agochan son puros, coma o ouro ou o platino, poderá utilizar auga rexia rebaixada sen ningún problema para facer desaparece-la prata e que queden á vista os outros sen sufrir dano ningún. Pero se o que hai debaixo é calquera outro metal, coma cobre ou bronce, a auga rexia comerase tamén os metais que hai debaixo. Tamén pode ser que o recubrimento non consista nunha capa unida por presión ás interiores, pode que sexa unha especie de caixa que conteña os anacos que teñen a mensaxe misteriosa, ou mesmo pode ocorrer que o que semella unha capa de prata sexa en realidade estaño ou chumbo recuberto de prata, entón, se cadra, ata podería ser despegado por métodos máis sinxelo. Por agora o único que fixo é descubrir que debaixo da efixie de George Washington se agochan outros materiais e que estes teñen gravado algo. ¿Que lle digo?

— Pídelle –dixo Steven –antes de que destrúa a capa superior, que faga un análise do que hai gravado e se pode que nos mande unha copia.

— ¿Que ocorrería –empezou a dicir Uxía –se o que sexa que hai debaixo tamén é importante doutro xeito?

— ¿A que che refires? –preguntou Steven.

— Segundo parece o que descubriu Ariel foi unha especie de crebacabezas –seguiu a explica-la bibliotecaria –e ¿se os tres anacos están separados por unha causa determinada?

— ¿Como que? –interveu Xurxo.

— Non sei, por exemplo: que non só agochen unha mensaxe incomprensible se non están unidos, que haxa que telos tres para que algo funcione. Estou a pensar en que poderían ser unha especie de chave...

— ...que soamente funcionaría se se colocasen os tres anacos no seu sitio axeitado –rematou de dicir Ariel.

— Exacto –respondeu Uxía –se erramos no método de separación dos metais...

— ...esnaquizarémo-la chave e será imposible abrir o que sexa que abra. –rematou Ariel.

— ¡Queres deixar de acaba-las miñas frases! –dixo Uxía volvéndose cara a Ariel un pouco molesta.

— Perdoa, non o volverei facer. –dixo humildemente o fotógrafo.

— Pode que teñas razón, debemos conserva-los anacos que hai debaixo da moeda –interveu Steven –ben pensado Uxía.

— Grazas.

— ¿Que lle digo o meu amigo o xoieiro? –dixo Sofía.

— A ver se nos pode mandar unha copia do gravado nos anacos, e que estude ben como separalos do metal que os está a recubrir sen destruílos.

— ¿Tes un fax na casa, Ariel? –preguntou Sofía.

— Xusto o mes pasado merquei un –respondeu Ariel ó tempo que se erguía da súa cadeira e comezaba a camiñar cara ó seu estudio –ven que cho amoso.

Mentres os curmáns saían da habitación, Carla, que non abrira a boca nada dende había un bo anaco dixo:

— O autómata de Kempelen. Estou a pensar: nalgures lin ou escoitei algo relacionado con el, e penso que ten razón Uxía. Se cadra non só serviu coma unha fraude do falso barón Von Kempelen, seica tamén agochara algo.

— ¿E non saberás de que se trata? –preguntou Steven mentres acendía un cigarro, un vicio que deixara había uns meses pero que volveu coller ultimamente.

— A verdade é que no seu momento non prestei moita atención; estaba demasiado interesada na historia das sombras. Foi algo que me dixo Francesco d'alla Vitta, pero non lembro exactamente de que se trataba. Daquela, cando empecei a miña relación con ese vergallán, Francesco tentaba impresionarme cos seus coñecementos de antigas lendas sobre incribles inventos e descubrimentos, algunha chegaron a interesarme pero outras... en fin, xa o lembrarei. No que si estou de acordo é en que hai que preservar por tódolos medios o que haxa agochado debaixo da falsa moeda de Washington.

De súpeto un teléfono móbil soou e Steven ergueuse para collelo do bolso traseiro do seu pantalón. Era unha mensaxe da súa muller que estivera ata ben pouco axexando os movementos de Klauss-Hassán e os seus compañeiros na tenda de artesanía.

— Era María do Mar, di que acaban de saír da tenda de artesanía e que vai seguilos.

— ¿Non resultará perigoso?

— Hai tempo que, coñecendo o seu carácter, decidín adestrala pola miña conta para que soubese facelo sen riscos. Espero que non esquecera todo o que lle aprendín. –respondeu o espía inglés. -De calquera xeito, aínda que ela non o sabe, o seu teléfono móbil ten un trebello incorporado que me din onde se atopa en todo momento. Esperaremos un anaco a ver que novas nos da e logo tentaremos entrar na tenda para procura-lo autómata.

— Xa estamos de volta e temos unha radiografía do que hai no interior da falsa moeda. Mirade –dixo Sofía interrompendo a Steven e poñendo un folio enriba da mesiña preta do sofá.

No papel, evidentemente moito máis grande que o tamaño da moeda, había debuxado un par de círculos concéntricos e, dentro do máis pequeno, unha serie de puntos colocados, aparentemente, de forma aleatoria. Todos miraron durante un anaco o papel e logo fitaron a Sofía, como pedindo unha explicación sobre o que estaban a observar.

— Isto é o que se atopa no interior da falsa moeda de Washington. É unha especie de medalla, o círculo interior representa unha fondura que hai no mesmo centro dela, os puntos, segundo puido aprecia-lo meu amigo, son unhas marcas, semellantes ás das chaves de seguridade, que posiblemente sirvan, como moi ben pensou Uxía, para incrustar nalgún sitio e poder abrir o que sexa que abra.

— ¿Podo ve-lo debuxo un anaco? –preguntou Carla.

— Por suposto, toma –dixo Sofía dándollo á súa amiga.

Carla estivo durante uns minutos observando o debuxo, dándolle voltas e máis voltas, logo colleu un lapis dun bote que había na mesa e comezou a trazar unhas finas liñas entre os puntos do interior do círculo.

— Decide, ¿que vedes aquí? –preguntou amosando ó seu traballo ós seus amigos.

— Non sei –respondeu Ariel –¿que tiñamos que ver?

— Non perdades de vista o que vou facer –respondeu Carla mentres poñía o papel enriba da mesa, collía o lapis de novo e comezaba a marcar de novo as liñas. –¿Non vos decatades?

— Carla, déixate de lerias e di dunha vez o que se che ocorreu. –replicou Steven.

— Ben, se unimos estes puntos –empezou a explicar mentres co lapis ía marcando de novo liñas entre os puntos –formamos algo semellante a un W e se unimos deste outro xeito os puntos teremos un B.

— ¿E que? –dixo Xurxo que xa estaba pensando que a súa amiga toleara.

— Son as iniciais do polaco que din facía move-lo autómata: Boleslas Woronsky; pero hai máis. Se prescindimos das dúas marcas dos extremos que hai no centro, teremos un V e un K...

— ...as iniciais de Von Kempelen –dixo Ariel.

— Pero Carla –interveu Xurxo –iso éche moi aleatorio, se cadra estás a forzar moito a túa interpretación. ¿Non cres?

— Pode ser, non che digo que non, pero, de calquera xeito coido que deberíamos ter en conta esta posibilidade. –respondeu a veneciana.

Nese mesmo momento o teléfono móbil de Steven volveu sonar, o inglés colleuno rapidamente, contestou laconicamente a mensaxe cun *de acordo* e logo volveuno gardar.

— Di María do Mar que Ricardo, Tareixa e Klauss-Hassán se atopan nunha casa de Cidade Xardín. Imos aló. Carla e Sofía veñen comigo. Xurxo con Alberte e mailo comisario Soler quedan nos arredores desta casa para vixiar a Ariel.

— ¿Eu que fago? –dixo Uxía.

— Ti marchas a túa casa. –dixo Steven.

— Eu quedo con Ariel –respondeu a bibliotecaria.

— Diso nada –replicou Steven –sabemos que a Ariel non lle van facer mal porque necesitan saber onde se atopa a moeda pero non podemos imaxinar como podería reaccionar Klauss-Hassán se che atopa aquí con el. É un home moi perigoso, Uxía, e non quero correr máis riscos dos necesarios. Ti marchas. Desta vez non podes axudarnos. Sinto.

— Pode quedar con nós –interveu o comisario Soler –así non a perderemos de vista.

— De acordo, queda baixo a súa responsabilidade. Veña. Temos que marchar antes de que volvan a tenda.

Ós cinco minutos Ariel estaba so na súa casa, nervioso polo que puidese suceder a partir de agora pero, aínda así, desexoso de que sucedese.

5. O roubo

A rúa Cidade de Lugo atopábase nese intre baleira de xente. Steven, Sofía e Carla estiveron a observa-la tenda de artesanía durante uns minutos; segundo as indicacións que lles dera Alberte, de cando estivera na tenda esa tarde, a parede da dereita da porta estaba ceibe de mobles, alí só tiña Klauss-Hassán unhas alfombras colgando dela. Sabían que o baixo que había ó carón da porta vermella estaba habitado e tamén que era unha persoa maior quen o ocupaba e que adoitaba deitarse moi cedo. A parede da esquerda da porta non a podían utilizar para entrar pois tiña contra ela un par de mobles moi pesados cheos de pequenas cousas. Afortunadamente fronte a porta vermella estaba a furgoneta da tenda de Ricardo que podería tapalos perfectamente das miradas indiscretas dalgún veciño con insomnio.

Os tres amigos cruzaron a rúa. Steven achegouse ata a porta, mirou un intre a pechadura, era vella e sinxela de forzar mesmo co cinto do pantalón, só esperaba que non fixese moito ruído e non espertase á señora que vivía no baixo. En cuestión de segundos a porta estaba aberta, entraron e pecharon ás súas costas con coidado de non facer ruído. Logo Carla sacou un pequeno bote dun bolso do seu pantalón e máis unha brocha e comezou a debuxar unha especie de cadrado, o suficientemente grande para poder pasa-los tres agochados. De seguido foron contra a parede e apareceron sen tardar debaixo das alfombras das que lles falara Alberte. Apartáronas con coidado de non romper ningunha cousa ou tirala ó chan e logo Sofía, dunha mochila que adoitaba levar con ela, sacou unhas lanternas. Non había perigo de ser vistos desde fóra xa que a tenda tiña un peche metálico que cubría toda a fachada, aínda así non querían arriscarse a que alguén pasase e puidese ver luz por debaixo da cortiña metálica.

A tenda estaba posta con moito gusto. Había cousas ben fermosas. ¡Mágoa que só fose unha tapadeira para os negocios de Klauss-Hassán! Foron cara á porta que daba ó almacén, abrírona e puideron ver unha morea de andeis aparentemente postos ó chou e a dereita unha pequena habitación, máis ben un habitáculo, feito con paneis desmontables. Demasiado pequena para conte-lo autómata. Demasiado obvio. Non podía ser tan sinxelo.

Sofía achegouse e alumeou a porta, non tiña nin pechadura só unha corda cun gancho que se incrustaba noutro para mantela cerrada. Abriu a porta: unha pequena mesa, catro cadeiras e un pequeno moble con arquivadores. O sitio onde gardaba as facturas das ventas e das compras. Nada sinistro se agochaba naquel lugar. Sofía deixou todo como estaba e saíu da habitación.

Comezaron a camiñar entre os andeis cheos de caixas con rótulos do que contiñan, nada que lles fixese pensar que entre elas se atopaba o autómata, demasiado pequenas para que así fose. O almacén era máis grande do que imaxinaran. Seguiron camiñando cara adiante ata que chegaron a un andel máis grande que o resto e que, aparentemente, cubría toda a parede do fondo do almacén. Torceron polo corredor formado por este andel e dous máis pequenos tentando atopa-lo final da parede. Pero non había tal final. A dereita e esquerda só había máis andeis.

— ¿Agora que facemos? –preguntou Carla –á nosa esquerda o corredor que leva ata a tenda e á nosa dereita máis andeis.

— Non queda outra –respondeu Sofía –cara á dereita.

Os tres amigos metéronse polo labirinto de andeis e estiveron dando voltas entre eles cinco minutos ata que chegaron o que semellaba, de novo, o fondo do almacén.

— Isto non ten sentido –dixo Carla –se deixamos atrás o fondo do almacén, ¿como é que agora atopamos outra vez o fondo se estivemos camiñando cara adiante?

— Se cadra non era o fondo –respondeu Steven –veña, imos cara a parede e poñémonos a seguila pegados a ela.

— ¿E imos cara á dereita ou á esquerda? –preguntou Sofía.

— Á dereita –dixo Steven –doutro xeito, fíxate, chegaríamos a un recuncho, e por aí iriamos cara á entrada do almacén. Seguídeme.

Carla e Sofía fixeron o que Steven lles estaba a dicir. Non tardaron en atopar a unión desa parede con outra, só que nesta había algo pendurado case no medio. Achegáronse a modo ata alí e puideron ver que era un enorme tapiz.

— A batalla de Hattin, este Klauss-Hassán non ten arranxo. –dixo Steven. –Seica hai unha porta debaixo, Carla vai ata aló e cando che diga ergue un extremo para ver que hai debaixo.

Carla fixo o que Steven lle dixera. A un sinal os dous amigos ergueron un pouco o tapiz e puideron albiscar debaixo del unha porta de aceiro e, ó seu carón, unha pechadura numérica.

— Esta non imos poder forzala sen saber o contrasinal. –dixo Sofía.

— Si podemos con isto –respondeu Steven mentres sacaba un aparello do bolso do seu chaleco, unha prenda cunha morea de bolsos de tódolos tamaños e que adoitaba levar case sempre que ía nunha misión. –O tapiz é pesado de máis, seguro que ten que haber un botón por algures que o separe da parede. Mira ben por aí Carla.

Carla ó tempo que cunha das mans sostiña o enorme tapiz coa outra púxose a percorre-la parede coa axuda da lanterna e non tardou en atopar un botón negro un pouco máis arriba da súa cabeza. Díxollo a Steven e logo premeuno. De seguido o tapiz comezou a moverse cara á esquerda e deixou o descuberto a porta de aceiro. Steven foi cara a ela e no mesmo momento en que estaba a sacar a carcasa que o cubría soou o seu teléfono móbil. Colleuno, leu a mensaxe que apareceu na pantalla, lanzou unha exclamación incomprensible para Carla e Sofía e volveu coloca-la carcasa da pechadura no seu sitio.

— Temos que liscar de aquí –dixo –Klauss-Hassán e os outros están a piques de chegar.

Os tres amigos deron a volta por onde viñeran, estaban comezando a saír do labirinto de andeis, cando escoitaron as inconfundibles voces de Klauss-Hassán, Tareixa, Francesco d'alla Vitta e Ricardo. Por un intre quedaron quedos coma estatuas tentando adiviñar a dirección que estaban a seguilo seus inimigos. Steven, por sinais, fíxolles comprender que deberían agocharse detrás do andel máis grande e estar atentos a calquera movemento dos outros. As voces escoitábanse moi lonxe, se cadra non pasaran do mostrador da tenda, seica viñeran cara á habitación onde Steven supoñía que tiña que esta-lo autómata. Deixando a Sofía e Carla soas aventurouse a camiñar cara ás voces, tendo moito coidado de que non o visen. Foi sempre pegado a parede e tentando albiscar entre os ocos que deixaban as caixas que se amoreaban nos andeis a presenza de Klauss-Hassán. Aparentemente no almacén non había ninguén, as voces escoitábanse cada vez máis fortes pero, se cadra, pensou Steven, era porque era el quen se ía achegando onde estaban os seus inimigos. Dáballe moita mágoa ter que pensar en Tareixa e Ricardo nestes termos pero iso é o que chegaran a ser ó asociarse con Klauss-Hassán e Francesco. ¿Que ocorrera entre Sofía, Tareixa e Carla para que se rompese aquela amizade? Cando todo rematase tería que preguntarllo. Quedou un intre quedo, agochado detrás do andel máis próximo ó habitáculo onde Klauss-Hassán tiña a súa oficina. Semellaba que estaban a falar preto de onde el se atopaba pero non os vía. Prudentemente comezou de novo a camiñar entre os andeis comprobando ben antes de facelo que non ía toparse con ningún deles. Pouco a pouco foi acercándose ata o andel que estaba máis próximo á porta do habitáculo e entón puido ver, a través das caixas, que os catro compañeiros de falcatruada estaban no mostrador da tenda. Semellaban satisfeitos agás Klauss-Hassán.

— Non che entendo, se todo saíu ben –dicía Ricardo.

— Non me gusta deixar cousas ó chou –respondeu Klauss-Hassán –se eles pensan que a moeda é importante iso significa que ten que haber un bo negocio detrás dela; ademais, xa viches o que nos dixo o noso cliente. Agora desexa tamén a moeda. E imos darlla.

— Tamén dixo que se non había xeito de atopala non importaba, que se conformaba co autómata –interveu Ricardo tocándose o cabelo para comprobar que non lle caera pelo ningún nos derradeiros minutos.

— Tanto me ten –teimou Klauss-Hassán –aínda que sexa para coñecer o que agocha a ditosa moeda imos conseguila. Aínda temos tempo, non moito pero temos, para argalla-lo secuestro do fotógrafo. Tareixa –dixo fitándoa –dixeches que non atoparas nada na casa cando a rexistraches. Se cadra habería que volver e facelo de novo, seica pasoute algún agocho por alto.

— Non tal –respondeu Tareixa –fixen un rexistro rápido pero non me esquecín de nada do que me dixeches sobre os posibles acubillos. Alí non estaba.

— ¿Seguro?

— Seguro.

— Ben, entón non queda outra que obrigar ó fotógrafo a dicirnos o paradoiro da moeda. Xa me ocupo eu.

— ¿Podo ve-lo autómata? –preguntou Francesco d'alla Vitta.

— Mañá, xa o verás mañá. Agora temos que marchar.

Steven agardou un anaco a que saísen todos da tenda, escoitou como Klauss-Hassán pechaba a porta metálica e logo permaneceu aínda uns minutos sen moverse do sitio. Cando xa estivo seguro de que o turco non ía volver moveuse cara onde deixara a Carla e Sofía e continuaron co seu traballo de entrar naquela habitación que se atopaba detrás do tapiz que representaba a batalla de Hattin, unha das maiores derrotas dos cruzados loitando contra Saladino. Sacou de novo o trebello que lle permitiría coñece-lo contrasinal para abrila e estivo argallando nel un anaco. Ó pouco a porta abriuse silenciosamente e deixou ver ante os abraiados ollos dos tres o antigo e fermoso autómata de Kempelen.

— Mira que teño oído cousas desta máquina pero nada me fixera supoñer tal fermosura. As vestiduras semellan ata novas –dixo Carla camiñando ó redor da máquina mentres a acariñaba.

— E poidan que o sexan –dixo Steven –o importante, o verdadeiramente importante é o mecanismo que fai funciona-lo autómata: o xadrez, a estrutura do boneco, a caixa onde todo está engrenado.

— Fixádevos nos debuxos dos laterais da caixa –interveu Sofía que se atopaba agochada no extremo oposto onde estaba o boneco que se supoñía movía as pezas do taboleiro de xadrez. —¿Non vos chaman a atención? ¿Non vos lembran algo?

Steven e Carla achegáronse onde lles dicía a restauradora de mobles. Sofía estaba a sinalar un punto que semellaba atoparse no mesmo centro do taboleiro lateral. Este tiña un complicado debuxo tallado na súa superficie, unha serie de liñas curvas e rectas harmonicamente dispostas, que semellaba ían confluír no mesmo centro do taboleiro, e aí un pequeno círculo, de tamaño semellante a unha moeda de dous euros, presentaba na súa superficie uns buratiños disposto ó chou.

— Ten couza –dixo Carla.

— Non son buratos de couza –explicou Sofía –paréceno, pero non son. Fixádevos ben. Eu diría que os buratos se corresponden co debuxo que nos mandou por fax o meu amigo o xoieiro.

— ¿Estás segura que non son buratos producidos pola couza? –interveu Steven fitando para eles.

— ¡Por favor, que traballo con madeira de seguido! Sei distinguir perfectamente o que é couza do que non.

— Tes razón. Veña, temos que darnos presa, temos que levalo de aquí. –dixo Steven.

— Pola porta non da saído enteiro –observou Carla.
— Non che preocupes. Hai que desmontalo e sei como facelo, a caixa que hai preto da mesa é quen de contelo dese xeito; Williams mandoume as instrucións ó respecto.

Os tres amigos puxéronse a traballar e non tardaron en tela máquina desmontada e correctamente embalada na caixa que lles dixera Steven; logo Sofía sacou un trebello con rodas da súa mochila e máis unhas gomas grosas cuns garfos nos seus extremos. Asegurou a caixa con elas e logo engadiu as rodas. Esperaron un anaco en silencio. Logo, con moito coidado, empurraron a caixa cara á porta.

Do mesmo xeito que entraron saíron da casa, agora so tiñan que chamar ó comisario Soler e os outros compañeiros para dicirse que todo saíra como estaba previsto. O problema máis inmediato era saca-la caixa do portal sen que ninguén se decatase do que estaba a suceder.

— Unha opción sería rouba-la furgoneta de Ricardo, se é que aínda está na porta de entrada e non a levaron cando estiveron aquí –dixo Sofía.
— Eu penso que ten que estar –dixo Steven –se cadra ían utilizala para transporta-la caixa, antes, cando estiven a axexalos, non escoitei o ruído de ningún motor. Suxiro que saía Carla a comprobalo e, mira ben se todo está en calma e non hai ninguén polos arredores que nos poda ver.
— Fareino –respondeu a veneciana saíndo pola porta.

Ó cabo duns minutos uns golpes suaves na porta fixéronlles comprender que podían saír sen perigo de ser vistos. Con moito coidado e procurando non espertar á anciá que vivía no andar baixo sacaron a caixa entre os tres á beirarrúa. Logo Steven, cunha facilidade abraiante, abriu a furgoneta de Ricardo e meteron a caixa nela. O que non puideron evitar foi que alguén no primeiro andar oíse o ruído do motor ó poñelo en marcha e abrise a fiestra para ver que estaba a pasar, xa estaban á altura do paso de peóns cando Carla logrou albiscar unha figura asomada á fiestra. Só esperaban que cresen que fora un roubo dos moitos que se dan na cidade ó amparo da escuridade. Chegaron axiña á casa de Ariel. Alí todo estaba en calma. Steven baixou da furgoneta e foi cara onde estaban agochados o comisario Soler, o seu fillo, Xurxo e Uxía.

— Podedes marchar, por hoxe Klauss-Hassán non vai facer nada. Seino de certo porque o escoitei. Xa témo-lo autómata e imos levalo á casa de Sofía para poder estudalo con tranquilidade. –dixo o inglés.

— ¿Estás seguro diso? –preguntou o comisario Soler.

— Estou.

— Que marchen os rapaces, eu quedo; non me fío do turco –respondeu o comisario.

— E eu contigo –interveu Alberte.

— Ti marchas –insistiu o comisario.

— Eu quedo contigo, se sabe mamá que che deixei só a intemperie axexando a un asasino, non sei que faría, sobre todo se chega a ocorrerche algo. –respondeu o fillo.

— ¡Oi que leria! Vale, queda, que lle imos facer.

— Pola mañá viremos María do Mar e máis eu a relevarvos –dixo Steven –non debemos perder a Ariel de vista.

— ¿E porque non lle poñemos un trebello deses que nos amose onde se atopa a cada momento? –preguntou o comisario.

— Porque se Klauss-Hassán sospeita que estamos detrás do roubo do autómata tamén pode sospeitar que o secuestro de Ariel sexa unha trampa para collelo e vai se-lo primeiro que busque no corpo e nas roupas do curmán de Sofía. Ademais xa che digo que vai sabelo de certo en canto vexa que o autómata non está e que a cortiña de ferro non está forzada. Témo-la vantaxe de que non saberá onde o temos. Secuestrará a Ariel de tódolos xeitos, xa sexa para procurarse a moeda, xa para trocalo polo autómata. A cousa vaise poñer certamente fea, pero iso xa o sabíamos estando Klauss-Hassán polo medio, ¿non si?

— Tes razón. Entón ata mañá.

— Deica mañá. –respondeu Steven marchando cara á furgoneta e entrando nela de seguido.

Karima, a muller de Klauss-Hassán, vira perfectamente como se levaban a furgoneta do socio do seu home; non lle deu tempo a darse de conta de cantos eran nin quen a levara e estivo durante un intre dubidando se avisar ó seu home ou non. O final decidiu espertalo. Klauss-Hassán portarase sempre ben con ela, era considerado e atento e endexamais tivo queixas sobre o trato que lle dispensaba a ela ou ós seus fillos, pero sabía tamén que podía chegar a ter un xenio do demo cando alguén o contrariaba ou lle agochaba algo. Así que decidiu espertalo a pesar de que se deitara hai non moito, atarefado como estaba cun importante negocio que, segundo el, ía reportarlle bos beneficios e que o tivera esperto ata altas horas desa noite.

— Hassán, Hassán, esperta.
— ¿Que queres muller? –respondeu el adurmiñado.
— Roubáronos.
— ¿Que? –dixo Klauss-Hassán espertando de súpeto e erguéndose na cama.
— A furgoneta do teu amigo, levárona.
— ¿Cando? –preguntou Klauss-Hassán saíndo de contado da cama.
— Agora mesmo, non puiden ver quen foi, só cheguei a ver que marchaban con ela xa cando estaban no paso de peóns. Fun beber un vaso de auga á cociña e escoitei un ruído dun motor poñéndose en marcha, mirei pola fiestra e vin alguén o volante, cando logrei abri-la fiestra xa estaban lonxe. ¿Chamo a policía?
— Non, deixa que eu arranxe isto. Xa o farei eu –respondeu o turco que non desexaba por nada do mundo que a policía se mesturase nos seus asuntos, non fora ser que descubrise o que non debía. —Veña, muller, déitate, xa chamaremos pola mañá a Ricardo. Agora non podemos facer nada e non desexo molestalo a estas horas, tanto ten que o

saiba agora ou máis tarde, a cousa xa non ten arranxo. Imos durmir.

Karima non insistiu e deitouse ó carón do seu home que volvera a meterse entre as sabas matinando sobre o que lle acababa de conta-la súa muller.

Cando Ariel se ergueu pola mañá a súa curmá acababa de entrar na casa e estaba a prepara-lo almorzo.

— ¿Non iades deixarme so para que me secuestrasen?

— Non teñas tantas ganas de que o fagan. Steven e María do Mar andan fóra e polo de agora non hai perigo. Eu vin facer unha cousa moi importante pero antes imos almorzar.

— ¿Que é o que vas facer? –preguntou Ariel mentres sentaba nunha cadeira e quedaba mirando como Sofía facía zume de laranxa, torradas con marmelada e poñía a cafeteira ó fogo.

— Unha sombra. Non a deixaremos á vista, pero vou facer unha sombra para ter unha vía de escape dende esta casa. Espero que non che importe.

— ¡¿Importarme?! Estou desexando probala.

— A modo. Estás metido... mellor dito, estamos metidos nun bo barullo, non é ningún xogo.

— Seino, seino. Non sexas prosma.

— Sereino todo o que faga falla para que te decates do perigoso que é todo o que estamos a facer. Toma, aquí tés – dixo Sofía dándolle a Ariel un vaso cheo de zume e un prato con dúas torradas con marmelada de amorodos que facía ela mesma no pobo. –¿Onde podo pinta-la sombra?

— Onde queiras. A casa é miña, podo face-lo que me pete. ¿Que tal no laboratorio de fotografía? Aí só entro eu.

— Pode ser –respondeu Sofía collendo a cafeteira, levándoa a mesa, pousando dúas cuncas con leite e sentando a continuación –en canto rematémo-lo almorzo amósasme o laboratorio.

— ¿Entón conseguíche-lo autómata?

— Conseguímolo.

— ¿A moeda é unha chave?

— Iso non cho vou dicir. Canto menos saibas, polo de agora, mellor, así non terán información que sacarche no caso de que tenten que lles digas algo. —respondeu a súa curmá bebendo un grolo de café con leite. —Veña, imos o choio.

Ámbolos dous curmáns foron ó laboratorio de fotografía e prenderon a luz sen temor a estragar traballo ningún, xa que había días que Ariel non o utilizaba. Sofía estivo a observalo un anaco. Decatouse dun andel con rodas que ocupaba parte da parede do fondo e que case era tan alto coma ela.

— Imos facelo tralo andel ese –dixo Sofía sinalándoo. –Podemos ter agochada a sombra para que ninguén se dea de conta da súa presenza e poderemos aparta-lo andel con facilidade no caso de que cumpra utilizala. ¿Que che parece? ¿Será doado de mover?

— Si, precisamente púxelle rodas para poder trasladalo con facilidade dun sitio a outro.

— Entón, imos aló.

Tal como o pensaron separaron o andel da parede; logo Sofía colleu da súa mochila un bote de pintura negra e unha brocha así como un rolo de cor verde, dun material semellante ó que se utiliza nas cociñas para deixar seca-los pratos, desatou as cordas que o comprimían e o rolo despregouse de contado amosando un oco, case tan grande coma a altura do andel, e que tiña a forma dun home camiñando. Fixouno á parede cunhas chinchetas e logo coa brocha pintou na superficie delimitada polo oco. Esperou uns minutos, comprobou que a pintura secara de todo e logo recolleu tódolos trebellos cos que creara a sombra que permitiría a Ariel aparecer de contado en calquera parte do mundo.

O seu curmán non daba creto a que o acababa de ver. Estaba realmente emocionado. Sofía, que o coñecía de sobra, díxolle:

— Nin se che ocorra dicirllo a ninguén, e non a uses se non cómpre facelo.

— ¿E como funciona?

— Só tes que adapta-lo teu corpo a sombra e pensar onde queres estar; teño outra cousa para ti e debes gardala ben nun sitio que non atope ninguén e, sobre todo, nun sitio onde non se imaxine Klauss-Hassán que pode estar. –dixo Sofía entregándolle un pequeno frasco con pincel, semellante os que se utilizan para pinta-las unllas –Pode sacarche dunha boa lea: pintando a parede con este líquido poderás traspasala con facilidade. Klauss-Hassán coñéceo así que non deixes que o descubra no caso de que realmente te secuestre. ¿Estamos?

— De acordo. ¿Podo cambialo de recipiente?

— Podes, pero asegúrate de que é hermético e ben duro para que non rompa. Agora teño que marchar. Ti actúa normalmente, fai as cousas que adoitas facer e non empeces a mirar para atrás tentando pescudar se eles ou nós estamos a seguirte. Ten que semellar que non sabes nada de nada. Tentaremos non perderte de vista pero, no caso de que ocorra algo extraordinario, te-lo frasco da pintura que permite traspasa-las paredes para saír dun apuro. Teño que marchar. Ten moito coidado. –dixo Sofía dando unha aperta ó seu curmán.

— Tereino, non che preocupes. –respondeu o fotógrafo correspondendo á aperta de Sofía.

Sofía saíu da casa, no intre de baixa-las escaleiras recibiu unha mensaxe no seu teléfono móbil anunciándolle que o seu amigo o xoieiro conseguira desprender con facilidade a capa coa efixie de Washington dos anacos que se achaban debaixo dela. Sabendo que Steven e María do Mar estaba ó axexo do que sucedese na casa do seu curmán marchou contra *O moucho* devecendo por ver cos seus propios ollos o resultado do traballo do xoieiro.

Cando chegou, case media hora despois, Xurxo, Carla e Uxía atopábanse no salón observando aqueles estraños anacos, un sinxelo crebacabezas, que amosaban na súa superficie unhas pequenas protuberancias que, se cadra, e isto era bastante probable, terían a súa exacta correspondencia cos buratiños do debuxo do panel lateral do autómata de Kempelen.

— ¿Que tal todo? –preguntou Carla segundo viu entrar pola porta á súa amiga.

— Ben. Fixen todo o que me dixeches, só espero que non faga o parvo e que non lle ocorra nada malo.

— ¡Veña muller! Xa verás como todo sae ben. –dixo Xurxo tentando animar a Sofía.

— Espero que esteas no certo –respondeu ela. -¿Xa sabedes se funciona?

—Estabamos esperando por ti para facelo. O autómata está no soto. ¿Imos aló? –preguntou Carla erguéndose do sofá.

— Si. Temos que saber canto antes que acocha o ditoso invento.

Klauss-Hassán ese domingo ergueuse ás oito e media coma sempre, xa era un costume, tanto lle daba o día que fora. A súa muller xa estaba na cociña preparando o almorzo e os fillos aínda permanecían durmidos. Bicou a Karima docemente nos beizos e acariñou a súa morena cara, logo sentou a toma-lo té con tranquilidade acompañado duns doces de améndoa e mel que a súa muller facía os días de festa. Cando rematou foi cara ó teléfono e marcou o número de Ricardo.

O anticuario, que era un preguiceiro, aínda se atopaba na cama e o son do teléfono espertouno cortando un fermoso soño no que el vivía só e rico e non tiña irmá ningunha que lle amolase acotío.

— Roubáronche a furgoneta onte pola noite –dixo Klauss-Hassán sen dar sequera os bos días.

— ¿O que? –preguntou Ricardo erguéndose de contado.

— Non puidemos ver quen foi, pero quedaches sen ela.

— ¿E agora que imos facer?

— Haberá que conseguir outra.

— No seguro... –empezou a dicir Ricardo.

— ¡Non! Habería que poñer unha denuncia e non quero a policía preto da tenda. –dixo Klauss-Hassán baixando a voz para que Karima non escoitase o que estaba a falar.

— Podemos alugar unha.

— Mellor –respondeu o turco. –Agora vou á tenda un anaco, teño que arranxar unhas contas.

Klauss-Hassán volveu á cociña, onde a súa muller estaba xa a empezar a prepara-lo xantar, un prato típico turco moi laborioso e que lle levaba toda a mañá facer, para dicirlle que ía á tenda. Cando xa estaba saíndo da casa puido escoita-lo ruído dunha porta que se abría, seguro que era o seu fillo maior Omar, quen adoitaba saír os domingos á correr polo paseo marítimo para manterse en forma. Klauss-Hassán estaba moi orgulloso del, era un bo estudante e un bo deportista e o seu pai estaba a facer todo o posible porque fose tamén un bo musulmán. Cando fose o tempo mandaríao cos seus tíos, nas montañas de Turquía, para que se fixese ós costumes do seu pobo e, seica, para preparalo como o seu substituto na organización. Aínda que era un bo rapaz e facía caso a todo o que lle dicía o seu pai, Klauss-Hassán non estaba moi convencido de que Omar quixese; non o quería obrigar, gustaríalle que seguise os seus pasos, pero non ía impoñerllo. Se cadra calquera dos seus outros fillos... O turco baixou as escaleiras a modo inmerso nos seus pensamentos. Todo estaba en calma, ningún dos seus veciños espertara aínda, nin sequera a muller vella do andar baixo. Na rúa tampouco había ninguén, non sendo o varredor co seu uniforme amarelo no outro extremos da rúa, preto da Glorieta de América. Klauss-Hassán colleu unha chave do bolso traseiro do pantalón militar que sempre poñía os domingos pola mañá, abriu un pouco a cortiña metálica e logo pasou por debaixo dela agochándose un anaco. Deseguido volveu pechala e entrou na tenda. Sentía que algo non estaba ben. Quedou un intre mirando ó seu redor. Aparentemente todo estaba no seu sitio, a porta non fora forzada. Entón ¿por que lle daba a sensación de que as cousas non estaban como deberían?

Había un olor estraño. Lembrábaΐlle algo do pasado pero non sabía o que era. Klauss-Hassán comezou a camiñar polo recinto. Canto máis se arredaba da porta máis débil era o olor. Volveu sobre os seus pasos ata o lugar xusto onde empezara a decatarse do cheiro. Foi cara á esquerda, por aí non era. Logo, cara á dereita. O olor era cada vez máis penetrante. Achegouse ata as alfombras que penduraban da parede. Alí xusto estaba a orixe de todo. Con coidado de non tirar nada do que había ós lado delas baixou cada unha das alfombras e achegou o nariz a elas. Non, non estaban a estragar. O olor non proviña delas. Mirou a parede onde estiveran colgadas. Semellaba que algo as manchara, se cadra por aí baixaba un tubo e había filtracións de auga, e se era de auga sucia estaría explicado o olor. Klauss-Hassán achegouse máis a parede e tocouna, tiña razón. De tódolos xeitos, non estaba moi convencido. Ulira moitas veces a auga podre e non tiña ese olor: era un olor repugnante que producía arcadas e este non era así. De súpeto ocorréuselle. Non podía ser. Non podía ter tan mala sorte. Non agora que estaba a piques de retirarse e de deixalo todo para levar unha vida tranquila coa súa familia.

Klauss-Hassán foi cara ó almacén con paso lixeiro, atravesouno e foi directamente ó agocho onde tiña o autómata de Kempelen, premeu o botón, logo quitou a alarma numérica que protexía a entrada e abriu a porta. ¡O autómata non estaba! ¡Roubáranllo! Sabía quen e como o fixeran: Sofía, Carla e Steven utilizando o líquido que permitía atravesa-las paredes. Diso era o olor que sentira o entrar, do ditoso líquido que tan útil lle fora a el anos atrás para fuxir da súa prisión naquel pazo e que agora servira ós seus inimigos para estragarlle a súa derradeira misión. Estaba seguro de que o inglés estaba involucrado: a tecnoloxía que permitía abri-la porta de aceiro sen ter nin idea da combinación numérica só podía tela conseguido alguén que traballase no mundo da espionaxe ou un ladrón moi profesional. Pero non ía permitir que desta vez ganasen eles. Non había tempo que perder, tiñan que secuestra-lo fotógrafo hoxe mesmo: se non servía para sacarlle información se cadra serviría para intercambialo polo autómata.

— Nada, no hai xeito –dicía Carla. –Isto non hai quen o abra.

— Pois encaixar, encaixa nos buratos –respondeu Xurxo premendo os anacos de metal contra o círculo central do panel de madeira do autómata.

— E logo habería que preme-lo conxunto, pero non vai –replicou Carla.

— ¿E se aínda hai que facer algo máis? –preguntou Uxía.

— ¿Como que? ¿Que máis se pode facer? –interveu Sofía que estaba examinando o traxe do boneco.

— Se cadra xiralos.

— ¿Cara onde: á dereita, á esquerda? ¿Cantas veces? A cousa argallárano moi ben –dixo Carla seguindo coa teima de preme-los anacos contra ó círculo de madeira do centro do panel.

— Iso tanto tería, se non é para un sitio será para outro. Sobre cantas veces...

— Ese é o problema, non podemos estar a probar se son dúas á esquerda e catro a dereita, ou nove á dereita e catro á esquerda, e logo seguir a probar con máis combinacións. Non temos tanto tempo. –protestou Sofía ó tempo que se achegaba á caixa para admira-lo fino tallado.

— ¿E se a moeda non só era unha cuberta senón que tamén indicaba cal era a chave que permitiría abri-lo agocho? –insistiu Uxía.

— Segue falando –dixo Xurxo cada vez máis interesado no que estaba a dici-la bibliotecaria.

— Unha chave sinxela, que, aínda perdendo a cuberta, e quen argallou a cousa sabía que tería que ser esnaquizada, non se puidese esquecer. Algo que chamase a atención e que unha vez vista quedase gravada na memoria. –seguiu a falar Uxía –Algo como os catro números que había nela: 1776.

Sofía, Xurxo e Carla miraron abraiados á bibliotecaria. O que estaba a dicir Uxía tiña sentido. Calquera que soubese un pouco de moedas vería inmediatamente a incongruencia gravada nela; quen non, lembraría perfectamente a data da Declaración de Independencia de Estados Unidos. Eran catro números fáciles de recordar.

— ¿Sabes que pode que teñas razón? –dixo Sofía. –Imos probalo. Primeiro nun sentido e se non vai logo noutro. Veña Uxía, falo ti.

Uxía, que estaba de pé ó carón de Carla, achegouse ata a caixa, puxo un dedo enriba de cada un dos anacos e comezou a xiralos: una vez á dereita, sete veces á esquerda, sete veces á dereita, seis veces á esquerda. Non ocorría nada.

— Sinto.
— Agora catro veces á dereita e logo sete á esquerda. ¿Que ocorre?

Uxía fixo o que Carla lle dixera. En canto rematou de xiralo derradeiro anaco o panel comezou a moverse e desaparecer cara á arriba deixando á vista un oco cunha placa de metal no medio.

— ¿Como soubéche-los números? –preguntou Uxía.
— Catro polo día do mes, sete polo número do mes. A data enteira do Día da Independencia: catro de xullo de 1776.
— Ou sexa, quen agochou o manuscrito que estamos a ver era americano. –dixo Xurxo.
— Pode ser, pode ser –respondeu Sofía. –Veña imos ver que se agocha detrás desa cousa metálica, algo ten que haber, ningún se tomaría tantas molestias para esconder unha prancha de metal.

Sofía, afeita a traballar coa madeira colleu un trebello de enriba dun dos andeis que levaba no seu cinto de traballo e que puxera para esta ocasión por se o necesitaba. Empezou, moi a modo, a repasar todo o contorno da prancha de metal para comprobar se tiña a suficiente folgura para poder facer panca e sacar aquilo que aínda non sabía o que era nin porque o agocharan. Semellaba que, cun dos trebellos máis finos, podería facelo sen estraga-lo moble. Os seus compañeiros miraban atentos traballar á restauradora de mobles. Sofía ía, ós poucos, repasando todo o contorno e metendo aquela pequena panca de madeira, fina e dura, de cando en vez empurrado con ela cara arriba. Pouco a pouco a prancha de metal ía desprendéndose do oco que estaba a tapar e cando, por fin, lograron sacala puideron comprobar que alí dentro se atopaba un manuscrito perfectamente conservado, escrito cunha elegante letra nun idioma que ó principio non recoñeceron pero que, despois dunha análise máis polo miúdo, descubriron que era alemán.

— Ben, xa sabémo-lo que é, agora falta por descubrir que di o texto e quen é o autor. –dixo Xurxo. Para iso vai ter que axudarnos Steven e non podemos comunicarnos con el ata dentro dunhas horas. Habería que agochalo nalgures, nun lugar seguro, mentres non falamos con el.

— Teño un do máis seguro –respondeu Carla –aí non poderán roubárnolo: co meu antepasado. Seguro que se alegra de verme, hai semanas que non o visito.

— ¿Podo ir contigo? –preguntou Uxía.

— Non sei –respondeu Carla mirando a Sofía.

— Se cadra non é mala idea –interveu a restauradora de mobles –pode que contigo estea máis segura que aquí. Xurxo e máis eu temos que relevar a Steven e María do Mar en –dixo mirando o seu reloxo –un par de horas e Uxía tería que quedar aquí soa ou marchar a súa casa. De calquera xeito é un risco: Ricardo coñécea como a rapaza que acompañou ó meu curmán coa moeda e pode que desexen utilizala para que el diga todo o que sabe sobre o asunto.

— Entón marchamos –respondeu Carla dirixíndose cara á sombra da parede –ven Uxía, ti faime caso e non teñas medo.

Uxía seguiu a Carla ata a sombra. Durante un par de minutos Carla deulle instrucións precisas sobre o que tiña que facer para viaxar pola sombra, logo, unha tras outra, desapareceron fundíndose coa parede.

— ¿E nos que facemos agora? –preguntou Xurxo.

— Nada. Esperar a que chame Steven –respondeu Sofía saíndo da habitación xunto con Xurxo e subindo as escaleiras que conducían ó seu taller de restauración. –Aquí abaixo non hai cobertura. ¿Apetéceche tirar un anaco a espada mentres esperamos?

—Moi ben non sei, pero imos aló.

Steven e María do Mar, que empezaran ás oito da mañá a vixilancia da casa de Ariel e que xa levaban case dúas horas na rúa dando voltas de aquí para aló por quendas para ter controlados tódolos puntos de acceso á casa, estaban neste intre xuntos bebendo un café nun dos bares próximos ó portal do fotógrafo.

— ¿Cres que Klauss-Hassán descubriu xa que lle roubamos? –preguntou María do Mar despois de beber un grolo de café fortemente azucrado.

— Non o sei. Se cadra non. De tódolos xeitos, en canto vexa como ocorreu o roubo vai saber que fomos nosoutros. –respondeu o seu home. -¿Que razón lle deches ó noso fillo para deixalo co padriño?

— Que necesitába-la miña axuda; aínda que non lle dixen en que, imaxínao. ¿Ti pensas que é parvo? Sei que leu, ás agochadas, parte do libro que estou a escribir sobre o das sombras. Así que xa sabe que a súa nai non é soamente unha nai que escribe senón a túa compañeira de aventuras. Xa hai tempo que descubriu cal é o teu verdadeiro traballo. É tanto fillo teu como meu e sabe gardar un segredo.

— ¿E ti como sabes todo iso del?

— Cacheino, sen que se decatase, lendo o meu libro e tamén ese diario en chave que ti pensas que está nun sitio seguro. É máis, descubriu a chave. Aínda é moi novo, así que os seus intentos de desencriptación botounos á papeleira e non os esnaquizou. Vinos, decateime do que era e calei. É intelixente de máis, saíu ó pai.

— E a nai. Se cadra habería que cambialo de colexio, a algún máis axeitado ás súas habilidades –dixo Steven.

— Se cadra tes razón. Mira, Ariel acaba de erguerse, abriu a fiestra da cociña.

— Non o perdas de vista. Vou dar unha volta polos arredores. –dixo Steven mentres camiñaba cara á porta do bar.

Ariel acaba de espertar. A noite anterior deitárase moi tarde, tardou en durmir e, cando o fixo, tivo soños estraños dos que case non lembraba nada. Se cadra o seu subconsciente estaba a avisalo do perigo que lle axexaba, se cadra simplemente tantas emocións non permitiron que descansase como cumpría. Estaba realmente emocionado, nin sequera sentía medo pola ameaza de secuestro que pendía sobre el. Sabía que era temerario non sentilo, pero, o certo, era que non estaba preocupado. Confiaba na súa curmá e nos seus amigos. Seica non debería ser tan confiado e debería temer máis ó turco, pero non o conseguía. Nunca se vira nun auténtico perigo e, polo tanto, endexamais sentira verdadeiro medo por nada e por ninguén. Tanto daba, o que tivese que ocorrer, sucedería. Colleu a cafeteira que estaba ó carón do vertedoiro escorrendo dende a noite anterior, encheuna de auga, logo puxo o filtro e botou café ata arriba, gustáballe moi cargado, colocou a parte superior, xirouna e púxoa ó fogo. Mentres facía o café decidiu que hoxe ía facerse un zume de laranxa e unhas torradas con marmelada de mazá. Tiña pensado ir tirar fotos ó Xardín de San Carlos; poñería unha película de 400 ASA, alí a luz non era moi forte por mor das árbores, de copas espesas e moi altas. De súpeto sorriu, tiña graza, onde ía estar esa mañá era o lugar perfecto para perpetrar un secuestro.

Despois de descubri-lo roubo do autómata e de desafogarse berrando unha serie de barbaridades en turco, árabe, alemán e inglés, Klauss-Hassán chamou a cada un dos seus camaradas e convocounos a unha reunión urxente no seu almacén.

Os primeiros en chegar foron Tareixa e máis Ricardo. A pesar das súas preguntas o turco non quixo contarlles nada ata que estivesen tódolos implicados reunidos. Ata preto das doce do mediodía non chegou Francesco que andaba dando voltas polos xardíns e non levara o móbil con el e ata que chegou ó seu hotel non puido escoita-la mensaxe deixada por Klauss-Hassán.

A medida que foron chegando Klauss-Hassán foinos acomodando na pequena habitación que había no almacén ó redor da mesa.

— Temos problemas –comezou a dicir ó turco –problemas moi serios. Onte, pola noite, mesmo pode que estivesen aquí mentres nós estábamos a falar, alguén entrou no almacén e roubou o autómata.

— ¿Como pode ser? ¿Non tiñas un sistema de seguridade infalible? –preguntou Tareixa.

— Para un ladrón normal, si. Pero non para estes.

— ¿E logo? ¿Sabes quen foron? –interveu Ricardo.

— Perfectamente. Carla Monte-Ollivellachio, Sofía Castro Souto e Steven Robinson. Se cadra tamén está no allo o comisario Soler, do mesmo xeito que ocorreu hai anos, pero isto último non o sei de certo.

— ¿Como podes estar tan seguro? –preguntou Tareixa que se puxera tensa de máis ó escoita-lo nome da súa antiga amiga.

— Porque cando cheguei a tenda esta mañá había un olor moi característico que, ó principio, non sabía a que correspondía pero que logo, cando me decatei do roubo, lembrei que era do líquido que permite atravesa-las paredes. A apertura da pechadura do agocho do autómata non é doada de forzar, non sendo que teñas a tecnoloxía adecuada, e Steven é quen de posuíla. Foron eles.

— ¿Que imos facer agora?

— Recuperalo e urxe que para iso secuestremos ó fotógrafo. Non sabemos agora mesmo onde se atopa pero vixiarémo-la casa para...

— Eu sei onde está –interrompeu Francesco –de feito vino hai uns minutos.

— ¿Onde?

— No Xardín de San Carlos, semellaba moi concentrado no seu labor de tirar fotos ás árbores e mailos matos que hai alí.

— Non temos tempo que perder: eu irei cara ós xardíns; Francesco á Praza de María Pita, por se pasa por aí; Tareixa ó Parrote, por se se lle ocorre ir cara ó Dique, esa parte gusta moito ós fotógrafos. Ricardo, a Porta Real e a Dársena, non vai ser que desexe ir ó Porto. Se non o atopamos quero vervos aquí de novo

— ¿E nós que imos facer? –preguntou Alberte ó seu padrasto.

— ¿A que che refires? –replicou o comisario Soler mentres botaba unha xenerosa cantidade de manteiga e marmelada de cereixas na súa torrada. Agora que non o vía a súa muller podía darse ese gusto. Tíñao farto co maldito réxime do colesterol.

— ¿Non imos coller ó asasino da miña rapaza? –insistiu Alberte observando a cara de satisfacción do comisario ó darlle un bo bocado á torrada.

— Primeiro, non era a túa moza, nin sequera falaches con ela. Segundo, o único que imos facer, e iso porque non queda outra, é seguir ó fotógrafo. Xa é perigoso dabondo facer isto estando ese par de argalleiros como para poñernos a tentar atrapar nós a Klauss-Hassán. Xa vou vello para esas lerias.

— ¿Por que non falaches aínda cos teus compañeiros policías de Coruña? Estráñame moito que non o fixeses, ¿non deberías facelo?

— Debería, non cho nego. –respondeu o comisario despois de beber un grolo de café e remata-la tostada. –Pero tal como están de enleadas as cousas sería moi complicado de explicar... ¿Non vas almorzar?

— Non teño fame. Segue.

— Sería moi complicado de explicar como permitín que uns simples cidadáns estean a seguir a un asasino profesional. Confío en que todo saía ben; coñezo a Steven dende hai tempo e tamén ós outros e sei que farán todo o posible porque todo remate do mellor xeito posible. Avisarei ós compañeiros de Coruña se non queda outra. Ben, xa rematei co almorzo. Imos dar unha volta, non temos que face-la nosa quenda de vixilancia ata a tarde, imos pois a facer turismo pola cidade. ¿De acordo?

— De acordo.

O comisario Soler e mailo seu fillastro deixaron a chave da súa habitación en recepción e saíron á rúa coa intención de facer un tranquilo percorrido pola cidade.

6. O secuestro

Steven e María do Mar, seguindo os pasos de Ariel ó Xardín de San Carlos, apostáranse preto do histórico lugar para vixialo. O primeiro, sentado nun dos bancos da praza de entrada ó Museo Histórico Militar, semellaba un turista enleado cun plano da cidade; a segunda, apoiada nunha parede da rúa que comunicaba co arco de entrada ó Xardín e cun gran caderno de debuxo, semellaba unha estudante de arquitectura ou calquera disciplina artística facendo un bosquexo do arco e do edificio do Arquivo Histórico do Reino de Galicia. Pensaban que Ariel estaba seguro, tiñan vixiadas ámbalas dúas entradas ó xardín e coñecían o físico dos seus inimigos o suficiente como para non pasar por alto a súa presenza preto de Ariel. No xardín so estaba Ariel e máis uns rapaces louros, un mozo e unha moza, que, polo seu físico, parecían turistas ingleses ou se cadra alemáns.

Ariel, totalmente alleo á vixilancia dos seus amigos, estaba enleado co macro obxectivo tentando sacar boas fotos das flores e arbustos que había no xardín. Era un sitio moi difícil, aquelas árbores tan altas non deixaban pasa-la luz do sol e o lugar estaba case sempre en penumbra. Puxera unha película de 400 ASA pero, aínda así, non estaba seguro de que conseguise as fotos que desexaba. Viu entrar no xardín á parella de mozos e como se achegaban ó poema de pedra que había á entrada da galería e que estaba en dous idiomas, inglés e máis galego, dende onde se tiña unha vista marabillosa do mar e do porto da Coruña. ¡Mágoa que os vándalos que adoitaban vir de cando en vez polo lugar a face-lo parvo o tivesen de mexadoiro e sempre ulise coma un sumidoiro!

O comisario Soler e mailo seu fillastro estaban nese intre no Paseo do Parrote, preto do hotel Finisterre, pois querían ve-las famosas Portas do Mar. De súpeto o comisario parouse e fixo un xesto a Alberte para que non seguise.

— ¿Que pasa?

— Isto non me gusta. Tareixa está aí. Teño que avisar á Steven. –respondeu o comisario mentres sacaba o teléfono móbil do bolso da súa cazadora e empezaba a escribir unha mensaxe.

— Se cadra so está a dar un paseo coma nós.

— Pode. Pero non quero arriscarme a que estea a argallar algo e que Steven non o saiba. El e María do Mar están preto de aquí, díxomo hai un anaco. Non pode ser casualidade que Tareixa tamén o estea. Ariel atópase no Xardín de San Carlos e dende o canón onde está sentada ten unha boa perspectiva para darse de conta se sae cara á Dársena ou ó Dique de Abrigo. Penso que tamén está a vixiar ó fotógrafo e non sei con que intencións. Seica ande preto tamén por aquí o turco e vaian a secuestralo neste momento, seica só anda a seguilo para non perdelo de vista e esperan o mellor momento para facelo –explicou o comisario ó tempo que enviaba a mensaxe ó móbil do inglés. –Ven, comigo –seguiu a dicir mentres recuaba cara á entrada cuberta do hotel e se apoiaba nunha das columnas. –dende aquí poderemos vela sen que ela se decate de que estamos a observala.

— Parécenme ridículas tantas precaucións. Dende esa distancia non pode saber quen somos.

— Pero pode adiviñalo, deste xeito pensará que somos dous turistas esperando ó autobús da excursión polos arredores –replicou o comisario collendo a Alberte do cóbado e facendo que camiñase cara atrás.

Estiveron alí case dez minutos ata que observaron como Tareixa baixaba do canón onde estivera sentada, subía as escaleiras ata a beirarrúa e comezaba a camiñar cara onde estaban eles. O comisario Soler volveu de costas á rúa e pediu a Alberte que se puxese fronte el e lle dixese todo o que estaba a facer Tareixa. O fillastro non perdeu de vista á dona da tenda de antigüidades mentres ela cruzaba a rúa e logo subía cara á praza onde se atopaba Capitanía Xeral e a cruzaba para segui-lo seu camiño pola rúa que levaba ata a igrexa dos dominicos.

— Vai á súa casa –dixo o comisario Soler. –Está a evita-la vixilancia de Steven e María do Mar, tería chegado antes pola rúa que bordea o Xardín de San Carlos e vai polo camiño máis longo. Non queren que a vexan.

— ¿E ti como o sabes? –preguntou o fillastro –Pensei que coñecías moi pouco Coruña.

— Non moito. Pero estiven a ver un plano cando o inglés me dixo onde ía estar e púxenme a estudalo. Imos tras ela.

Os dous homes cruzaron rapidamente a calzada sorteando un par de coches que ían en dirección a Porta Real. O comisario xuraba e perxuraba polo baixo por non ter postas as zapatillas deportivas e ir cuns zapatos de coiro duros coma pedras e que lle estaban a mata-los pés mentres pisaba o empedrado da praza preta de Capitanía Xeral. Alberte, máis áxil ca el, chegou a tempo de ver como Tareixa terminaba de cruza-la praza e comezaba a subi-la costa, torcendo deseguido á dereita. En canto o comisario chegou canda el díxolle o que vira.

— Ou vai á súa casa ou ó Xardín de San Carlos. –dixo o comisario mentres sacaba o seu zapato esquerdo e daba unhas fregas no seu pé tentando alivialo da dor que lle producía un calo que tiña no dedo mainiño. –Imos aló –seguiu falando mentres se calzaba de novo.

Xa un pouco máis aliviado o comisario Soler, seguiron camiñando polas vellas rúas, pouco axeitadas para camiñar co calzado que levaba, ata que, antes de chegar ó alto da costa onde se atopaba a entrada á igrexa dos Dominicos, unha voz coñecida berrou os seus nomes.

— ¿Que pasa María do Mar? –dixo o comisario Soler que, volvéndose ó escoitar que o chamaban, viuna vir moi nerviosa cara a eles.

— Perdemos a Ariel. ¿Que fai vostede aquí?

— Estabamos dando un paseo polo Parrote cando vimos a Tareixa e estabamos a seguila. Díxenllo a Steven e decidimos ver onde ía. ¿Como que perdestes a Ariel?

— Estaba no xardín facendo fotos; Steven e máis eu estabamos a vixialo. Tiñamos cubertas ámbalas dúas entradas ó xardín. Penso que a culpa foi miña; un par de mozos estranxeiros preguntáronme por unha rúa que non localizaban no seu plano e distraínme un anaco.

— Se cadra alguén pagoulles para facelo –dixo o comisario Soler. -¿E Steven onde anda agora?

— Ven cara aquí. En canto o vin de lonxe mandeille unha mensaxe. Mire, aí ven. –respondeu María do Mar sinalando cara á rúa ó carón do cuartel da Garda Civil.

O comisario Soler pensaba que era incrible que pasaran case quince anos dende que o coñecera. El estragara bastante pero non o inglés que seguía semellando tan xove como a derradeira vez que o vira e debería andar xa polos corenta e cinco ou corenta e seis. Hai xente que semella non envellecer e outros xa parecen vellos ós trinta. Se cadra a xenética ten moito que ver. Se cadra coidarse tamén axuda un anaco. Mesmo a roupa que che pos inflúe moito, seica se el vestise vaqueiros coma Steven e non eses traxes grises e azuis cos que semellaba estar sempre indo de funerais. Xa sabía o que lle diría a súa muller: *o teu non ten arranxo con ese bandullo que gastas, Antonio, tes que adelgazar*.

— Sinto Steven, enganáronme –dixo María do Mar ó seu home en canto el estivo preto dela.

— Non che preocupes, puido pasarlle a calquera. Atoparemos a Ariel. Klauss-Hassán non vai facerlle mal. –respondeu Steven mentres pasaba unha man pola cabeza de María do Mar tentando acougala.

— ¿E como podes estar tan seguro? –preguntou o comisario Soler sacando a chaqueta que levaba posta pois morría coa calor.

— Porque nós temos todo o que a el lle interesa e se desexa recuperalo tentará manter en boas condicións ó curmán de Sofía para poder intercambialo polo autómata e pola moeda. Se lle fai dano ou o mata entón non conseguirá nada.

— ¿Que imos facer agora? Podíamos ir á casa de Tareixa e tentar esculcar se está alí. –dixo María do Mar.

— E seguro que está –interveu Steven –pero non podemos actuar ó tolo. Esa casa, con tódalas fiestras enreixadas, é unha fortaleza.

— Pero ti xa entraches nela, senón ¿como puideches coloca-los micrófonos e as cámaras polos que Sofía e máis eu vemos a Tareixa o sábado? –preguntou o comisario.

— Forcei a porta de fóra e logo a do piso con moito coidado de non estraga-las pechaduras, pero agora que teñen a Ariel han de ir con moito ollo. Tampouco estamos seguros de que o teñan nesa casa, pode que o levasen ó almacén do turco. Ademais, segundo Sofía hai unha habitación agochada, no garaxe, da que non coñecémo-la entrada. Temos que pescudar primeiro sobre ela. –explicou Steven –Se tanto lles interesa o autómata e a moeda hanse pór en contacto connosco. Imos á casa de Sofía, temos que contarlle o que pasou, e temos que pensar que imos facer ó respecto.

Todos xuntos baixaron pola costa e colleron pola rúa que os levaría á Praza de Azcárraga, antes de chegar a ela, camiñaron cara á Igrexa de Santiago e baixaron en dirección á parada de taxis de Porta Real. Steven puido ver como Ricardo García-Olavide, pouco afeito a axexar á xente, tentaba agocharse detrás do quiosco das revistas; fixo un xesto ós demais para que non amosasen que o recoñeceran e seguiron pola beirarrúa cara á Dársena, que era onde Steven aparcara o seu coche de aluguer. Montaron todos nel e María do Mar, máis afeita ás estradas galegas, púxose ó volante para saír, a fume de carozo, contra *O Moucho*, onde se atopaba o resto dos seus amigos.

Mentres, na habitación secreta da casa de Tareixa, Ariel estaba inconsciente e atado a un incómodo mexedor de madeira co asento enreixado. A habitación cambiara dende a derradeira vez que Tareixa estivo nela: ademais da cortiña negra da fiestra enreixada que comunicaba coa Praza das Bárbaras, agora puxeran unha grosa prancha de aceiro que impedía ve-lo que había no seu interior. Tamén engadiran unha lámpada semellante ós focos de cine ou dos que adoitan utiliza-los fotógrafos para facer fotos nos espazos interiores. Non había máis nada. Ningunha pista que lle permitise ó prisioneiro, cando por fin espertase, saber onde se atopaba. A habitación, con grosas paredes de pedra e sen veciños que puidesen sospeitar o que estaba a pasar nela, era perfecta para manter a alguén retido o tempo que cumprise. Tampouco podía escoita-la conversa que, nese momento, estaban tendo os seus raptores na habitación contigua.

— ¿Que pensas facer con el? ¿Valo torturar? –preguntou Tareixa que estaba na súa mesa de traballo sentada mirando pola fiestra da porta de separación coa tenda.

— Coido que non vai facer falta; coas ameazas vai abondar –respondeu Klauss-Hassán que se atopaba fronte ela facendo debuxos estraños nun papel –pero se teima en non dicir nada...

— Non me gusta isto, sei que non houbo outra, pero non me gusta –explicou Ricardo camiñando de aquí para alá na estancia, nervioso de máis para tentar acouga-lo seu desasosego.

— ¿Tardará moito en espertar? –dixo Klauss-Hassán mirando cara a Francesco que estaba de pé fronte o andel que agochaba a entrada á habitación onde se atopaba Ariel folleando algúns dos libros que había nel.

— Penso que unha hora, ou quizais menos. O que si terá será un incrible dor de cabeza, pero poderá falar perfectamente. –respondeu o veneciano deixando no seu sitio unha preciosa falsificación das *Memorias* de Casanova.

— Entón imos esperar. E desexo que, polo ben de todos, o fotógrafo fale de contado. –dixo Klauss-Hassán erguéndose da súa cadeira –Agora teño que marchar, hei facer un par de cousas urxentes. Non faledes con el, non fagades nada ata que volva. ¿Estamos?

— Como queiras –respondeu Francesco.

Nada máis marcha-lo turco, Ricardo, que ata o de agora permanecera camiñando pola estancia rosmando para os seus adentros, sentou onde estivera ata ese momento Klauss-Hassán.

— Non me gusta nada isto, non me gusta nada. Dixécheme que non ía saír mancado ninguén, que ía a ser un negocio doado, que o faríamos rapidamente e que iamos gañar unha morea de cartos sen case facer esforzo. E agora o psicópata do turco está pensando en torturar ó fotógrafo. Non me gusta nada. Se puidese deixaríavos e liscaría de aquí.

— Pero non podes –interveu Tareixa cortando de súpeto as queixas do seu irmán –non sendo que desexes estar no lugar do fotógrafo.

— ¡Non digas iso! –berrou Ricardo sentindo un calafrío percorre-lo seu corpo –Estarei ata o final convosco pero vai se-la derradeira vez que che axude en algo semellante. Despois de isto marcho. Non quero saber nada máis de vosoutros e das vosas argalladas. Endexamais tiven que consentir que me enleásedes para vos axudar.

— Acouga Ricardo –dixo Francesco achegándose ó irmán de Tareixa e pondo as súas mans nos ombreiros do anticuario. –Todo rematará este mércores e logo xa poderás marchar e deixar todo isto, como dis. Ten paciencia. Non vai ocorrer nada malo. Xa verás como Klauss-Hassán non manca ó fotógrafo.

— Se cadra tes razón –respondeu Ricardo acougando un anaco –seica todo acabe ben. Espero que así sexa polo ben de todos. Marcho a dar unha volta non aturo estar aquí encerrado.

— Non fagas parvadas, irmanciño –advertiu Tareixa que xa hai tempo que non se fiaba del.

— Non penso facer nada, so pasear un anaco. Deica logo. –respondeu Ricardo erguendo da cadeira e marchando a paso lixeiro cara á porta de entrada da tenda.

Necesitaba toma-lo aire. Se puidese fuxiría nese momento e faríao se non fose porque o turco andaba metido no negocio e non aturaba ningún tipo de deserción aínda vindo dos seus amigos; e el non se podía considerar un amigo daquel espía do demo. ¡Que gañas tiña de perder de vista á súa irmá e tódalas súas leas! Xa a levaba aturando moito tempo e xa era tempo de desaparecer e empezar unha nova vida á marxe dela. Estaba farto de escoita-las súas queixas, de ter que atura-los seus continuos aldraxes, de que o tratase coma a un farrapo e de escoitar que non facía nada ben e que era un fracasado. Estaba farto. Moi farto.

Ía un domingo marabilloso, tiña que volver de contado pero necesitaba un pouco de aire fresco para calmarse. Se cadra podería achegarse ata o Castelo de San Antón e perder algo de tempo dando unha volta polo seu interior. Iso sempre lle gustara. Si, faría iso. Polo menos estaría un tempo, aínda que fose pouco, lonxe da súa irmá e das súas leas, e acougaría paseando polo vello recinto fortificado.

Ariel tardou en volver en si menos tempo do que pensara Francesco. Notou as ataduras incrustándose nos seus pulsos e mailos seus nocellos. A cabeza doíalle moito e ademais non sabía onde se atopaba. O último que lembraba era que entrara polo arco que separaba o xardín de San Carlos do resto da Cidade Vella e que dous rapaces estranxeiros, os mesmos que vira entrar pola porta enreixada, estaban falando con María do Mar mentres consultaban o que semellaba un plano da cidade. Tiña tamén a sensación de ter visto unha sombra deslizarse ás súas costas; logo, a escuridade. Seguro que fora o turco o que o secuestrara. Só esperaba que os seus amigos soubesen que estaba preso e en que lugar o tiñan. Ó principio de espertar sentiuse desorientado, mirou o seu redor: unha estancia de paredes de pedra e unha lámpada, neste intre apagada, dirixida cara a el. Había unha soa fiestra tapada por unha cortiña negra, pero non vía por ningures unha porta. ¿Por onde o tiñan metido? ¿Como chegara ata alí? Mirou cara ó teito de madeira e creu distinguir os bordos dunha trapela. ¿Que era aquilo: un soto? Coidaba que non pero tampouco podía estar seguro. ¿Que pasaría agora? Estaba empezando a sentir medo. Se cadra a súa curmá tiña razón e el non se dera de conta do perigoso que podería chegar a ser o que el pensaba que era unha aventura coma as das películas. O que pasa é que nas películas os bos sempre ganan e neste caso non estaba convencido de que así fose.

Na casa de Sofía, a bibliotecaria estaba a xogar con Xurxo ás cartas tentando agocha-lo seu desacougo con respecto a Ariel. Non lle fixera nin un chisco de graza que se ofrecera para caer na trampa de Klauss-Hassán pero agochara os seus verdadeiros sentimentos pois comprendía que non tiña dereito a impedirllo. Queríao, si, moito ademais, pero non podía impedir que el fixese o que lle petase e o que cría conveniente. Tiña medo aínda que tentaba disimulalo. Carla, moito máis sensible para estas cousas, notárao e tentou acougala sen que os outros se decatasen pouco antes de viaxar pola sombra cara a Venecia. Así que cando viu, dende a fiestra do salón, que Steven, xunto con María do Mar, o comisario Soler e mailo fillastro, estaban xa a piques de chegar, non puido evitar pegar un berro e saír correndo a recibilos.

— ¿Que pasou, está ben? –preguntou Uxía a Steven.

O inglés mirouna e non quixo dicir nada. Uxía comezou a chorar temendo o peor.

— Non pasa nada –dixo María do Mar achegándose a ela e pasando un brazo por enriba dos seus ombreiros. –Tranquila, todo se arranxará.

— ¿O que? ¿Que é o que ten que arranxarse? –preguntou entre choros e saloucos Uxía.

— Xa cho contaremos na casa –interveu o comisario Soler –veña, imos todos aló.

Xurxo e Sofía saíran ó momento cando viron a Uxía liscar da casa e estaban a esperalos na porta de entrada. Reuníronse todos na cocina, ó redor da enorme mesa de comedor que tiña a restauradora de mobles.

— Secuestraron a Ariel. –dixo Steven.

— Entón o plan funcionou. –dixo Sofía.

— En certo modo, si. –interveu María do Mar que estaba remexendo entre os andeis da cociña na procura dun cazo para ferver auga e poder preparar algún tipo de infusión. –O malo é que non sabemos onde se atopa.

— ¿Como que non o sabedes? –preguntou Sofía. –Non puido evaporarse dos vosos narices, segundo me dixeches tiñades todo controlado, non podía moverse sen que vos decatásedes.

— E foi dese xeito toda a mañá. Mesmo cando estaba no xardín de San Carlos tiñamos controlado o paradoiro de Ariel, pero o turco utilizou a dous rapaces estranxeiros de entretemento para despistarnos. –empezou a explicar Steven. –E cando quixemos darnos de conta Ariel xa desaparecera.

— ¡Temos que atopalo canto antes! ¡Temos que atopalo! –berrou Uxía nerviosa e chorando arreo.

— Atoparémolo, non che preocupes. Non lle vai facer mal. Xa verás. Axiña teralo de volta. Non lle vai ocorrer nada malo. Acouga, Uxía. –dicía María do Mar tentando que bebese a infusión de tila e menta que deixara fronte ela.

Uxía fíxolle caso e parou de chorar de súpeto. Logo de beber un par de grolos suspirou e quedou calada e queda mirando cara á cunca de tila.

— ¿Non deberiamos volver e tentar axexar os movementos de Klauss-Hassán e mailos seus camaradas? –preguntou Sofía.

— Por suposto –respondeu Steven. –Imos facelo. Somos... –seguiu falando mentres sinalaba co dedo índice a cada un dos que estaban na habitación –sete. O ideal serían oito. ¿Onde está Carla?

— Marchou a Venecia –respondeu Sofía mentres sacaba do frigorífico unha enorme torta de chocolate e a poñía diante de Uxía. A ela funcionáballe cando estaba triste, se cadra a Uxía ocorríalle o mesmo. –Non pode tardar.

— Imos formar dous equipos: María do Mar, Xurxo e Uxía virán comigo; o comisario Soler e Alberte irán con Sofía, se lle parece ben –dixo Steven mirando ó comisario. –Penso que en cada equipo debe haber un representante da policía para maior seguridade.

— Estou conforme, non co que imos facer, pero si co que dis.

— Deixa unha mensaxe a Carla para que se reúna convosco nos arredores da tenda de Klauss-Hassán; nós iremos á casa de Tareixa. A propósito, ¿onde te-lo ordenador que che emprestei? Ímolo necesitar.

— Deseguida cho traio –respondeu a restauradora de mobles erguéndose da cadeira e saíndo da cociña.

Uxía seguía a mira-la cunca, xa baleira, de tila. Semellaba máis tranquila.

— Gustaríame saber unha cousa.

— ¿Que Uxía?

— Enleamos a Ariel nesta historia do secuestro para coller ó turco, ¿verdade?

— Verdade –respondeu Sofía fitando para ela.

— Agora non sabemos onde está e ademais non collemos ó ditoso espía. Ben. ¿Que se supón que vai pasar agora? Témolo autómata, os anacos de moeda e mailo manuscrito antigo. ¿Que pasará se non conseguimos atopar a Ariel?

— Probablemente Klauss-Hassán se porá en contacto con nosoutros para intercambialo por todo o que lle roubamos. Pero imos tentar que iso non ocorra e para iso temos que atopar a Ariel axiña. –explicou Steven.

— ¿E porque non llo damos e deixamos de darlle voltas ó asunto? –insistiu Uxía.

— Se hai tanta xente interesada no autómata ten que ser moi importante o que agochaba e non penso darlle nada sen saber o que é.

— ¿E non pensas que calquera segredo que gardase é moito menos importante que a vida dunha persoa? –preguntou de novo a bibliotecaria.

— Aínda que non o entendas: ás veces as vidas non son tan importantes. Pero non che preocupes que non é este o caso.

— Outra cousa.

— ¿Si?

— ¿Como pensas que contactará con nosoutros?

— Xa verás como aparece mañá algunha carta ou mensaxe no teu traballo. Tareixa seguro que sabe onde estás a traballar. Agora, o que importa é pórse en camiño outra vez. Sofía, deixa algunha mensaxe a Carla que so entenda ela. –dixo o inglés mentres collía das mans da súa amiga o pequeno ordenador que lle serviría para axexar con comodidade a casa de Tareixa. –Marchamos.

Carla chegara a súa querida cidade de Venecia sen problemas a través da sombra que Sofía tiña no seu soto do *Moucho*. Había meses que non vía o seu parente. Dende que, hai anos, descubrira a forma de viaxar no tempo visitárao moitas veces e aprendera moitas cousas que, doutro xeito, nunca tería coñecido. Pietro Francesco púxose moi contento cando a viu aparecer pola parede da súa habitación de alquimista que tiña no seu pazo de Venecia, o mesmo sitio onde estaba a vivir Carla pero máis de catro séculos antes dela.

— ¿Que é esa caixa que traes? –preguntou o seu parente que, como a meirande parte das veces que o visitara, estaba a facer experimentos alquímicos.

Carla explicou polo miúdo toda a lea en que estaba metida xunto cos seus amigos.

— ¿Coa mesma xente?

— Si. Quero que quede aquí, que o gardes ben. Eles non poden chegar ata aquí.

— Así que é un boneco. –dixo Pietro Francesco deixando a pluma de ganso que tiña na man ó carón do manuscrito que estaba a escribir.

— Pero un boneco moi especial. Ata dentro de máis de cento cincuenta anos non vai ser inventado e entón vai ter tal importancia que ata a emperatriz de Rusia vai estar interesada nel.

— ¿Unha muller no poder, en Rusia?

— Si. Créeo.

— Créocho. Aquí estará seguro. Non dubides en vir se necesitas algo máis de min.

— Pois a verdade é que si necesitaba outra cousa.

— Ti dirás –respondeu Pietro Francesco.

— Aínda non conseguín fabricar a pintura para ve-lo pasado. ¿Tes un pouco dela? Un amigo está prisioneiro nalgures e non sabemos onde se atopa..

— Penso que aínda me queda unha pouca. Espera –dixo Pietro Francesco erguéndose da súa cadeira de madeira e coiro e camiñando cara a un andel que había xusto detrás del, cheo de frascos de cristal e de barro perfectamente ordenados.

Pietro Francesco estivo durante uns poucos minutos percorrendo a parede de arriba abaixo; era un xenio da alquimia pero tiña o seu propio sistema de clasificación, totalmente incomprensible para quen no fose el, e adoitaba poñe-las cousas cada vez nun lugar distinto, de xeito que sempre tiña que andar mirando un por un os frascos cando desexaba atopar algo. Se a el lle custaba atopa-las cousas, ós seus inimigos debería resultarlle aínda máis difícil. Por fin, o alquimista parou diante dun frasco de barro tinguido de azul e vermello cuns estraños símbolos esborranchados ó redor da boca do recipiente. Abriuno, mirou no seu interior, volveu tapalo e deullo a Carla

— Penso que queda suficiente para unha consulta. ¿Lembras como funciona ou prefires que che bote unha man?

— Se non che importa...

— Semellas parva. Ven. –respondeu Pietro Francesco indo cara á unha das paredes da habitación. –Primeiro fai un cadrado grande para conte-la pregunta e a resposta. Así, moi ben –dixo o alquimista mentres vía como Carla argallaba coa pintura un cadrado de case medio metro de alto por medio metro de ancho. –Agora escribe o día en cifras e maila hora, aproximada, da desaparición do teu amigo. Moi ben. Agora, so temos que esperar uns segundos a que a pintura funcione.

Non pasou moito tempo cando a parede onde a restauradora de mobles argallara o cadrado máxico empezou a perde-la súa textura de pedra e comezou a amosar unha escena en parte familiar para Carla: María do Mar, co caderno de debuxo preto do arco que comunicaba o xardín de San Carlos coa Cidade Vella, os dous rapaces estranxeiros que se achegaban a ela coa escusa de consultar algo no plano da cidade, e, ó fondo deles, Ariel no medio do arco. De súpeto, das sombras apareceu unha figura totalmente recoñecible: Klauss-Hassán, que saía dende un lateral da parede do arco e que, poñendo dous dedos no pescozo de Ariel, conseguía deixar inconsciente ó fotógrafo. Logo tamén viu como o botaba nas súas costas mentres María do Mar, allea o que estaba a pasar, tentaba explicar algo os turistas que lle consultaran había uns minutos. Viu a Klauss-Hassán saír sen que María do Mar se decatase do arco e dirixirse cara a unha rúa próxima, onde Tareixa e máis Ricardo estaban a esperalo. Tamén viu como o levaban a rastro entre Klauss-Hassán e Ricardo, semellando ser dous amigos que axudan a outro a camiñar, ata a tenda de Tareixa e o botaban no chan do garaxe. Logo, Tareixa foi cara a unha das paredes, púxose a premer nunhas cantas pedras e deseguido un son semellante ó ruído dos grilos e a continuación unha sección da parede esvarou cara á esquerda deixando á vista a estancia secreta onde Tareixa tiña agochados os seus encargos máis prezados. Logo viu como ataban a Ariel ó mexedor e saían todos da estancia deixando ó fotógrafo inconsciente e so naquela habitación de pedra.

— ¿Como fago para saber onde se atopa agora? –preguntou Carla.

— Pasa a man por dentro do cadrado, como se quixeses borrar o que escribiches antes e volve a poñe-la data e a hora. ¿Aínda queda pintura? –dixo Pietro Francesco mirando o interior do frasco e comprobando que quedaba un anaco no fondo de todo. –Déixame facelo a min.

Carla acariñou a parede para borra-lo escrito e logo pasou ó seu parente o frasco e mailo pincel que lle dera con anterioridade, Pietro Francesco escribiu os datos que lle dixo Carla, esperaron e comprobaron que Ariel, xa consciente, se atopaba no mesmo lugar onde o trasladaran ó principio, que estaba desorientado pero non estaba mancado.

— Outra cousa; se cadra ti coñece-lo libro.
— ¿Que libro?
— No boneco hai un agocho que conseguimos abrir e nel atopamos un libro. Mira –dixo Carla mentres fedellaba nun dos laterais da caixa que sotiña o boneco e amosaba a Pietro Francesco o libro que atoparan.

O alquimista veneciano colleuno con coidado, abriuno, leu o título e estivo durante uns minutos cara adiante e cara atrás pasando as follas. Logo pechouno.

— Sei que libro é. Xa no meu tempo considerábase un libro perdido. É un poema épico alemán do ano 800, chámase *Hildebrandslied* e coido que é moi valioso. Gardareino ben, se cadra podería mesmo tentar traducilo. –respondeu volvendo a garda-lo libro na caixa do boneco.
— Moitas grazas Pietro, teño que marchar.
— Ten moito coidado e volve cando queiras.
— Fareino. Deica logo Pietro. –dixo Carla dirixíndose cara á sombra que había na parede á dereita do andel onde Pietro Francesco tiña tódalas súas beberaxes.
— Deica logo –respondeu o alquimista volvendo a colle-la pluma e mirando ó seu manuscrito.

Deseguido Carla apareceu no soto da casa de Sofía, leu o criptograma que lle deixara escrito Sofía e logo subiu pola escaleira secreta ata o taller de restauración. Alí si que había cobertura para o móbil. Enviou unha mensaxe coa situación exacta do lugar onde se atopaba Ariel e logo pechou a porta e marchou cara á Coruña nun dos coches propiedade da súa amiga.

Nese mesmo momento Klauss-Hassán, a soas con Ariel, estaba a comeza-lo interrogatorio.

— De novo a túa curmá amoloume. A ver como arranxamos isto –dixo Klauss-Hassán mentres camiñaba ó redor de Ariel en amplos círculos. –Non me gustou nada o que me fixeches e estou moi enfadado. Non quero facerte dano pero... se non teño máis remedio... Seguro que acabaremos entendéndonos, ¿ti que pensas?

Ariel que, dende que espertou, temía que chegase este momento, non sabía que responder ó turco. Observaba como se movía ó redor da cadeira onde se atopaba inmobilizado pero non tiña nin idea de como actuar nin que dicir sen poñer en perigo ós seus amigos. Decatábase, de súpeto, que non estaba preparado para algo así e empezou a sentir medo aínda que non desexaba amosarllo a Klauss-Hassán.

-Non sei se che decatas da lea en que andas metido, se cadra non. –seguiu a falar Klauss-Hassán parándose de súpeto diante do fotógrafo, que tiña que facer un grande esforzo para mante-la calma, e inclinándose sobre el tanto que o pobre Ariel pensaba que o desexaba tradear cos seus ollos negros. –Non ten porque pasarte nada malo, sempre que che prestes a colaborar, claro está, e seguro que o vas facer. Estou convencido. Ata vou ser amable contigo, será que me estou a facer vello. Vai ser iso. Entendo que agora esteas confuso, a droga que che demos pode ter ese efecto. Seica convén que esteas un anaco só, si, mira, vou deixarte só para que penses en todo o que che dixen e que ordéne-las túas ideas.

Klauss-Hassán ergueuse, deu media volta, foi cara ó muro que poñía en comunicación a habitación na que estaba preso o fotógrafo co taller de Tareixa e quedou un intre fitando para Ariel que, aterrorizado por todo o que lle dixera, non ousaba ergue-la cabeza e semellaba estar a examina-los seus pés, ceibes de calquera tipo de calzado, o que aproveitou Klauss-Hassán para desaparecer pola porta secreta sen que Ariel adiviñase o que estaba a suceder. Cando por fin se decidiu a mirar ó seu redor, estrañado polo silencio, atopou que volvía a estar só. ¿Chegarían os seus amigos a tempo? ¿Podería resisti-lo interrogatorio do turco, un home que adoitaba tratar con xente moito máis dura ca el? ¿Que esperaban Sofía e Steven que fixese: contar todo o que sabía ou tratar de enganalo? De feito ¿que era o máis axeitado que podía facer?

Mentres Ariel estaba a dubidar sobre a súa forma de actuar, no taller de Tareixa estaban a ter unha reunión para decidir que facer co fotógrafo.

— ¿Que pensas facer agora? –preguntou Tareixa a Klauss-Hassán ó tempo que facía bonecos sen sentido nun papel que tiña enriba da mesa, técnica que lle servía para tomar decisións cando dubidaba sobre calquera cousa.

— Iso depende do que faga a túa querida amiga a restauradora –respondeu o turco que non paraba de camiñar pola habitación.

— Esa xa non é a miña amiga dende hai tempo. Por min podes facer o que che pete con el, só desexo coñece-las túas intencións.

Ricardo e Francesco, sentados a ámbolos lados de Tareixa, deixaban que eles falasen e decidisen o xeito de actuar que cresen máis conveniente, ningún deles era realmente un home de acción, deixaban que os outros mandasen neles e, polo xeral, non adoitaban leva-la contraria nas decisións tomadas polo turco e Tareixa. De feito, eran meras comparsas nas leas dos outros e procuraban non opoñer resistencia a ningunha daquelas fortes e egoístas personalidades, que só procuraban o seu propio beneficio sen importarlles ninguén máis que eles. Francesco estaba a pensar en Venecia e na súa tranquila vida na cidade dos canais e Ricardo en fuxir en canto puidese da perniciosa influencia da súa irmá. Non lles importaba un pemento todo o que estaba a suceder e desexaban, máis que calquera outra cousa, poder saír desta derradeira aventura con ben. Francesco estaba alí porque llo pedira Klauss-Hassán e porque, ó principio, resultoulle emocionante volver traballar con seu vello compañeiro de estudos nunha especie de sinxelo fraude, pero a cousa enleara de máis e xa non estaba tan convencido de seguir adiante. Todo complicárase malamente. Ricardo estaba a axudar á súa irmá á forza, endexamais desexou facelo pero non lle podía negar este último favor. Agora, que a situación estaba a poñerse realmente perigosa, desexaba abandonala e non sabía como facelo sen saír mancado.

Klauss-Hassán parou de camiñar, mirou o reloxo que levaba no pulso esquerdo e logo dixo:

— Vou falar de novo co fotógrafo.

O turco foi cara ós andeis que agochaban a porta de entrada á estancia secreta onde tiñan prisioneiro a Ariel, sacou o libro axeitado e, non ben acabara de abri-la porta, pegou un berro.

— ¿Que ocorre? –preguntou Tareixa erguéndose de contado da cadeira.

— Non está. Liscou.

— ¿Como que non está? –dixo Ricardo mirando estrañado a Francesco e á súa irmá que, xa ó carón de Klauss-Hassán, estaba a comproba-la afirmación do turco.

Ricardo e mailo veneciano achegáronse a eles e decatáronse do acertado da afirmación do vello espía turco: no medio da habitación non había ninguén, as cordas que mantiñan a Ariel atado estaban cortadas e guindadas no chan. Entraron todos a tentar pescudar como puido ocorrer sen que se desen de conta do que sucedera. A fiestra estaba intacta, non cortaran o enreixado, e a porta corrediza que daba o garaxe non parecía que fora aberta. Tareixa estivo a examinar escrupulosamente tódalas posibles entradas á habitación, mesmo a trapela que comunicaba co seu dormitorio, no teito. Logo pasou as mans por tódalas paredes, ós poucos.

— ¿Que estás a facer? –preguntoulle o seu irmán.

— Tenta atopar algunha pegada do líquido que permite traspasa-las paredes –contestou Klauss-Hassán mentres axudaba á súa compañeira de negocios na súa busca.

— ¿Pensas que Sofía puido sacar ó fotógrafo dese xeito? –dixo Francesco que, xunto con Ricardo, estaban a observar o que facían dende o taller de Tareixa.

— Pode ser. –respondeu Klauss-Hassán parando no seu labor. –Tamén é probable que os outros descubrisen o agocho do fotógrafo e desexen intercambialo pola ditosa moeda.

— Pero nós non a temos. ¿Que imos facer? –preguntou Francesco.

— Esperar. Alguén poñerase en contacto connosco. –dixo Klauss-Hassán indo cara a Tareixa que estaba rematando de examina-la parede máis preta da fiestra.

— Iso se foron os búlgaros. ¿E non puido se-lo voso cliente que tenta sacar proveito sen gastar un can? –dixo Ricardo.

— Coido que non. –respondeu o turco. –Non é un home que mire moito o diñeiro cando lle está a interesar algunha cousa, nin tampouco ten os coñecementos axeitados para meterse nunha operación como esta. Seino de certo. Claro que puido contratar a alguén para facelo pero penso que non o fixo.

Steven e os demais, que estaban controlando o que pasaba dentro da casa e da tenda de Tareixa por mor do ordenador, tampouco entendían moi ben o que estaba a pasar. Ariel desaparecera diante dos seus narices e eles tampouco tiñan ningunha pista sobre o ocorrido. Certo que a habitación agochada de Tareixa no andar baixo non tiña cámaras nin micrófonos, xa que cando Steven encheu o edificio deles non sabía que existía tal estancia. Pero, non sendo que alguén soubese exactamente a situación de cámaras e micrófonos, era practicamente imposible que escaparan da súa vixilancia no resto da casa. ¿Quen serían os búlgaros dos que estaban falando? Estaba claro que os músicos que actuaran na colexiata de Santa María do Campo, ó menos a rapaza da que estaba namorado o fillastro do comisario Soler, estaban implicados no asunto. Pero todo aquilo, segundo Steven, era un traballo profesional de máis para un terceto de corda que, polo xeral, só debería ser utilizado para pasar información ou algún material non demasiado importante. Isto cada vez estaba a ser máis perigoso. Aínda que Steven sabía que o mellor que podía facer era deixar ós seus amigos á marxe da historia e tentar formar un comando cos seus propios homes adestrados para esta clase de misións, tamén era consciente de que non sería doado convencelos para quedar fóra da investigación, sobre todo a Sofía, a ela non había demo que a botase para atrás unha vez decidira entrar a saco no que fose que estaba a desenvolverse, e menos se a vida do seu curmán corría perigo. Tería que tentar solucionalo da mellor maneira posible e co menor perigo para todos, a opción que a el lle gustaría seguir era inviable estando a teimuda da restauradora de mobles polo medio. A voz de Sofía sacouno do seu ensimesmamento.

— ¿Que imos facer agora?

— Podemos consultar co meu parente –interveu Carla que había dez minutos que chegara onde eles e lles contara o que pescudara pola súa conta coa súa axuda.

— Tardariamos moito en volver ó *Moucho*. –dixo o comisario Soler.

— Non temos porque facelo, argallei unha sombra na casa de Ariel e podemos ir aló e facer o que di Carla. –respondeu Sofía. –Éche unha boa idea, dese xeito saberiamos que ocorreu, onde está e poderiamos, desta vez, rescatalo.

— Pois non hai tempo que perder. Marchamos. –dixo Xurxo comezando a camiñar cara á Praza das Bárbaras.

— ¡Agarda! Eses non poden saber que estabamos ó axexo, mellor colleremos pola banda de atrás da casa. Dando un rodeo polos xardíns da Maestranza non imos topar con eles, e non tardaremos moito máis en chegar á casa de Ariel. –dixo Sofía mentres paraba o avance do profesor de física colléndoo do brazo e facendo que recuase. –Tamén deberiamos deixar a alguén aquí ó axexo destes para saber que pensan facer e para que os sigan no caso de que se lles ocorra saír.

— Quedarei eu. Alberte pode ir convosco. –ofreceuse o comisario Soler.

— Diso nada. –dixo o fillastro. –Eu quedo contigo. Se nin sequera sabes utilizar ben o rato do ordenador... como para deixarche só cun aparello tan complicado.

— ¡Boh! ¡Non digas parvadas!

— ¿Ou prefires que viaxe pola sombra coa veneciana e coñeza o seu parente? –preguntou Alberte sabendo canto amolaba ó comisario que tentase facerse o aventureiro.

— ¡Nin se che ocorra! ¡Ti quedas comigo, faltaría máis! –respondeu o comisario sen decatarse da trampa que lle fixera Alberte para non deixalo só.

Steven explicou a ámbolos dous homes o funcionamento do ordenador e, seguro polo menos de que o máis novo entendera perfectamente as instrucións, marchou canda os outros á casa de Ariel.

Os domingos, en Coruña, a meirande parte das rúas son bastante tranquilas, agás as do centro por onde pasea a xente mirando escaparates ou entrando a tomar tapas ou merendar, e a rúa onde vivía o fotógrafo só era barulleira os sábados pola noite e, ás veces, os venres, pero non un domingo. Por iso estrañáronse moito cando viron un balbordo de xente na praza preto de onde vivía Ariel. Sofía, deixando ós seus amigos un pouco lonxe de onde estaban reunidos a morea de veciños e curiosos, achegouse ata un policía nacional que había a poucos metros do portal de entrada á casa do seu curmán.

— ¿E logo que ocorreu? –preguntou ó policía.

— Pois semella que entraron nunha das casas. –respondeu o axente.

— ¿Logo roubaron?

— Non lle sei dicir, ata que non atopemos ó dono da vivenda.

— Moitas grazas –respondeu Sofía mentres se decataba de que o veciño que vivía enriba de Ariel estaba asomado á fiestra e as dúas rapazas do derradeiro piso estaban falando entre elas na mesma porta de entrada. Alguén tentara entrar na vivenda do fotógrafo. Volveu xunto os seus amigos e contoulles o que estaba a pasar.

— ¿Que imos facer agora? –preguntou Xurxo. –Non podemos entrar coa policía roldando por aquí.

— Esperaremos a que marchen, non van estar todo o día por aquí por un simple roubo e menos se non atopan ó dono. –dixo Sofía –Se cadra podemos facer que lisquen antes do previsto. Vou falar con eles. Deixádeme facer.

Steven e os demais viron como Sofía se achegaba de novo ata o policía, falaba con el e sacaba o seu carné da carteira ó tempo que sinalaba ó home apostado na fiestra do edificio e ás dúas rapazas que seguían falando na porta de acceso á vivenda. O policía colleu un caderno onde anotou algo e logo subiu con Sofía á vivenda de Ariel. Ós poucos a súa amiga estaba de volta e a xente comezou a espallarse polas rúas dos arredores e os policías marcharon.

— ¿Que lles dixeches? –preguntou Steven.

— A verdade, que son parente do home que vive na casa onde rebentaron a porta, que os veciños me coñecían e que eu podía dicir se faltaba algo ou non porque o propietario estaba facendo un traballo nunha voda e non collería o móbil.

— ¡É o demo e maila nai! –dixo Carla que sempre admirara o sangue frío de Sofía para argallar historias.

— Imos aló, xa comprobei que non entraron no laboratorio de Ariel. Non quererían arriscarse a estragar algún posible traballo abrindo a porta sen saber o que había dentro. Pero Ariel agora non estaba facendo nada, dende que pintei a sombra non tivo tempo de nada así que imos ver que pasou con el. –dixo Sofía camiñando cara á casa, onde o veciño xa deixara de estar ó axexo e as dúas rapazas, vindo que xa rematara o espectáculo, marcharan rúa arriba. A rúa volvía a estar tan tranquila como calquera domingo pola tarde. A porta da vivenda do fotógrafo estaba aberta de par en par, non a estragaran moito pero a pechadura quedara inutilizada, segundo puido ver Steven. Quen queira que fixese o traballo debería ter moita presa ou non era un entendido na nobre arte de abri-las portas alleas.

— Coñezo un cerralleiro, virá de contado en canto o chame, pero primeiro imos ó laboratorio para que Carla poda marchar canto antes. Non penso que vaia vir ninguén pero ¿Xurxo, poderías quedar na porta e avisar se alguén tenta pasar?

— Claro.

— Eu quedarei con el –interveu Steven –para que non pareza que está a montar garda.

— Tampouco sería estraño despois dun roubo –contestou Sofía.

— Por suposto, pero non estou pensando en calquera persoa senón nunha moi especial.

— Entendo –contestou a restauradora de mobles. –Imos Carla, poderemos perfectamente soas move-lo moble detrás do que está a sombra.

— Eu tamén vou convosco –dixo María do Mar que ata aquel momento estivera a expectativa do que se dixera e fixera.

O piso de Ariel estaba moi revolto. Mentres camiñaban cara ó laboratorio de fotografía, case ó final do corredor, Sofía decatouse do desordenado que deixaran todo. Aínda non sabía se fora soamente un roubo por cartos ou, quen entrara, andaba na procura doutra cousa máis importante e máis perigosa, como a ditosa moeda. Pero axiña sairían de dúbidas. Abriu a porta do laboratorio; todo estaba en perfecto orde, non se lles ocorrera mirar alí ou, se cadra, non tiveron tempo de facelo, ou seica non pensaron que Ariel puidese agochar algo nel.

As tres mulleres entraron e foron cara o armario do fondo da habitación, separárono da parede o suficiente para que Carla puidese adaptarse a sombra e desaparecer de contado ante elas. María do Mar decidiu seguila por se tiña que botar unha man a súa amiga e Sofía volveu xunto con Xurxo e máis Steven que xa se atopaban na saliña do televisor tentando arranxar toda aquela desfeita. Uxía calada dende había tempo tamén tentaba axudar poñendo orde naquela desfeita.

— A túa muller marchou tamén. –dixo Sofía recollendo uns coxíns do chan e estirando a alfombra que estaba envurullada ós pés do sofá.

— Ben. Agora só nos queda esperalas. –respondeu o inglés erguendo unhas cadeiras e colocándoas ó redor das paredes.

— Dende logo non pensei volverme a ver enleado noutra historia semellante –interveu Xurxo pechando os caixóns dun armario baixo onde Ariel gardaba os manteis e mailos panos de mesa. –Xa me acostumara de novo á miña tranquila vida de profesor. ¿Pensas que Ariel estará ben? ¿Non o mancarían?

— A xente profesional non tortura porque si, prefire outros métodos. Se cadra están a drogalo para conseguir información, pero non penso que lle fagan mal. –respondeu o inglés dende a cociña, onde fora a facer un pouco de té.

Ó principio Ariel pensou que eran os seus amigos os que abriran a trapela do teito para rescatalo cando escoitou un débil son provinte de enriba del. Mirou pero non coñecía a ningunha daquelas persoas que, silenciosamente, baixaron por unha corda, desataron os seus pés e as súas mans e, poñendo unha corda ó redor do seu peito, izárono ata a trapela e lle deron un golpe na caluga que o deixara sen sentido durante non sabía canto tempo. Agora non tiña nin idea de onde se atopaba pois tiña os ollos vendados. Sentía que era un sitio con moita humidade e que o chan era de pedra. Non podía ser unha casa pois notaba nas súas costas cravándose unha morea de irregularidades, mesmo de pedriñas. Tampouco sabía quen eran xa que non vira as súas caras, tapadas con pasamontañas de cor negra, nin que desexaban del aínda que o imaxinaba. Sentíase coma unha pelota de pimpón e non lle gustaba nada o que estaba a pasar. Agora comprendía todo o que lle dixera a súa curmá e estaba empezando a arrepentirse de terse ofrecido para caer na trampa do turco. Só quedaba esperar que os seus amigos o atopasen de contado. Sentía todo o corpo dorido. Ó seu redor non escoitaba ningún son aínda que, ás veces, cría oír unha especie de rumor que semellaba as ondas do mar contra as rochas. ¿Onde estaría? ¿Aínda permanecía en Coruña ou estaría moi lonxe da súa cidade? Non tiña nin idea. Non sabía canto tempo pasara dende que o secuestraran os descoñecidos que o liberaran da prisión onde o tiña o turco. Podía estar en calquera parte. Estaba empezando a botar de menos a súa sinxela vida de fotógrafo de vodas e demais eventos e se prometía a si mesmo que, si saía con ben desta, non volvería a queixarse de que a súa vida era un aburrimento. Xa estaba cheo de emocións e pensaba que, en canto todo rematase, non tería ganas de máis no que restaba de vida.

Non sabía canto tempo levaba esperto cando creu escoitar uns pasos que se achegaban ata el, parecían de dous ou tres persoas, pero non o podía saber con certeza dada a súa total cegueira ó respecto. De súpeto, unha patada fíxolle reaccionar e soltou un pequeno laio para dar a entender que estaba esperto.

— Where is the coin?[1] –falou unha voz que pronunciaba os erres suavemente.

— I don't understand. –respondeu Ariel no seu deficiente inglés. –Non teño nin idea do que desexan –seguiu a falar o fotógrafo pois o seu coñecemento do idioma inglés non ía máis aló da frase que acababa de pronunciar.

Durante uns minutos as persoas que o secuestraran estiveron a falar entre eles polo baixo nun idioma que Ariel non escoitara nunca e que non puido recoñecer nin como alemán, nin inglés, nin francés. Se cadra algunha linguaxe estraña do leste de Europa, se cadra tamén estaba a trabucarse niso. Ó pouco notou que aquelas persoas marchaban sen tentar comunicarse máis con el. Seica entenderan o que lle estivo a dicir, seica foran na procura de alguén máis. Non podía fuxir. Notara, ó espertar, non só que estaba atado cunha forte corda de nailon que a súa vez estaba enleada

[1] ¿Dónde está la moneda? No comprendo.

cunha cadea que lle facía moito dano nos pulsos, senón que, para maior seguridade, chegaba ata unha argola incrustada na húmida parede de pedra. Non podía ir a ningures. Non vía onde estaba preso e non podía, deste xeito, tentar argallar un plan de fuxida. ¿E se estaba no medio do mar nunha rocha e, aínda que lograse ceibarse, non puidese ir a ningures? ¿Que ía facer entón? Só podía confiar en que os seus amigos o atopasen de contado e toda esta historia rematase do mellor xeito posible. Xa que non podía facer nada pensou que o mellor sería tentar descansar un anaco e deixar de darlle voltas na cabeza a cousas que, polo de agora, non tiñan unha inmediata solución.

Cando Carla e máis María do Mar volveron atoparon a casa de Ariel en moitas mellores condicións que cando entraron nela. Os seus amigos estaban sentados no sofá tentando calmar a unha chorosa Uxía que, totalmente desconsolada, non daba acougado.

— Sabemos onde está Ariel. Custounos un pouco porque Pietro Francesco non tiña máis líquido do pasado pero agora mesmo está a fabricar máis por se cómpre no futuro. –dixo Carla nada máis entrar na saliña.

— ¿Que viches? –preguntou Steven erguéndose e poñéndose a camiñar deseguido ó redor da habitación.

— Tiñas razón. Sabían onde se atopaban as cámaras e os micrófonos e entraron na habitación secreta de Tareixa pola trapela que ten no seu dormitorio, logo, por mor dunha corda erguérono ata debaixo da cama e, tendo os mobles de agocho, saíron da casa por unha porta que estaba preto do dormitorio, aínda que semellaba condenada con pedras e demais, e logo baixaron coa mesma corda ata o corredor exterior que rodea a casa de Tareixa. Seguiron polo corredor e abriron a porta que da á rúa de Santa María, camiñaron un anaco con el, levándoo a rastro, ata un coche onde o meteron de contado. Logo foron cara á Torre de Hércules. Deixaron o vehículo no paseo marítimo e, camiñando polas rochas preto da praia que hai ó pé da Torre, foron ata unha cova que no pasado foi utilizada tanto polos contrabandistas como polos presos fuxidos da cárcere que hai preto de alí. –explicou María do Mar.

— ¿E víche-los homes que o levaron? –preguntou Uxía que xa parara de choromicar.

— Un pouco, pero non sabemos como son porque levaban as caras tapadas. Sabemos que son catro persoas e que semellan moi profesionais e tamén que falan un idioma estraño.

— Se cadra son os búlgaros dos que escoitamos falar a Klauss-Hassán –interveu Steven parando un anaco no seu percorrido pola saliña.

— Ariel semella atoparse ben, non parece mancado, pero está inmobilizado por mor dun cadeado a unha parede da cova e ademais ten os ollos vendados. Tentaron falar con el pero non se deron comunicado. –seguiu a explicar María do Mar.

— ¿Que imos facer? –preguntou Uxía.

— Tentar rescatalo de contado, canto antes mellor non vaia ser que o volvan trasladar de sitio e non poidamos localizalo tan axiña. O líquido do pasado esgotou e Pietro Francesco non terá feito máis ata dentro duns días. Se perdémola súa pegada vai resultar difícil atopalo sen a axuda do meu parente –respondeu Carla.

— Eu sei como chegar ata aló sen que nos vexan. Marchamos –dixo María do Mar. –Ti quedas aquí –seguiu a falar dirixíndose a Uxía que xa estaba a piques de erguerse do sofá –cómpre que quedes por se o comisario Soler necesita comunicarse con nós. Ti non fagas nada.

— Pero eu quero axudar. –respondeu a bibliotecaria.

— Seino, pero o mellor que podes facer é quedar. Dígocho en serio. Non te preocupes por Ariel, saíra ben desta. –interveu Sofía –Non permitirei que lle suceda nada malo, xúrocho.

— Ben, quedarei. –respondeu Uxía afacéndose a non marchar con eles na procura do seu namorado.

Steven, María do Mar, Xurxo, Sofía e Carla saíron de contado da casa deixando á bibliotecaria triste e preocupada polo destino de Ariel. A rapaza confiaba neles e sabía que só ía significar un estorbo pero non podía evitar sentir que, se cadra, podería ter feito máis do que estaba a facer. Ergueuse do sofá e foi cara á fiestra que daba á rúa a tempo de ver como unha figura recoñecible como Klauss-Hassán estaba a segui-los pasos dos seus amigos. Tiña que avisalos, e debía facelo de contado. Púxose a busca-lo teléfono móbil pola habitación pero non o atopaba e non ía a facelo porque, sen decatarse no momento, caera ó chan na Praza das Bárbaras ó marchar dela no primeiro intento de rescate de Ariel.

7. O rescate

Ó fotógrafo doíalle todo o corpo, non sabía canto tempo pasara dende que aquel estranxeiro, que primeiro o rescatou para logo mantelo prisioneiro ás escuras, marchara sen dicir palabra. Imaxinaba que estaban relacionados coa historia da moeda pero realmente non sabía que desexaban del pois, polo visto, non se daban comunicado. Cada vez sentía máis frío e non lle deixaran nada ó seu carón con que poder abrigarse, sabíao con certeza porque tentou rodar todo o que lle permitían as súas cadeas e só atopara a humidade do chan de pedra.

Tampouco lle deran comida nin auga en todo o tempo que levaba alí e empezaba a nota-la gorxa seca e o ruxerruxe do estómago xa que a derradeira comida que fixera foi pola mañá, cría que aínda era domingo, e non foi abundante. ¿Onde estarían os seus amigos? ¿Que pasaría con el? ¿Estaría preocupada Uxía polo seu paradoiro? Estaba seguro de que así era. Colléralle moito aprecio á bibliotecaria, se cadra estaba a namorarse dela, aínda non estaba seguro, pero, dende logo, ela si que o estaba del e a Ariel gustaríalle non defraudala nin facerlle dano.Estaba a quedar conxelado, cada vez aturaba menos o viruxe que entraba na súa prisión e tamén o silencio que sentía ó seu redor. Se polo menos volvesen os seus secuestradores para dicirlle o que esperaban del. O que máis lle estaba a amolar era a incerteza do seu destino. De súpeto sentiu algo que lle mollaba os pés, non oíra nada, non podían ser eles tentando enchoupalo. Unha e outra vez notou aquel líquido frío que ía e viña non sempre coa mesma regularidade e que cada vez se achegaba máis ós seus xeonllos e que lle estaba a producir calafríos por todo o corpo. Ocorréuselle unha idea e esperaba estar errado: metérano nunha cova preto do mar; iso explicaría o ruído, que podían ser perfectamente ondas, e tamén o movemento continuo pero irregular do que lle estaba mollando pouco a pouco todo o corpo. Empezou a sentir auténtico terror. Non desexaba morrer e menos só, na máis absoluta escuridade e por riba de todo atado e afogando ós poucos sen poder facer nada por evitalo. ¿Por que non volvían? ¿Que estaban a facer os homes que o raptaran? ¿Querían velo morto ou desexaban algo máis del? ¿Por que non aparecían dunha vez e facían o que fose, algo, o que fose con tal de non aturar esta soidade e incerteza sobre o seu futuro? Cando espertara xa estaba atado e cos ollos vendados, non sabía realmente onde o trouxeran, podía estar en calquera lugar da costa preto de Coruña ou lonxe dela, podía estar nunha illa no medio do mar ou preto dalgunha praia, podía estar en calquera sitio. Podía estar preto da saída da cova ou moi lonxe dela, podía ter máis entradas ou se-la única existente. Podía ser unha cova no alto, a que só chegaban as ondas máis grandes, ou ser das que quedan anegadas cando sube a marea. E Ariel desexaba con tódalas súas forzas que non fora destas últimas.

Non sabía canto tempo levaba dándolle voltas a cabeza sobre o que lle estaba a pasar cando creu escoitar unha respiración preto del. O fotógrafo non se moveu só estaba á espreita do que fose a pasar. ¿Por que, quen fose, non falaba, aínda que fose nun idioma descoñecido para el? Non aturaba aquel silencio só roto pola respiración de quen estaba ó seu carón.

– ¿Quen es? ¿Que queres? –dixo Ariel tentando agocha-lo seu medo tralas súas palabras.

Nada. Notaba cada vez máis preto del aquela presenza invisible e sen forma. Sentía a súa respiración regular e tranquila e devecía porque o descoñecido lle falase. Notou unha man que lle percorría o corpo e que comprobaba as súas ataduras pero sen dicir unha palabra e logo como a respiración se afastaba del. Volveu quedar só co son das ondas batendo, segundo cría, contra as rochas que o tiñan prisioneiro. Estaba canso, sentía os seus membros entumecidos polo frío e mailo polo cansazo e, a pesar de todo, quedou durmido e soñou con ondas e illas abandonadas no medio do océano.

Xusto en fronte da prisión de Ariel, nunha das barracas de pescadores, Steven e mailos seus amigos están a axexa-los movementos dos seus secuestradores cuns prismáticos.

— ¿Estás segura da situación da cova? –preguntou ó inglés á súa muller.

— Segura –respondeu María do Mar. –É un lugar que sempre fixo que imaxinase unha morea de historias con respecto a el, e teño feito unha ducia de fotos dende tódolos ángulos e recoñecina en canto a vin na parede do recuncho de Pietro Francesco.

— ¿Como imos actuar? –interveu Carla collendo os prismáticos das mans de Steven e mirando por eles cara á cova.

— Agora que coñecémo-lo sitio temos que vixia-los movementos dos secuestradores de Ariel e pescudar o número exacto cos que imos a enfrontarnos. Aínda sabendo que está alí non podemos entrar todos na cova e arriscarnos a que tamén nos collan prisioneiros.

— ¿E Klauss-Hassán que estará a facer? –preguntou Xurxo que estaba a examinar nese intre a morea de material de pesca que había na caseta.

— Seguirnos. Agora mesmo debe andar polos arredores. –respondeu Steven –Vino axexarnos cando saímos da casa de Ariel e pensa que non sabemos que anda a roldarnos. Non vos dixen nada para que el non sospeitase que sabíamos que andaba tras nós.

— ¿Entón como imos facer para rescatar a Ariel e desfacernos ó mesmo tempo de Klauss-Hassán? –preguntou María do Mar que estaba canda Xurxo remexendo nun vello baúl de madeira.

— Aínda non o sei, pero algo se me ocorrerá, seguro. –respondeu o inglés sen sacar ollo da pequena fiestra pola que estaba a tentar controla-las idas e vidas dos secuestradores.

— ¿E non poderíamos pedir axuda a Williams? –preguntou Xurxo achegándose a Steven.

— Williams sabe todo o que está a pasar e pensa que polo de agora podemos arranxa-la cousa perfectamente nosoutros sós, non desexa meter ó servizo de intelixencia na lea non sendo que esteamos nun auténtico perigo.

— Nin que andásemos de festa; non sei o que ese home entende por *auténtico perigo*. Espero que saiba o que fai –dixo Carla. –Non aturo esta espera.

— Acouga –dixo Steven –Aínda no podemos saír. O turco sabe perfectamente onde estamos, temos que esperar, coñece-lo número exacto dos nosos inimigos e cando o saibamos rescataremos a Ariel. Non sendo que o trasladen a outro sitio ata a noite non imos facer nada. Polo de agora vixiaremos tódolos seus movementos e máis nada.

Pouco antes de que Steven e os demais saíran da casa do fotógrafo o comisario Soler e o seu fillastro viron como Klauss-Hassán liscaba da tenda de antigüidades deixando a Tareixa, Ricardo e Francesco nela. De contado o comisario contactou con Steven que, nese intre atopábase na cociña da casa de Ariel preparando un té e mandoulle unha mensaxe co que estaba a pasar. Steven dixéralle que non fixera nada e que quedara vixiando ó resto da banda. E alí estaban el e máis Alberte mirando aquel demo de ordenador e escoitando a conversa daqueles tres renartes.

— ¡Que emocionante! ¡É para non crelo! –dicía, realmente emocionado, Alberte. –Estou a pasalo de medo. ¡Canto o conte na libraría non o van crer!

— Ti non tes arranxo. –respondeu o comisario. –Aquí, nós, xogándono-la vida e ti pensando que estamos de troula.

— ¡Veña, meu pai! Se non corremos perigo ningún, como non explote o ordenador...

— A túa nai vannos matar.

— ¡E eu que pensaba que os policías non lle tiñades medo a nada!

— ¡Oe, que non somos *Robocop*! Claro que temos medo, pero non o amosamos. Non somos heroes.

— ¡Cala! ¡Mira! –dixo Alberte sinalando a pantalla do ordenador.

Tareixa, Ricardo e Francesco que, ata o de agora, estiveran pensativos e sen falar sentados ó redor da mesa, estaban discutindo a berros e alporizados sobre o que facer ou non. Ricardo que estivera, dende que marchara Klauss-Hassán cara á casa do fotógrafo, calado fitando cara ó chan e tamborilando cos dedos na mesa ergueu de súpeto e púxose a camiñar ó redor dos outros mentres xuraba e perxuraba que ía marchar axiña, que xa non aturaba máis a situación e que non desexaba saber como remataba todo. Que tanto lle daba o que ocorrese ou deixase de ocorrer e que lle importaba un figo o que sucedese co fotógrafo ou se lle parecía mal a Klauss-Hassán a súa decisión. A súa irmá, tentando conte-la súa furia, pedíalle que acougase polo ben de todos e que pensase moi ben o que estaba a dicir. O turco non ía perdoarlle que o abandonase neste momento e ela non desexaba que lle ocorrese nada malo. Francesco tamén tentaba convencelo de que acougase e tivese un pouco máis de paciencia. El tamén estaba empezando a cansar de tanta leria pero non podían deixar só a Klauss-Hassán, non os perdoaría se o fixesen. El tamén pensaba non volver a meterse en leas, devecía por volver á súa tranquila vida no seu pazo de Venecia pero iso non ía ser posible se agora se enfrontaba a Klauss-Hassán.

— A min tamén me ten desacougada esta espera –dicía Tareixa. –Todo rematará de contado e poderemos seguir coas nosas vidas, hai que ter un pouco de paciencia, Ricardo.

— Si. Tés razón –respondeu Ricardo un pouco máis calmado volvendo sentar e botando o corpo cara atrás mentres deixaba escapar un suspiro de cansazo. –Xa queda pouco.

— ¿E onde anda agora o noso xefe? –preguntou Francesco.

— Non é o noso xefe –interrompeuno Tareixa.

— Pois como se o fose, estamos a facer todo o que el di –replicou Francesco pasando a man por enriba da súa cabeza e xuntando logo ámbalas dúas mans na caluga.

— Non teño nin idea, dixo que xa avisaría se cumpría a nosa axuda. O único que podemos facer é espera-la súa chamada, máis nada. –dixo Tareixa erguéndose da súa cadeira e indo cara á libraría trala que se agochaba a habitación onde estivera Ariel prisioneiro e collendo un libro dela para follear nel e acougar deste xeito un anaco o seu nerviosismo.

Klauss-Hassán, ó saír da tenda de antigüidades, pensou acertadamente que Steven e mailos outros ían cara a casa de Ariel e seguinos sen que se decatasen. Viu, de lonxe, o balbordo que había na praza e nos arredores da casa do fotógrafo e como os seus inimigos, despois de que marchase toda a xente que se xuntara por mor do asalto á casa de Ariel, subían a ela. Dende un portal preto de alí estivo a axexa-los seus movementos e volveu seguilos cando saíron todos, agás aquela rapaza de cabelo e roupas estrañas. Mentres estiveron camiñando polo centro da cidade puido axexalos con total impunidade, máis difícil foi cando colleron cara ó paseo marítimo, en dirección á Torre de Hércules, pero conseguiu que non se decatasen da súa presenza indo ó par deles pola beirarrúa contraria amparándose nas arcadas e columnas que as formaban, ata que chegaron á altura do colexio dos salesianos. Acabáronse os agochos. Esperou un anaco a que colleran a dianteira e logo continuou o seu camiñar uns trinta metros por detrás deles, sempre pola beirarrúa contraria. Klauss-Hassán levaba con el unha cámara de fotos cun potente obxectivo, semellaba un turista máis con ela. Grazas a el non os perdía de vista nin un segundo e podía seguilos de lonxe todo o que lle prestase. Steven e os demais chegaron á altura da Domus e Klauss-Hassán tamén parou un pouco despois do hotel de cinco estrelas que había preto da praia do Matadoiro. Cando os seus inimigos proseguiron, el fixo o mesmo.

Nestes momentos, case media hora despois de iniciada a súa persecución, Klauss-Hassán atopábase agochado detrás duns matos, xusto fronte a cova onde estaba prisioneiro Ariel e a escasos dous metros por enriba da barraca onde Steven, Xurxo, Carla, Sofía e María do Mar estaban a axexa-los movementos dos búlgaros.

El tampouco sabía exactamente como ía actuar pero si que tiña que conseguir prender de novo ó fotógrafo se desexaba atopa-la ditosa moeda e mailo autómata pois, aínda que o fotógrafo non soubese nada do paradoiro de ámbalas dúas cousas, podería servir como refén para intercambialo por elas, xa que, do que si estaba convencido o espía turco, Carla e os demais foran os que conseguiran entrar na tenda e roubarllo. E non ía consentir que unha banda de afeccionados, mesmo axudados por alguén con tanta experiencia coma Steven, lle pisasen o negocio que permitiría que se retirase para sempre xamais e vivir coa súa familia tranquilamente para o resto da súa vida. Non ía aturalo de ningún xeito.

Uxía, na casa de Ariel, está deitada no sofá, xa hai tempo que parou de choromicar e desesperarse polo fotógrafo o que non significa que non estivese preocupada. Xa tomou un par de infusións de tila e durmiu un anaco tentando acougar e parece que o conseguiu. Cando espertou da súa soneca ergueuse e púxose a camiñar pola casa para tentar pescudar que facer na conflitiva situación na que se atopaba pero non se lle ocorría nada. Volveu ó sofá e púxose a remexer nas revistas que Ariel tiña na mesiña de sobremesa que había ó carón do moble. Tentaba non pensar no que lle estivese ocorrendo ó fotógrafo ou si os seus amigos ían conseguir ceibalo da súa prisión. Pero non o podía evitar: imaxinaba o peor e, aínda que xa quedara sen bágoas, seguía a estar triste pola sorte que podería corre-lo seu namorado. Tiña que facer algo e axiña. Non podía estar alí, agochada na súa casa, mentres Ariel estaba en perigo. ¿E se ela tamén tentaba buscar a Ariel? Non ía ser doado. O único que sabía era que estaba prisioneiro nunha cova preto da Torre de Hércules. Por alí había unha morea de sitios que se podían considerar covas. ¿En cal delas estaría Ariel? María do Mar falara dunha cova utilizada por contrabandistas e presos fugados, se cadra o fotógrafo tiña fotos dese lugar. Se cadra en Internet ou nos arquivos persoais do fotógrafo atopaba algunha foto do sitio.

Uxía ergueuse e foi cara ó ordenador que había nunha habitación chea de libros e discos compactos preto da saliña do televisor. Prendeuno, o sistema operativo empezou a cargarse e a pantalla de benvida deu paso á pantalla de entrada do ordenador; Uxía premeu na conta de *Invitado*, que era onde Ariel tiña tódolos seus arquivos persoais que non tiñan relación co seu traballo, e púxose a busca-los arquivos de imaxes. Ariel, agás de ter en papel tódalas fotos que fixera, tamén posuía unha pequena aplicación para administralas onde Uxía, dun xeito rápido e sinxelo, podería localiza-las fotos que lle interesaban. Buscou a icona polo escritorio e atopouna de contado, alí estaba: *Apolodoro*. Non só tiña ordenadas tódalas imaxes senón tamén os seus libros, revistas, vídeos e canta colección normal ou estraña estivese na casa. Deu dobre clic na icona e ó momento apareceu ante ela, maximizada na pantalla, unha fiestra de cor morada cunha barra de menús na parte superior. Buscou o menú correspondente ós arquivos gráficos e logo o submenú das fotografías. Premeu nel e apareceu unha fiestra cunha morea de caixas onde meter datos e botóns de gravación e procura de arquivos. Uxía, acostumada a utilizar aplicacións informáticas no seu traballo, recoñecía que non estaba mal esta ferramenta argallada por Ariel hai anos, cando seguiu un curso de programador de aplicacións. Escribiu no sitio axeitado *cova* e logo escolleu das listas Coruña, que Ariel escribía sen *a* nin *la*, e *cidade*. Logo premeu o botón *Procurar datos* que había ó carón desta derradeira lista e ó momento apareceu ante ela un documento cos nomes das fotos, a localización nos sobres onde tiña gardadas as copias en papel, a localización nos negativos e unha foto en miniatura do arquivo concreto. Tiña case unhas vinte fotos con eses parámetros de busca. Uxía foi percorrendo unha a unha as miniaturas ata que, case chegando ó final da lista, atopou a imaxe que buscaba. Anotou nun caderno que Ariel sempre tiña ó carón do ordenador para estes mesteres os datos da imaxe e foi cara ó laboratorio. Entrou nel, foi ata o armario que había nel, que era o mesmo que agochaba a sombra, e abriu directamente o terceiro caixón empezando por arriba. Durante uns segundos estivo a remexer nel e non tardou en achala. Foi cara á saliña con ela e pousouna na mesiña. Mirou pola parte de atrás, onde Ariel adoitaba escribi-lo nome da fotos ou a súa localización e leu: *Cova de contrabandistas, ó pé da Torre de Hércules*. Tiña que ser este o lugar. Uxía observou a foto, viu o mar, a cova na parte baixa da fotografía e, na parte de arriba, un dos camiños que bordeaban a costa e que levaban ata a Torre. Uxía coñecía moi ben o sitio aínda que non imaxinara endexamais que fora agocho de ninguén aquel burato na roca. Xa decidira que ía na procura de Ariel. ¿Avisaría ós outros da súa intención ou non? Se cadra atopábaos polo camiño. Seica tería que chamalos. ¡Merda! ¡Non podía facelo, non tiña o teléfono que podía poñela en comunicación co inglés! Tanto daba, iría alí, tería moito coidado e tentaría atopar a Ariel pola súa conta. Volveu ó laboratorio, gardou a foto no seu sitio, logo apagou o ordenador, colleu as chaves do piso e pechou a porta.

Para ser domingo non había moita xente polos arredores da Torre, polo menos pola banda máis preto á cárcere; creu distinguir un home entre os matos pouco antes de chegar ó vello e fermoso edificio da Cárcere Provincial, fermoso porque era un tipo de construción característica de finais do século XIX ou principios do XX, era o que, tiña lido nalgures, se deu en chamar *cárcere modelo*. Esta denominación debíase a que tódalas cárceres cunha estrutura semellante á do edificio coruñés estaban feitas segundo o modelo de edificio argallado polo filósofo Benthan na súa famosa obra *El panóptico* e foi considerada unha revolución no seu tempo e unha humanización do xeito de encerrar á xente. Uxía tiña quedado moitas veces observando o vello edificio, onde xa case non quedaban presos, e pensando nas historias que puideron suceder nel en tódolos anos da súa historia. Pero agora non tiña o ánimo para andar con andrómenas, tiña que atopar a Ariel e tentar ceibalo con ou sen a axuda dos seus amigos, ós que non vía por ningures. Só aquel home e un par de mozos cos seus cans na zona máis preto das estatuas de pedra e bronce. Non había ninguén máis. Uxía atallou camiño pouco antes de chegar á cárcere e, con coidado de non caer, baixou pola pendente de herba ata chegar ó camiño que ía cara á pequena praia das Lapas, logo cruzou a ponte de madeira que salvaba un regato fedorento e que o concello de Coruña non tiña, ou se cadra non sabía nin da súa existencia, intención de limpar así caese Roma con Santiago. Chegou á praza das estatuas, onde os cans estaban a correr tras unha pelota, e colleu o camiño que xa coñecía cara á Torre e que bordeaba pola parte de abaixo a costa. Cruzou cun par de corredores suorentos e máis nada. Non tardou en chegar ata a parte máis occidental do camiño onde este xiraba cara á dereita e comezaba a subir: a cova estaba un anaco máis abaixo. Saíu do camiño e comezou a baixar con moito coidado pola terra ata chegar á parte superior da entrada da cova. Uxía descalzou, atou as zapatillas deportivas entre elas usando os cordóns e púxoas no colo para poder levalas con comodidade mentres baixaba; logo, sempre a modiño para non esvarar e caer ó mar, Uxía empezou a camiñar polas rochas que a levarían ata a mesma entrada da cova. Descalza sentíase máis segura se tiña que camiñar pola pedra, os seus pés adaptábanse mellor o contorno irregular das rochas e non había perigo de esvarar se mollaba os pés. Cando chegou abaixo estaba tremendo, non polo esforzo senón porque se decatara de que o que estaba a facer era unha auténtica barbaridade. Pero xa non tiña arranxo. Ou si. Podería volver, pensou un anaco, e quedar na casa, pero entón non se perdoaría ter chegado tan lonxe e non tentar sequera ver se o fotógrafo se atopaba ben. Ía entrar. Sorte que había unha pedra a medio camiño entre o sitio onde se atopaba a bibliotecaria e a entrada da cova e se cadra serviríalle de apoio para chegar ata ela, semellaba estar firmemente suxeita. Uxía mirou ó seu redor e veu preto dela, un pouco máis arriba de onde se encontraba, un pau axeitado para comproba-la firmeza da rocha, estirou o brazo tentando alcanzalo sen ter que volver a subir, conseguiuno e, apoiando unha man nunha pedra á súa dereita estalicouse un anaco co pau na man esquerda, fincou o pau na pedra e empurrou. Non se movía. Tentouno un par de veces máis e comprobou que a pedra era firme. Deseguido, apoiándose na parede, pasou á pedra e sen perder tempo deu un brinco para entrar na cova. Case cae ó mar pero conseguiu mantelo equilibrio e entrar nela.

Sofía non podía crer o que estaba a ver polos prismáticos.

— Temos un problema –dixo a restauradora de mobles.

— ¿Que pasa? –preguntaron os demais.

— Uxía acaba de entrar na cova.

— ¿O que? –case berrou Steven.

— Que entrou na cova onde está prisioneiro Ariel. –respondeu Sofía.

— ¡Esta rapaza toleou de vez! –exclamou María do Mar. –¿Que podemos facer? Deberíamos ir a buscala, Steven.

— ¿E caer nós tamén na trampa? ¡Non! Imos esperar como dixen ó principio. Non imos arriscar todo porque esa tola non poda estar queda esperando.

— Pero Steven ... –comezou a dicir Xurxo.

— ¡Non lle imos dar máis voltas! Ela soa meteuse nesa lea e non imos ir na súa axuda polo de agora. Se cadra ten sorte e pode ceibar a Ariel, pero non o creo. Aínda faltan tres horas para que anoiteza, entón, se vemos que non dan saído iremos na súa procura pero non antes.

Klauss-Hassán, dende o seu agocho tralos matos, vira perfectamente toda a manobra de Uxía. É valente, non hai dúbida, pensaba o turco, pero non vai conseguir nada. E os búlgaros sen aparecer, ¿onde estarán e que estarán facendo?, pensaba mentres miraba polo teleobxectivo da cámara á entrada da cova. Dentro de pouco tería que avisar ós outros para que puxesen en marcha o plan que argallara mentres estaba alí vixiando os movementos dos seus inimigos. Os búlgaros elixiran un bo sitio para ter prisioneiro ó fotógrafo e non ía ser doado quitarllo, terían que facelo cando o sacasen da cova, tentalo antes diso era unha temeridade e o plan estaría abocado ó fracaso. A rapaza tanto lle daba, ó lle interesaba o home.

Uxía, mentres, entrara na cova. Era parva de máis, non por tentar axudar á Ariel senón por non pensar en levar unha lanterna coa que axudarse para ver dentro dun sitio tan escuro coma este. Esperaba que a cova non fora moi fonda e que non tivese bifurcacións que fixesen que houbese que escoller entre unha morea de posibles camiños, os que, por outra banda, tería que percorrer ás escuras, o que non lle facía moita graza pois podía mancar por non coñece-lo terreo por onde estaba a moverse. Pero nin a cova era fonda nin tiña bifurcacións. Non levaba camiñando nin cinco minutos cando creu distinguir, coa axuda da pouca luz que entraba pola boca da cova, un vulto do tamaño axeitado ó dun ser humano. Achegouse con coidado, procurando non facer ruído, por se non era o fotógrafo a figura que descubrira alí deitada no chan. Non estaba nin a medio metro cando se decatou de que era realmente Ariel quen estaba alí, encadeado á parede e cos ollos vendados. Non durmía aínda que o parecese xa que puido escoitar a súa respiración axitada.

— ¿Ariel?

— ¿Uxía? ¿Que fas aquí? Marcha de contado, van volver e non quero que che atopen.

— Non marcho, non. Bastante me custou chegar ata ti. Véñote a ceibar.

— ¿Ti toleaches? ¡Marcha antes de que veñan! ¡Por favor! –respondeu o fotógrafo máis temeroso polo que lle puidera suceder á súa amiga que pola súa propia seguridade.

— ¿Así é como me agradeces que veña na túa procura? ¡Eu pensaba que ías poñerte contento de verme! –respondeu a bibliotecaria case a piques de botarse a chorar mentres sacaba a venda dos ollos de Ariel.

— Pois claro que me alegro, ruliña –respondeu o fotógrafo mentres pestanexaba tentando recupera-lo movemento dos seus ollos. –Pero é unha insensatez o que tentas facer.

— Seino pero non aturaba estar na túa casa esperando, sen saber que fora de ti. –dixo Uxía achegándose ata as cadeas que tiñan prisioneiro a Ariel e tentado atopar unha maneira de ceibalo. –Non hai xeito, non podo. –dixo ó comprobar que aquilo estaba máis fortemente pegado á parede do que semellaba.

— ¡Coidado Uxía!

— ¿Que pasa? –logrou dicir a bibliotecaria antes de sentir como algo lle golpeaba na cabeza e quedaba inconsciente no chan.

— ¡Non lle fagades mal! ¡Farei todo o que queirades, pero non a manquedes! –berraba o fotógrafo mentres vía como a súa amiga era atada e amordazada do mesmo xeito que estaba el, na outra parede da cova.

Ariel tentaba non mirar para eles, pois non sabía aínda o que pretendían nin se ían deixalo vivo podendo recoñecelos perfectamente, xa que os seus secuestradores non levaban nada na súa cabeza que permitise agocha-las súas caras. Agora sabía que eran catro e que semellaban homes fortes e ben adestrados todos eles. Aínda que de distintas idades tiñan tal parecido entre eles que Ariel chegou a pensar se non sería irmáns. O fotógrafo, o que non estaban a facer moito caso, non tiña ollos máis que para Uxía, na penumbra no que estaba metido tentaba discernir se o golpe que lle deran na cabeza á bibliotecaria produciralle algunha ferida ou non pero non o conseguía. Os búlgaros puxéronse a falar entre eles naquel idioma totalmente incomprensible para Ariel e miraban de cando en vez a este e maila súa amiga. O sol estaba empezando a poñerse e cada vez entraba menos luz na cova pero Ariel puido ver perfectamente como tres deles saían e deixaban ó outro xusto na entrada. O fotógrafo non entendía nada. ¿Para que o secuestraran se non era para interrogalo? Se cadra eran imaxinacións súas, pero cría ver algo nos seus ollos que lle lembraba a alguén e non daba atopado a resposta. De cando en vez miraba ó sitio onde se achaba Uxía, non se movía pero non estaba morta porque podía ver como o seu peito se movía coa respiración. ¡Demo de muller, mira que tentar ceibalo ela soa! Estaba claro que o amaba, senón non tería feito tamaña parvada. E el estaba a sentir pola bibliotecaria algo máis que un sinxelo aprecio ou unha atracción simplemente física, como lle ocorreu ó principio de coñecela. Se saían ben desta ía pedirlle saír en serio, se cadra co tempo acabarían casando e todo. ¿Desexaría ela casar ou eran das que non casan? ¡Dende logo! ¡Mira que estar a pensar nestas cousas cando nin sequera estaba seguro de saír con vida desta leria! Seica Steven e os demais soubesen o que estaba a pasar e non andaban moi lonxe. Si, seguro que estaban a vixiar todo o que ocorría. Prometeran non perdelo de vista e cría que así era. Axiña rescataríanos e poderían marchar a casa e seguir coas súas vidas. Cada vez entraba menos luz pola boca da cova, o home que facía garda estaba empezando a ser só unha sombra a poucos metros del e o corpo da súa amiga estaba a fundirse coa escuridade do interior. Dentro de pouco nin sequera podería intuír onde se atopaba deitada.

No exterior o sol estaba a desaparecer na liña do horizonte, as sombras estaban empezando a substituír á luz e, nos arredores da Torre, a xente estaba comezando a marchar cara ó camiño principal que os levaría ó centro da cidade e as súas casas. Na barraca observaran todo o ocorrido a Uxía e entre os matos Klauss-Hassán gardara xa a cámara de fotos e collera o seu teléfono móbil para chamar a Tareixa, Ricardo e Francesco e poñer en marcha o seu plan de afacerse co fotógrafo e maila súa moza.

— Xa é hora. Non me perdades de vista, vou coller unha das barcas que hai na praia e tentarei achegarme á cova dende atrás –dixo Steven mentres remexía no baúl que había na barraca na procura de roupa máis axeitada e que á súa vez disfrazase a súa recoñecible figura fronte ós seus inimigos. Xurxo, sae agora e tenta albiscar o que está a facer Klauss-Hassán, que non debe de andar moi lonxe de nós. E volve de contado.

Xurxo saíu deseguido da barraca e foi cara á dereita tentando distinguir onde se atopaba o turco. Escoitou de súpeto un ruído provinte duns matos a uns tres metros da súa posición e pegou todo o que puido o seu corpo ás rochas por onde estaba a camiñar. Non tardou en ver a Klauss-Hassán saír do seu agocho e dirixirse cara ó paseo marítimo. Volveu de contado a informar a Steven. O inglés, deu instrucións sobre como tiña que actuar cada un deles; baixou á praia, meteuse na auga e turrou dunha das cordas que mantiñan as barcas preto da area. Logo meteuse no mar e subiu a unha delas, desatou a corda que a mantiña na súa posición, levou a pequena áncora que a mantiña fixa ó fondo de area, colleu os remos e comezou a súa travesía cara á parte máis exterior e afastada da entrada da cova. Viu como o búlgaro que quedara de garda seguíao coa mirada e el fixo como non lle importaba que aquel estranxeiro estivese a face-lo parvo collendo frío á poucos metros del. Cando o perdeu de vista achegouse o máis que puido ás rochas, ceibou a barca e rubiu ata preto do camiño por onde hai un anaco estivera Uxía. Buscou unha rocha axeitada para agocharse e atopouna a escasos dous metros da entrada da cova. Dende alí mesmo podía ver como Klauss-Hassán estaba no Paseo Marítimo, case na mesma liña vertical que a barraca onde aínda estaban os seus amigos. Mandou unha mensaxe polo móbil para informarlles de que podían saír tranquilamente para encontrarse con el e seguiu a axexa-los movementos do turco. Dende onde estaba podíao observar todo: como o turco fitaba cara á dereita do paseo, se cadra esperando a chegada de Tareixa, Ricardo e Francesco, e tamén como Xurxo, María do Mar, Carla e Sofía saían da barraca e camiñando polas rochas que levaban a praia chegaban ata a area e subían polas escaleiras que levaban ata a praza das estatuas para, a continuación, colle-lo camiño que os levaría ata preto da cova.

Nese intre recibiu unha mensaxe do comisario Soler que lle avisaba que Tareixa, Ricardo e Francesco acababan de saír da tenda de antigüidades, colleran unha furgoneta e liscaran de alí. Steven devolveulle a mensaxe e mirou cara onde se atopaba a súa muller e os demais. Xa estaban a piques de chegar á cova pola parte de abaixo, como se fosen catro amigos de leria. Tiñan que entreter ó gardián de Uxía e de Ariel mentres el se achegaba por detrás para inmobilizalo e tentar liberalos antes de que chegasen os seus compañeiros.

— ¿Que, perdíche-la túa cana? –dixo Xurxo sabendo que non ía entenderlle.

O home nin sequera o mirou.

— ¿Estás xordo? –insistiu Xurxo comezando a camiñar cara a el.

Desta vez o home volveu a cabeza e fixo un xesto indicándolle a Xurxo que non se achegase máis. O científico, semellando non entendelo tampouco, seguiu camiñando cara ó gardián que, ante o avance daquel home que non lle facía caso, comezou a camiñar cara a el para impedir que se achegase máis a onde estaba. Steven que nese intre empezaba a saír do seu agocho parou de súpeto e moveu a súa cabeza cara á dereita para amosarlle a Xurxo o que estaba sucedendo no Paseo Marítimo e darlle a entender que tiñan que retroceder ata que a situación fose máis axeitada para tentar de novo a liberación de Ariel.

Nese mesmo instante unha furgoneta de cor branca aparcara ó carón de Klauss-Hassán e dela baixou Tareixa, a cal estivo falando un anaco co espía turco, logo volveu a meterse na furgoneta e seguiu o seu camiño collendo cara ó aparcadoiro que había preto do monumento romano. Klauss-hassán mirou cara á cova e viu ó gardián mesmo na boca dela. Ninguén máis viu nos arredores xa que Steven e mailos seus amigos agocháranse deseguido tralas rochas e dende aquela distancia eran invisibles para o ollo do turco. Os búlgaros escolleran ben a prisión do fotógrafo, dende alí poderían ver perfectamente a calquera que desexase achegarse ata el. Non había árbores ó redor que puidesen axudar a aproximarse sen que fora visto e ademais sabía positivamente que os outros búlgaros aínda non chegaran. Tentar coller ó fotógrafo nesas condicións era unha tolería.

Dentro da cova Uxía xa espertara, sentía as súas mans encadeadas, doíalle a cabeza e todo o seu corpo estaba mancado por ter estado inconsciente enriba do duro e irregular chan de pedra da cova. Mirou cara onde vira, antes de desmaiar, a Ariel. El mirouna tamén e a rapaza sentiu un certo alivio ó comprobar que o fotógrafo aínda seguía na cova e non o levaran a ningures. Ía preguntarlle como conseguira atopalo cando escoitaron uns pasos lixeiros e rápidos que se achegaban ata eles: era o gardián. O home, con moito coidado, achegouse ata eles para comproba-las súas ataduras e logo, no mesmo idioma incomprensible que Ariel escoitara con anterioridade, falou cara a Uxía. Ariel quedou abraiado cando a rapaza respondeu no mesmo idioma a o que fose que estaba a dici-lo home.

— ¿Entendes o que di? ¿Que idioma é ese? –preguntou o fotógrafo abraiado de escoitar á súa amiga comunicarse co se carcereiro.

— Búlgaro. Cando todos estudaban inglés a min deume polos idiomas estraños e matriculeime en búlgaro. –respondeu a bibliotecaria.

— ¿E que está a dicir?

-Quere saber onde se atopa a moeda que lle tiñan que dar á súa irmá.

— ¡Claro! Por iso me resultaban familiares eses ollos. Son os mesmos da rapaza do terceto de música clásica que estivemos a escoitar na Colexiata. A que logo apareceu morta no coro da Colexiata. Pois non teño nin idea, levouna ...

— Non digas máis –interrompeuno Uxía. –Mellor que pense que non sabes nada diso.

Mentres Uxía e Ariel mantiñan esta conversa o seu gardián non quitaba ollo á entrada da cova, se cadra esperando a chegada inminente dos seus compañeiros. Ó pouco volveu outra vez a falar a Uxía quen lle dixo que Ariel non sabía nada do paradoiro da moeda da que falaba. O home semellaba non crela e alporizouse un anaco, pero Uxía, mantendo a calma, tentaba convencelo da boa disposición do fotógrafo cara a eles mentres Ariel fitaba abraiado a aquela estraña rapaza que preferiu aprender un idioma extravagante porque lle petaba que outro que lle serviría para comunicarse con moita máis xente. De súpeto o home calou e foi cara á entrada da cova, ós poucos minutos os seus compañeiros entraban nela. Por medio de Uxía o fotógrafo soubo que os outros homes foran na procura dun vehículo para trasladalos a outro sitio máis seguro e onde poderían interrogalos polo miúdo. O que non entendía o fotógrafo era porque non o fixeran antes, se cadra tiveron que improvisar e actuar rapidamente antes de que o turco conseguise que falase. Tampouco entendía como eles coñecían a existencia desa cova e que podían agochar nela a unha persoa.

Os búlgaros foron cara a eles, ceibáronos das cadeas, erguéronos e deseguido ataron as súas mans e empurráronos cara ó exterior. A continuación meteronos nunha barca que había preto da entrada e logo os seus raptores puxeron rumbo á Casa dos Peixes. A pesar da escuridade Ariel creu distinguir unha figura coñecida tralas rochas que había xusto enriba da cova e fixo un xesto a Uxía para que fitase cara alá. Semellaba Steven. Os seus secuestradores non se decataron do que estaba a suceder ás súas costas e remaban lixeiro e suavemente cara á Casa dos Peixes. A bibliotecaria e mailo fotógrafo puideron tamén ver como outras catro sombras saían do seu acocho e camiñaban lixeiras polo camiño cara á praia, acompañadas por quen pensaban que era Steven. Os seus amigos non os abandonaran, iso xa o sabía Ariel, pero velos alí, seguíndoos deulle ánimos para pensar que a súa liberación non estaba lonxe. Esperaba que puidesen facelo antes de que os búlgaros tentasen calquera cousa con eles para sacarlles a información. Non estaba moi seguro de poder enfrontarse a eles. Uxía e máis Ariel, dende a súa privilexiada e incómoda posición, tamén puideron ver como unha furgoneta branca saía do aparcadoiro que había preto da Torre e ía a modo polo Paseo Marítimo, demasiado a modo, ninguén ía tan de vagar polas rúas de Coruña. ¿Serían Klauss-Hassán e os seus camaradas? Podía ser. O turco era moi listo e, segundo lle puido dicir Uxía, cando Steven, María do Mar, Xurxo, Carla e Sofía saíron da casa de Ariel o turco ía detrás deles. A cousa estaba empezando a poñerse interesante: os seus amigos tentarían ceibalos e os seus inimigos collelos para volver a encerralos. E eles non podían facer nada, coas mans atadas e no medio do mar era un auténtico suicidio tenta-la fuxida.

Os búlgaros remaban ben, preto da costa pero non tanto que houbese perigo de topar coas rochas e naufragar. Non tardaron en deixar atrás a Casa dos Peixes e o aparcadoiro e en chegar ata a Praia das Amorosas. E xa desembarcaran e deixaran o bote á deriva cando os búlgaros viron que, na mesma entrada á praia, se atopaba Klauss-Hassán e mailos seus camaradas que tentaban cortarlles o paso. Entón empezou unha persecución polas rochas entre os piares que sustentaban o Paseo Marítimo: os búlgaros obrigaron ós seus prisioneiros a rubir polas rochas, Klauss-Hassán seguíallos de preto xunto con Francesco mentres que Tareixa e Ricardo ía coa furgoneta pola beirarrúa intentando non perdelos de vista. No mesmo momento en que chegaban ata o túnel formado artificialmente polos piares do paseo e o acantilado sobre o que se sustentaba e, nun momento en que Ariel mirou cara atrás, o fotógrafo puido observar como os seus amigos chegaban á praia ás carreiras e comezaban a rubir polo mesmo camiño que seguiran eles e o turco.

A cousa estaba empezando a poñerse fea, un mal paso e calquera deles podería caer nas rochas e esnafrarse sen que ninguén puidese facer nada por el. Os búlgaros, pendentes en todo momento de non perde-los seus prisioneiros, ían máis a modo que o turco que, ceibe de calquera traba, ía acurtando distancias. Steven e os outros, un pouco máis a modo pero sen perder a ningún deles de vista, ían pisándolle os talóns a Klauss-Hassán que, ó verse acurralado meteu unha man debaixo do seu sobaco esquerdo e sacou unha pistola.

—¡Coidado! ¡Poñédevos a cuberto! –berrou Steven ós seus amigos mentres tentaba agocharse tras un dos piares.

María do Mar, Xurxo, Carla e Sofía imitaron ó inglés mentres escoitaban como as balas pegaban no cemento dos piares e mesmo algunhas delas pasaban a poucos centímetros dos seus agochos. Axiña o turco, vendo que deste xeito non ía conseguir nada e que os búlgaros estaban collendo a dianteira, deixou de disparar e seguiu a súa persecución. Xa se ocuparía deses máis adiante. Agora o máis importante era tentar arrebata-los prisioneiros ós búlgaros. Co mans libres que sempre levaba para estes casos comunicouse con Tareixa e Ricardo; os búlgaros estaban a piques de chegar á Praia do Matadoiro e deberían cortarlles a retirada coa furgoneta poñéndolla diante da entrada para obrigarlles a seguir polas rochas que os levarían ata a Praia do Orzán. Pero isto nunca ocorreu porque Steven arriscando o pelello cunha carreira entre piares e rochas logrou chegar ata onde se atopaban Francesco e Klauss-Hassán e deixar ó primeiro, pouco afeito ás pelexas corpo a corpo, inconsciente cun sinxelo golpe na caluga. Logo, entre rochas e piares e co mar batendo cinco ou seis metros por debaixo deles, comezou unha pelexa entre aqueles dous homes curtidos en miles de leas. Os búlgaros, ó escoita-los berros e xuramentos ás súas costas, pararon durante un intre a ver que estaba a pasar e logo seguiron o seu perigoso percorrido cara á Praia do Matadoiro. Mentres Steven e Klauss-Hassán pelexaban coma demos, Sofía, Carla, Xurxo e María do Mar lograron, con non pouco esforzo, seguir eles sós perseguindo os secuestradores de Uxía e Ariel e pouco a pouco foron acurtando distancias. Os búlgaros que non sabían si aquelas persoas que os perseguían portaban ou non armas de fogo tampouco desexaban arriscarse a sacar as que levaban ben agochadas entre as súas roupas: un tiroteo nesas circunstancias poñería en perigo a vida de ámbolos dous reféns que levaban á rastro por entre as pedras e era para eles moi importante mantelos con vida. Dous deles quedaron atrás para tentar parar a imparable carreira do home e das tres mulleres que tentaban por tódolos medios chegar ata eles. Pero Carla, María do Mar e Sofía non puideron ser paradas. Como unha tromba caeron enriba de ámbolos dous homes e empezaron a mancar neles ata deixalos practicamente inconscientes e a Xurxo abraiado pola furia despregada polas tres amigas.

— ¡Veña, temos que alcanzalos axiña! ¡Bule, Xurxo! –dicía Sofía mentres se erguía de enriba dun dos búlgaros e arranxaba o seu cabelo un anaco e metía a camiseta por dentro dos pantalóns.

— ¡Xa vou, xa vou! –respondía o científico máis zoupón nisto de andar coma unha cabra polas rochas.

De súpeto escoitaron un berro, miraron cara atrás e viron caer un home dende as rochas cara ó mar. María do Mar ó principio quedou paralizada de medo pensando que era o seu home quen se perdera entre as frías augas do océano Atlántico, pero equivocábase pois a familiar figura de Steven axiña apareceu tras un dos piares e a muller do espía inglés puido deixar escapar un suspiro de alivio ó velo correr cara a eles.

— ¿A que esperades? ¡Non os perdades de vista! –berrou Steven mentres corría entre rochas e cemento tentando non te-lo mesmo final que o seu inimigo.

A persecución continuou, e non sen tempo, pois os búlgaros atopábanse nese momento axudando a Ariel e máis a Uxía a baixar á Praia do Matadoiro. Sendo soamente dous estáballes a resultar complicado controlalos e moito máis cando, de súpeto viron que dúas persoas, Tareixa e Ricardo, baixaban polas escaleiras coa evidente intención de pelexar pola posesión dos prisioneiros. Nun momento montouse unha boa pelexa no areal. Por unha banda, Tareixa e Ricardo tentando pelexar cos búlgaros para quitarlles ós prisioneiros; por outra, Ariel e Uxía que trataban, mancados e coas mans atadas, quedar á marxe da pelexa e fuxir como podían cara as escaleiras que os levarían ata o Paseo Marítimo. Nese momento Tareixa, que tiña un xenio do demo e estivera ademais durante uns anos practicando artes marciais, deixou sen sentido a un dos búlgaros e foi cara á Ariel e Uxía cun pau na man que atopara guindado na area. Cortoulles ó paso. Os prisioneiros non sabían que facer: atados como estaban non podían poñer ningunha resistencia, nin sequera a un pau, e quedaron onde estaban, suorentos e cansos do esforzo que lles obrigaran a facer ultimamente. Ricardo semellaba ir perdendo co búlgaro que lle tocara en sorte pelexar, e iso que era moito máis forte e alto ca el pero o pequeno búlgaro tiña máis resistencia que aquel home que sempre ía de traxe, agás agora que vestía vaqueiros, e que devecía polas pizzas e a pasta italiana. A pelexa acabou de súpeto cando Steven e Sofía caeron enriba deles por sorpresa e os deixaron inconscientes dun golpe na caluga. Tareixa, vendo o panorama, decidiu que aquilo xa non era cousa súa, deixou cae-lo pau e correu cara ás escaleiras para tentar poñerse a salvo. Ela xa cobrara polo seu traballo, que Klauss-Hassán se apañase co resto.

Sofía e Xurxo correron cara á Ariel e Uxía que, cansos de tódalas emocións das últimas horas, se deixaran caer na area e esperaban ansiosos ser liberados polos seus amigos das ataduras que levaban aturando unha chea de horas. Mentres, Steven, Carla e María do Mar estaban a comproba-lo estado de Ricardo e mailos dous búlgaros mancados na pelexa.

— ¡Alí veñen! –berrou Sofía. –Veña, temos que marchar canto antes.

— ¿Quen? –preguntou Ariel.

— Os outros búlgaros que xa deberon repoñerse da malleira que lles demos –respondeu a restauradora de mobles. –¡Steven, Carla, María do Mar, imos!

Efectivamente, a poucos metros das rochas que ían morrer na praia, estaban os dous homes que as amigas mancaran entre os piares. Todos correron cara as escaleiras e xa estaban a piques de chegar ó seu final cando se decataron que no alto unha figura moi coñecida por todos eles estaba a esperalos.

— ¡Comisario Soler! ¿Que fai vostede aquí? ¿Como soubo onde atoparnos? –preguntou María do Mar mentres subía o derradeiro tramo das escaleiras.

— As explicacións logo, imos todos ó coche.

— ¿Que coche? –preguntou Steven.

— O que roubou –respondeu Alberte, o seu fillastro, moi divertido polo feito de que o seu padrasto cometera un delito.

— Xa volo explicarei cando esteamos dentro e non teñamos que andar as carreiras por mor deses dous. –replicou o comisario Soler mentres sinalaba os dous búlgaros que xa estaban a metade do camiño e a piques de alcanzarlles.

Non tivo que repetirllo. Liscaron todos de alí e metéronse nun catro por catro, un vello Land Rover, que estaba aparcado preto da fonte dos surfistas, arrincaron, por mor dunha ponte que fixera o comisario anteriormente cando o roubou, xusto a tempo de ver como os búlgaros saían ó Paseo Marítimo e vían como os seus prisioneiros e os seus salvadores fuxían.

— Agora explíquenos como é que logrou atoparnos –dixo Sofía acomodándose, mal que ben, entre Xurxo e Ariel na parte traseira do Land Rover.

— Ben. Cando vin que eses tres saían tamén da tenda pensei que non era para nada bo e decidín, con gran contento do inconsciente de Alberte, que tiñamos que coñecer onde ían e que tiñamos que seguilos –empezou a dicir o comisario Soler mentres conducía coma un tolo polo Paseo Marítimo en dirección ó Monte de San Pedro. –A propósito ¿onde desexades ir?

— Bonito plan de fuxida –dixo Xurxo –non sabemos onde ir.

— Á miña casa –interveu Sofía que comezou a dar explicacións ó comisario Soler sobre como saír de Coruña para dirixirse ó *Moucho*. –Sega coa historia.

— Vin que collían a furgoneta e tamén que uns metros máis atrás de onde a tiñan aparcada estaba este coche, vello pero forte e fácil de roubar, nada de trebellos eléctricos para abrilo nin nada polo estilo. Un vello e forte coche coma os de antes, sinxelo de furtar. E roubeino. Logo resultou doado seguilos sen que se decatasen. Vimos como paraban para falar con Klauss-Hassán e logo se metían no aparcadoiro da Torre. Nós fomos a unha rúa próxima onde poderíamos vixia-los sen que se decatasen e cando marcharon do aparcadoiro volvemos a poñernos detrás deles. Cando vimos que Tareixa marchaba soa na furgoneta pensamos en parar e ver o que estaba a pasar na praia. ¡Imbécil! –berrou o comisario Soler a un condutor que o adiantara sen poñe-las luces intermitentes. –Xa lle quitaba eu tódolos puntos a ese salvaxe. ¡Demo de cidade! E foi dese xeito como vos atopamos. ¿De onde viñades vosoutros?

Steven contoulle brevemente o primeiro intento de rescatar a Ariel e a Uxía e a persecución que tivo lugar logo por debaixo do Paseo Marítimo, e a pelexa con Klauss-Hassán.

— ¿Seguro que está morto? –preguntou o comisario Soler mentres tomaba a curva pechada que había á entrada de Meicende, xusto antes da refinería de petróleo.

— É bastante probable, non só é a altura dende onde caeu senón que poida que batese contras as rochas do fondo. –respondeu o inglés.

— Non sei –replicou o comisario entrando no pobo e seguindo cara adiante segundo as instrucións que lle estaba a dar Sofía. –Espero que teñas razón, porque senón... ¡Oi, que leria, pasei o cruce!

-— Agora ten que seguir un pouco máis para da-la volta. –dixo Sofía botándose un pouco cara adiante e tentando sinalar coa súa man o sitio axeitado para recuar.

Pero o comisario non lle fixo caso. Como observara que non o seguía ninguén parou o coche, mirou a dereita e esquerda e vindo que non había perigo deu alí mesmo a volta e seguiu o seu camiño. Sofía, case coa súa cara tocando á do comisario, indicáballe por onde ir para chegar axiña ó pobo. Dez minutos despois dunha travesía endiañada pola estrada que levaba ata *O Moucho* chegaron ó extravagante pobo onde vivía a restauradora de mobles. Deseguida deixaron o vehículo no garaxe e foron á casa de Sofía. Alí, por quendas, aseáronse todos e logo, a pesar de que xa eran máis das doce da noite, prepararon unha suculenta cea despois da cal Sofía repartiu a cada un nas distintas dependencias que tiña a casa para descansar de tantas emocións.

Aínda que o tentou unha e outra vez ela non podía durmir. Despois de tantos anos volvera a relacionarse, esta vez como inimigas, con Tareixa. Sentía moito tela perdida como amiga pero non lle deu escolla. ¿Sería certo que Klauss-Hassán estaría morto? Estivo unha morea de tempo dándolle voltas a todo o ocorrido estas derradeiras horas e para cando se decatou xa estaba empezando a amañecer. Ergueuse da cama e foi cara ó seu taller, comezaría a traballar de contado despois de tomar un café con leite. Os demais deixaríaos durmir todo o que lles prestase. Desexaba volver canto antes á súa ordenada vida de restauradora, ós seus paseos polo monte e as reunións no bar cos seus amigos do pobo. Xa abondaba de aventuras perigosas.

O comisario Soler tiña razón ó desconfiar da morte de Klauss-Hassán. Aínda que a caída fora tremenda o turco non morrera, é certo que estivo a piques de perde-lo coñecemento debido ó tremendo golpe que sufriu ó caer ó mar dende tanta altura, pero era forte e logrou recuperarse e chegar ata as rochas máis próximas. Estivo alí un bo anaco descansando ata recupera-las súas forzas. Nesas condicións non podía continuar coa persecución pero non ía permitir que esta vez lle gañasen a partida. Cando se atopase mellor iría na procura de Tareixa e os demais. Tiña que recupera-lo autómata. E ía recuperalo. Non quedaba outra. Non podía permitirse fracasar, non nestes momentos. Estaba mollado, empezaba a sentir frío, pero a súa xenreira por aquela banda de amigos que de novo se cruzaran nos seus plans dábanlle forzas para resistir calquera contrariedade. Vingaríase deles e esta vez sería implacable.

8. O final

— ¿Queredes saber polo que realmente estábamos a pelexar? –dixo Carla cando xa estiveron todos en pé reunidos na cociña para almorzar.

— Pois sería interesante –respondeu Ariel que non deixara de acariña-la man de Uxía e de botarlle miradas agarimosas dende que espertaran hai un anaco.

— Por isto –seguiu a explicar Carla amosando un vello manuscrito escrito nun idioma estraño e cunhas letras tan arrevesadas que custaban moito comprender.

— ¿E iso é ...? –preguntou Xurxo que estaba untando unha torrada con manteiga e marmelada.

— Un poema épico alemán do ano 800 perdido hai séculos e do que so chegaron ata nosoutros uns poucos versos. Isto era o que agochaba o autómata nun caixón secreto que só podía ser aberto cos anacos disfrazados de moeda de Whasington que Ariel atopou na Praza das Bárbaras. –seguiu a explicar a veneciana. –e que ata o de agora tíñao o meu parente gardado e que trouxo Pietro Francesco onte pola noite.

— ¿E que imos facer con el? –preguntou María do Mar. -¿Como imos explicar que caera nas nosas mans? Debe ser moi valioso.

— Non é só o diñeiro que pode custar. Vai ser toda unha revolución literaria. –interveu Xurxo sentando canda ós seus amigos e poñendo unha cunca de café fronte el.

— Niso tes razón. Pero, sego a preguntar ¿como imos explicar que o temos? –insistiu María do Mar.

— Podemos facer que alguén o volva atopar –interveu Steven. –Coa axuda de Williams e da organización vai ser doado. Se non vos importa que non se saiba quen realmente foi o autor do achado.

— Non parece mala idea. ¿Vostede que pensa, comisario Soler? –dixo Sofía.

— Tanto me ten o que fagades, nós marchamos de contado, se non che importa levarnos ata o hotel a recolle-las nosas cousas e logo á estación de tren. –respondeu o policía que, aínda que durmira coma un tronco, sentía que aínda non recuperara tódalas súas forzas e estaba desexando rematar canto antes con toda aquela aventura que non esperou cando foi na procura do seu fillastro.

— Nos imos dar unha volta polo monte –dixo Uxía erguéndose da cadeira.

— Pero antes teño que chamar ó traballo para dicir que estou enfermo e non vou ir hoxe. Estou tan canso que non podería nin colle-la cámara. –interveu Ariel mentres se dirixía cara ó teléfono que tiña Sofía no salón.

Ó pouco os seus amigos oían falar ó fotógrafo cun pano no nariz para semellar que estaba arrefriado. Uxía tiña que conte-la risa para que non se descubrise que todo era unha argallada do seu mozo. Ela non tiña ese problema, en canto viu que a cousa se enleara colleu uns días libres a conta das vacacións; agora na biblioteca non había moito traballo e poderían pasar sen ela uns días, polo menos ata o xoves, sen que se caese o mundo. En canto Ariel colgou o teléfono ámbolos dous namorados marcharon da casa cara ó monte e Sofía e mailo comisario Soler e o seu fillastro dirixíronse cara ó garaxe comunal a polo coche.

Xa saíran do recinto e estaban a piques de colle-la estrada que os levaría cara a Arteixo cando escoitaron un berro forte e angustioso.

— É a voz de Uxía –dixo Alberte.

De contado Steven e os demais que aínda estaban dentro da casa saíron a ver que pasara. Sofía apagou o motor do seu coche e foron todos xuntos ás carreiras a ver que sucedera.

— ¡Volvérono levar! –dicía Uxía que estaba tirada no chan chea de follas e de terra. —¡De novo levaron a Ariel!

— ¿Quen foi? –preguntou María do Mar axudando á bibliotecaria a erguerse.

— O que pensabamos que morrera na caída e mailo outro home que estaba con el.

— ¿Cara onde foron? –preguntou o inglés.

— Por alí –dixo Uxía sinalando uns matos a uns dous metros de onde se achaban.

— ¿Onde leva ese camiño, Sofía?

— Poden ir cara ó muíño, ou tamén se collen unha corredoira que hai uns metros dentro do bosque cara á estrada que os levaría a Arteixo.

— O muíño queda demasiado preto, atopariámolos de contado, tirarán cara á estrada. ¿Poderíamos cortarlles o paso dalgún xeito?

— Non. Pero podemos tentar alcanzalos.

— ¡Veña, todos o coche! ¡Conduzo eu! –dixo Steven.

Volveron todos onde Sofía deixara o coche e saíron do pobo a fume de carozo. Non ben Xurxo acababa de acomodarse nel cando Steven arrincou bruscamente facendo que o científico caera enriba de Carla magoándoa un anaco. Steven ía conducindo con rapidez e seguridade, non vían por ningures o vehículo no que levaban preso a Ariel. Xa estaban a piques de darse por vencidos cando a uns cincuenta metros María do Mar viu a furgoneta branca dos secuestradores de Ariel.

— ¡Alí van! –dixo a muller do inglés. -¡Corre, Steven, corre máis!

Empezou entón unha atoldada carreira entre a furgoneta e o Land Rover que mesmo puxo en perigo algún que outro coche que ía pola mesma estrada en sentido contrario. Sofía viu perfectamente ó seu curmán na parte traseira da furgoneta, de novo atado e amordazado, e tamén a Tareixa, Ricardo, Francesco e, por suposto, a Klauss-Hassán, que era quen ía ó volante. O turco tiña unha pinta desastrosa por mor da caída do mar e dunha noite sen pegar ollo, pero os seus ollos amosaban a súa determinación de saírse coa súa a toda costa e un fondo odio polos seus inimigos. Empezou entón un forte tirapuxa entre ámbolos dous homes: ás veces Steven adiantaba ó turco e parecía estar a piques de cruza-lo coche na estrada para paralo cando o turco aceleraba e facía un xesto brusco co volante coa idea de botar fóra a Steven. Estiveron así un bo anaco e xa estaban case entrando no pobo cando un paisano que levaba unha vaca e empezara a cruzala estrada atopouse co coche de Steven que viña a toda velocidade na súa dirección, o inglés, tentando esquivalo, perdeu o control do vehículo e foi parar á cuneta. Saíron todos de contado.

— ¿Estades todos ben? –preguntou o inglés abrindo as portas traseiras e observando se algún dos seus amigos mancara.

— Si, estamos –respondeu Carla.

— Pero perdémo-la pista de Klauss-Hassán, xa non vexo a furgoneta. –interveu María do Mar saíndo de contado e tentándose para comprobar que non se mancara.

— Veña, hai que sacar axiña o coche de aquí e liscar canto antes. O home que case atropelamos está chamando polo seu teléfono móbil, seica á garda civil de tráfico, e non imos poder explicar como tivémo-lo accidente. –dixo Steven mentres se poñía na parte traseira do Land Rover a empurrar. –Sofía, ponte ó volante e arrinca o coche cando eu diga. Vide todos comigo.

De contado todos colleron posicións na parte traseira do coche para axudar a Steven a sacalo de novo á estrada e non tardaron en conseguilo. Metéronse no coche, deron a volta e colleron de novo a estrada en dirección *O Moucho*, xusto a tempo de ver como a garda civil paraba preto do paisano que comezaba a contarlles o que sucedera, sinalándoos ó pasar preto deles. Entón foi a garda civil a que empezou estar interesada en alcanzalos.

— Deberiamos parar –dixo Uxía. –Seguro que entenden que non foi culpa nosa.

— ¿E que imos dicirlles? ¿Que estábamos nunha lea cun espía turco que secuestrou ó curmán de Sofía? –dixo Carla -¿E ti pensas que nos van crer? ¿Pensas axudar ó teu mozo deixándonos interrogar pola garda civil que, de tódolos xeitos, non nos van crer? ¿Non poderíamos perderlles de vista, Sofía?

— Tentareino pero adoitan ter bos coches e seguro que trucados para iren máis rápido. Se cadra ...

— ¿Que? –dixo Xurxo.

— Se cadra dános tempo de chegar á casa e fuxir pola sombra. –continuou a fala-la restauradora de mobles. –E seica Pietro Francesco xa logrou fabricar máis líquido e podemos pescudar coa súa axuda onde está Ariel.

Sofía tentou acelerar un pouco máis e empezou a acurtar distancias cos garda civís, pero estes, teimudos, non desexaban deixar fuxi-la súa presa e tamén aceleraron. Ían so uns dez metros por detrás deles, non era distancia de abondo para conseguir despistalos e pode que tampouco lles dese tempo de chegar á casa. Sofía tentaba pensar que podían facer, como conseguir retrasalos. Por sorte non a viran. Seguro que tomaran nota da matrícula e xa estaban informados de a quen pertencía o coche, outra cousa era que fose a dona del quen estivese ó volante, diría que o roubaron. Estaba segura de que non a viran e podería mentirlles impunemente se saía desta. Pero non tivo que facer nada porque un accidente moi grave na estrada, que acabara de ocorrer, fixo que os gardas civís deixasen a persecución e parasen a atender ós dous coches e mailos tres ciclistas que estaban na cuneta. Sofía non deixou de preme-lo acelerador ata que chegou ó pobo. Metérono no garaxe e foron de contado cara á sombra que a restauradora de mobles tiña no seu soto, non tardando en aparecer na habitación secreta do seu devanceiro.

— ¿Como vos podo axudar? –preguntou Pietro Francesco.

— ¿Xa conseguiches fabricar máis líquido?

— Conseguín. ¿Que pasa agora?

Carla contoulle brevemente como volveran a secuestrar a Ariel e a persecución que tiveran con el hai pouco.

— Éche teimudo ese turco. –dixo o veneciano. –Ben, imos ver onde se atopa o voso amigo.

Pietro Francesco ergueuse da cadeira onde adoitaba estar sentado escribindo e investigando e foi cara ó andel onde tiña tódalas súas pocións e fórmulas secretas, colleu o frasco do líquido que amosaba o pasado e empezou a empapa-la parede con el. Logo, como sempre, escribiu a data na que ocorreu o suceso e a parede empezou a diluír e a amosa-lo que pasara.

Os amigos do fotógrafo puideron ve-la persecución que tiveran co turco e como este entrara en Arteixo xa ceibes da súa compaña e collía a estrada que o levaría a Coruña. Viron como entraba na cidade e como chegaban ata a tenda do turco. Antes de entrar nela ceibaron a Ariel, abriron a tenda e levárono ata a habitación secreta de onde anteriormente Steven, Carla e Sofía roubaran o autómata. Atárono a unha cadeira e deixárono so.

— É unha trampa –dixo Steven –Klauss-Hassán sabe que podemos entrar sen problemas aí.

— Aínda así, temos que rescatar a Ariel. –interveu Sofía.

— Por suposto. Pero me gustaría saber ata onde quere chegar ó turco e o que está pensando facer. –respondeu Steven.

— ¿E se un de nós queda aquí con Pietro Francesco seguindo os seus pasos co líquido e logo viaxa pola sombra para dicir o que está a pasar? –preguntou María do Mar. –Podería resultar.

— Non resultaría –interveu Pietro Francesco –, o líquido é para un momento determinado, non podemos te-la fiestra do pasado aberta como se fose ese invento que me dixeches que tedes na vosa época: ¿un televisor?

Carla fixo un xesto afirmativo coa cabeza. Admiraba o seu devanceiro, sempre coa mente aberta ós novos coñecementos, sempre estudando e experimentando, a historiadora envexaba a vida que levaba Pietro Francesco. Se cadra ela algún día podería imitarlle.

— O que si podo e darvos un pouco do líquido e estoutro –dixo o veneciano tendendo a Carla un frasco de barro lacrado e cunha cinta vermella.

— ¿Que é? –preguntou Carla.

— Volve as paredes transparentes. Poderedes ver o que está a pasar nunha habitación pintando a parede. –respondeu o veneciano. –Aínda teño que perfeccionalo pero penso que vos vai resultar moi útil. Hai que ter moito coidado porque da mesma maneira que podedes observar á xente que hai detrás dela tamén poden vervos eles. Aínda non conseguín que a visualización vaia nunha soa dirección, pero heino arranxar, xa o veredes. Tede moito coidado. Moita sorte. Adeus.

— Adeus –responderon todos dando a man o amable alquimista e liscando deseguido pola sombra.

Xa na casa de Sofía reuníronse todos no salón para argallar que facer e como actuar para conseguir rescatar de novo ó fotógrafo.

Ariel, mentres, prisioneiro de novo do turco, estaba empezando a fartar un pouco de toda esta lea. Primeiro secuéstrao o turco, logo os búlgaros, a continuación é rescatado polos seus amigos, e por fin volve a secuestralo o turco. Imaxinaba que de novo virían os seus amigos na súa procura. En mala hora atopou a moeda no chan da Cidade Vella. Tamén é certo que aprendera unha morea de cousas sobre o autómata e que coñecera a Steven, o espía inglés de que tanto lle estivera a falar á súa curmá, e ós seus outros amigos, e que agora no seu laboratorio tiña debuxada unha das famosas sombras polas que podería viaxar ata Venecia, e xa non tería que colle-lo coche ou o autobús para ir ve-la súa curmá. E ademais, o máis importante, descubrira que realmente estaba namorado da bibliotecaria e que desexaba tela preto del sempre. Pensándoo mellor sacara moitas cousas positivas de toda esta aventura. E esperaba non saír mancado antes de que rematara.

O que non entendía moi ben era porque o deixaran so. Pensaba que Klauss-Hassán devecía por sabe-la localización do autómata e da moeda e non preguntara nada a Ariel sobre isto. ¿Que pensaba facer con el? ¿Por que non o interrogaba? ¿Cría realmente, como lle dixera anteriormente, que non sabía o seu paradoiro? Se cadra desexaba poñelo nervioso non facendo nada. Ou, pensou de súpeto, o que realmente desexaba era montar unha trampa ó inglés e o resto dos seus amigos. Realmente non sabía que pensar.

O turco sabía como facer nos. Ariel non podía moverse nin un chisco. Deixárano naquela estraña habitación, no medio, atado e sen amordazar, se cadra estaba insonorizada e non lle importaba que berrase porque ninguén ía escoitalo. Un bo sitio para torturar a alguén. ¿Sería ese o plan do turco? Ariel esperaba que non, non estaba seguro de poder aturalo. Había un ordenador nun dos recunchos pero non había xeito de achegarse a el: a cadeira á que estaba atado era pesada de máis e non podería movela non sendo que estivese totalmente libre de ataduras; de tódolos xeitos, aínda que o conseguise, tiña as mans atadas de tal maneira que non darían chegado ó teclado. ¿E que ía facer se o daba arrincado? Podería mandar unha mensaxe ó móbil de Sofía. ¿E como ía conseguilo, utilizando o nariz? Se cadra podería tentalo pero estaba convencido de que Sofía xa sabía onde se atopaba. Axiña virían por el.

Klauss-Hassán, Ricardo, Francesco e Tareixa estaban na estancia do almacén discutindo que ían facer co fotógrafo. Eran xa as dez da mañá e a muller de Klauss-Hassán estaría a piques de abri-la tenda. O seu home dixéralle que tiña unha reunión moi importante cuns clientes e que tería que facerse cargo de todo este luns. Karima non preguntou polos clientes nin a razón pola que o seu home tiña tan mal aspecto. Non desexaba coñece-los estraños negocios nos que estaba metido Hassán. Os fillos xa foran cara ós colexios e ela xa arranxara un pouco a casa, agora estaba a limpar un anaco os estantes da tenda e de cando en vez escoitaba a voz de Hassán falar alporizado aínda que non daba entendido nada do que estaba a dicir pois o seu home tentaba non eleva-lo ton para que ela non soubese de que estaba a trata-la reunión. Non lle gustaba o estranxeiro ó que fora a buscar Hassán ó aeroporto, nin tampouco aquela muller que tiña unha tenda de antigüidades na parte vella da cidade, nin o seu irmán. Esperaba que o negocio que tivera con eles rematara axiña para poder volver a vivir en paz co seu home e os seus fillos. Karima estaba limpando tentando arranxa-lo desorde do mostrador cando escoitou a campaniña que avisaba que alguén entrara. Mirou e puido ver a un grupo de oito persoas na mesma entrada. Esperaría un pouco a atenderlles. Ás veces os clientes xa saben o que desexan e non queren ser molestados. As catro mulleres foron cara a unha das alfombras que había penduradas da parede e estiveron un anaco observándoa. Os homes quedaron preto da porta falando entre eles. Non estiveron máis de cinco minutos, fixeron un xesto de despedida e marcharon. Simples curiosos, pensou Karima. Viñan moitos coma eles tódolos días: xente que daba unha volta e que non mercaba nada. Algúns volvían, outros, os máis, non. Karima aínda non entendía como podían vivir coas vendas da tenda; as poucas veces que estivera a axudar ó seu home non observara que houbese moitos clientes. E o caso é que sempre estaba a chegar xénero provinte da súa terra e que, aparentemente, Hassán dábao vendido. Se cadra o seu home era mellor vendedor ca ela.

— Non podemos entrar por aquí –dixo Steven —seguro que Klauss-Hassán está nalgures aí dentro pero non podemos facelo polas boas.

— Pode que nin sequera estea –interveu Sofía. —Se cadra xa marcharon e ten a Ariel noutro sitio.

— Poderiamos tentar pescudalo. Deixádeme tentalo –dixo María do Mar. –Veño de contado.

Volveu a entrar na tenda e dirixiuse, desta vez, decidida ó mostrador onde Karima estaba prendendo o ordenador. Steven e os demais, dende fora, viron como María do Mar tiña unha pequena conversa coa empregada da tenda, se cadra a muller de Klauss-Hassán. Ó momento estaba de volta.

— Di que o seu home está pero que non pode atenderme porque ten unha reunión cuns clientes moi importantes.

— Debe atoparse cos demais na estancia do almacén. –dixo Steven. –Seica poderemos aproveitar este momento para tentar entrar pola tenda baleira que hai na rúa paralela a esta.

Na rúa Palomar, paralela á rúa onde se atopaba a tenda de artesanía, non había xente nese intre: un par de empregados da tenda de electrónica, dúas persoas que volvían do parque de Santa Margarida de pasea-los seus cans, e os coches que collían por aí para ir á Avenida Finisterre. De tódolos xeitos non ía ser doado entrar na tenda baleira sen espertar sospeitas. Steven posuía un xogo de ganzúas moi útiles. Terían que facer como que eran uns clientes que desexaban aluga-lo local e o inglés tería que darse présa en abri-la porta sen non quería que a xente que pasase por alí sospeitase algo estraño. Afortunadamente o sistema de alarma, segundo puido observa-lo inglés a través do cristal, estaba desactivado. O cal era bastante lóxico pois non tiña moito sentido que alguén tentase roubar nun local baleiro de todo tipo de mercancías e mesmo de mobles. Steven fixo a garatuxa de ser un empregado dunha empresa de aluguer e venda de locais e pisos que estaba a explicar tódalas vantaxes do local. Deseguido entraron na tenda, pecharon a porta, baixaron as persianas do escaparate e foron cara ó fondo do local, onde pensaban que estaba a parede que compartía a tenda baleira coa de Klauss-Hassán.

— Dáme o líquido ese que volve transparentes as paredes. –dixo Steven a Carla.

A veneciana tendeu ó seu amigo o frasco de barro. Steven rompeu o lacre e, con moito coidado, empapou o seu pano de man cun pouco del, a continuación pasouno por un pequeno anaco de parede. A pintura empezou a burbullar e a recuar cara ós lados e comezaron a observar o que había doutro lado. Quedaron pampos. Atinaran coa parede, podían ver con total claridade a Ariel sentado nunha cadeira, atado fortemente; pero tamén puideron observar como Ricardo entraba na habitación e ía directamente ata el e comezaba a liberalo. Semellaba nervioso. Non sabían que facer. ¿Levaría a Ariel a outra parte? ¿Deberían utiliza-lo líquido para atravesa-la parede e ceibar a Ariel? ¿Daríalles tempo de facelo antes de que Ricardo dese a voz de alarma?

De súpeto comprenderon que Ricardo non ía avisar a Klauss-Hassán, que o estaba a traizoar e que estaba ceibando a Ariel, porque Ricardo volveu a cabeza ás súas costas e puido ver como Steven e os demais estaban a mirar o que estaba facendo e seguiu coa súa teima de liberar das súas ligaduras ó fotógrafo.

— Se cadra non se decatou de que estamos aquí. –dixo María do Mar.

— Iso é imposible. Estamos a escasos dous metros deles. Tería que estar cego para non vernos. Non, por algunha causa que descoñecemos Ricardo non quere que Klauss-Hassán faga ningún mal a Ariel. Veña, imos entrar. Dáme o outro frasco, Carla.

Mentres Xurxo, María do Mar, Uxía, o comisario Soler e máis Alberte observaban como Ricardo saía da tenda, Steven, Carla e Sofía comezaron a pinta-la parede co outro líquido e non tardaron en atoparse na habitación onde estaba prisioneiro ó fotógrafo. Xa estaban a piques de saír cando, de súpeto, a porta abriuse e por ela entrou o turco acompañado de Francesco d'alla Vitta e de Tareixa. Comezou entón unha pelexa entre eles: o turco, cun coitelo enorme na man, tentaba ferir a Steven, que facía todo o posible por esquivalas súas coiteladas. Carla, anoxada aínda co seu antigo mestre por tódalas argalladas cometidas por este, estaba a darlle unha boa malleira a Francesco. E Sofía, que por fin se atopaba coa súa antiga compañeira, a quen non vía dende que tentou convencela de usa-lo líquido que atravesa as paredes para cometer roubos e todo tipo de fraudes, estaba tentando deixala sen sentido cos seus coñecementos nas artes marciais. Ariel, non sabendo que facer nin como actuar, tentaba non saír mancado en todo aquel balbordo e ía camiñando a modo pegado as paredes da habitación tentando acada-la porta de saída. De súpeto notou como lle collían dun brazo e tiraban del. Deu un berro pero se tranquilizou cando se deu de conta que era Xurxo quen actuaba deste xeito. Estaba fora da habitación, no local anexo, ceibe e a salvo.

— Logo xa me explicaredes como o fixeches –dixo o fotógrafo.
— Queda aquí con Uxía e o comisario, nós imos axudalos. –dixo María do Mar.

Ariel observou abraiado como Xurxo pasaba un pan de man pola parede e logo, acompañado de María do Mar, atravesaba o muro de separación entre ámbalas dúas habitacións. Cos novos reforzos non resultou difícil que a pelexa dese un xiro e este fose a favor dos amigos do fotógrafo. Ó cabo de dez minutos todo rematara: Klauss-Hassán, Francesco e Tareixa estaban no chan inconscientes. Xusto no momento en que isto ocorría e que estaban a piques de desaparecer un berro fondo e agudo escoitouse no local. Na porta de entrada, que quedara aberta, estaba a muller de Klauss-Hassán, a cal entrara un intre no almacén para consulta-lo prezo dun dos artigos co seu home, non atopando a ninguén no habitáculo onde se supoñía que estaba reunido cos seus clientes, foi cara ó fondo do almacén e escoitou o tremendo balbordo que estaba tendo lugar nese instante, e chegou xusto a tempo de ver como aqueles descoñecidos que hai pouco entraran na súa tenda mancaban o seu home e os seus amigos. A muller non paraba de berrar, paralizada na entrada da estancia, Sofía tentou calmala pero ela defendeuse dándolle de puñadas, Sofía non quería mancala, seguro que non sabía nada dos negocios do seu home, pero tiña que facela calar, así que utilizou os seus coñecementos do corpo humano para dar unha pequena presión a ámbolos lados do pescozo. A muller de contado perdeu o coñecemento e quedou deitada no chan.

Xa de novo de volta no *Moucho*, os amigos tentan pescudar cal vai se-la súa forma de actuar. Están seguros de que o turco non se vai render, que tentará de novo secuestrar a Ariel. Se puidesen aguantar dous días máis, ata a data límite en que o negocio tería que estar feito, conseguirían vencer de novo a Klauss-Hassán.

— Pero eu teño que volver ó traballo –dixo Ariel bebendo do té de amorodos que preparara Sofía.

— Non podes, Ariel. ¿Non te decatas de que o turco non vai darse por vencido? Tentará secuestrarte de novo.

— Seino pero teño que volver ó traballo –insistiu o fotógrafo. –¿Non podedes protexerme doutro xeito?

— Poderíamos facer quendas –dixo Sofía -¿Non che parece, Steven? Poderíamos dividirnos para vixia-los movementos de Uxía e Ariel.

— É unha boa idea.. ¿Vainos axudar , comisario?

— Paréceme que xa fixen dabondo. Nós marchamos. ¿Lévanos, Sofía?

— Se é o que vostede quere...

— É. Xa perdemos un avión non querería agora perde-lo tren. –respondeu o comisario Soler secamente.

— Veña, comisario, non enfade. Pagarei a viaxe por tódalas molestias que lles temos causado. E espero que doutra volta veña a pasar uns días con toda a súa familia ó *Moucho*. –dixo Sofía.

— Grazas, es moi amable. Esperámoste no coche. Imos Alberte.

— Grazas a todos. Paseino de medo. ¡Xa veredes cando o conte na tenda! –dicía o fillastro do comisario apertando a man ós homes e dando un par de bicos nas meixelas ás mulleres.

— ¡Ti non vas contar nada! ¿Queres meterme nunha lea? Veña, bule –dixo o comisario empurrando a Alberte cara ó coche –Adeus a todos, e procurade non metervos en máis enredos.

— Procurarémolo, comisario –dixeron todos mentres se despedían do vello policía.

Ó día seguinte Ariel volveu ó traballo. Parecíalle, despois de todo o que estivera a pasar, algo irreal. Pasar toda unha mañá tranquilamente na tenda revelando negativos e arranxando fotos vellas resultáballe mesmo aburrido. Despois de tódalas emocións destes días non se daba acostumado a levar unha vida fácil e cómoda. Pero non quedaba outra e sabía que canto máis tempo pasara máis se iría afacendo á volta ó seu querido traballo. Xa vivira a aventura da súa vida, pola que deveceu durante tanto tempo. Non lle volvería a pasar algo semellante. ¿Ou si? De tódolos xeitos, a próxima vez que vise algo guindado no chan pensaríao moito antes de recollelo.

Klauss-Hassán non apareceu. Os amigos de Ariel non perderon de vista nin a este nin á súa moza dende o mesmo día que o fotógrafo volvera ó traballo. Ninguén o seguiu. Ninguén estivo a vixia-la súa casa. Era como se o turco se dese por vencido. Steven non o cría.

¿Que pasara en realidade? Despois da malleira que levara na súa tenda e de espertar Klauss-Hassán decidiu que era inútil tentar consegui-la moeda se Steven e mailos outros andaban protexendo ó fotógrafo. Gustaríalle darlle un escarmento o inglés e mailos seus amigos, pero iso ía ter que esperar. O máis importante era estar a ben co cliente, así que lle daría a moeda falsificada por Tareixa esperando que non se decatase do asunto. En canto o autómata, díríanlle que mancara un pouco coa viaxe e que Tareixa estaba a restauralo a modo pero que xa estaba a piques de rematar coa tarefa e que nun día máis estaría no seu poder. Deste xeito gañarían unhas horas e poderían argallar algo para recuperalo; se non o conseguían xa se lle ocorrería que dicirlle ó cliente. Con quen tamén tiña que arranxar contas era con Ricardo. Grazas a súa axuda lograran rescatar ó fotógrafo. Xa desconfiara del cando saíu da estancia do almacén onde estaban reunidos e só porque pensaba que lle tiña medo e que non se atrevería a facer nada que lle estragara o negocio, non o seguiu. Cometera un erro. Agora non sabía de certo onde se atopaba pero non lle ía valer de moito agocharse, xa daría con el e entón...

Neste intre achábase na habitación dun dos mellores hoteis de Coruña esperando ó seu cliente para darlle a moeda. Ata o de agora non tivera relación directa con el senón con un empregado. Tareixa e máis Francesco estaban con el, ámbolos dous sentados nun sofá do enorme salón de recibir que posuía a suite de luxo no derradeiro piso do hotel. Klauss-Hassán estaba nervioso e camiñaba de arriba abaixo mirando a enorme alfombra de fabricación turca que cubría a maior parte do chan, anhelaba acabar canto antes con todo isto. De súpeto a porta de comunicación co dormitorio abriu e saíron del dous homes altos e fortes, se cadra uns gardacostas, Tareixa e Francesco erguéronse do sofá, Klauss-Hassán parou de camiñar. Ámbolos dous homes achegáronse ata Klauss-Hassán e os seus dous compañeiros, rexistráronos e, vendo que non levaban con eles ningún tipo de arma, fixeron un xesto cara a outro home, o cal Klauss-Hassán non vira, e este, apartándose un anaco, deixou sitio para que, un vello coñecido de Klauss-Hassán, puidese chegar ata eles.

— ¡Williams! ¿Que é todo isto? –berrou Klauss-Hassán tentando fuxir cara á porta de saída da habitación e non conseguido senón ser apresado polos dous homes que o rexistraran anteriormente.

— O que pensas: unha trampa. En canto souben que estabas a busca-lo autómata de Kempelen para un cliente inglés púxeme a investigar e albeitei de quen se trataba. E mira ti por onde era un amigo de vello. Así que resultou doado convencelo de suplantalo para poder atraparte. Ides pasar unha longa tempada na cadea por secuestro, falsificación e importación ilegal de obxectos de arte.

— ¿E ese demo de axente que tes e mailos seus amigos?

— Non tiñan nin idea. Cando me contaron a historia da ditosa moeda atopada polo fotógrafo vin a posibilidade de utilizalos sen ter que contarlles nada. Xa teremos tempo de falar. Prendédeos. –dixo Williams, o xefe de Steven.

Epílogo

A principios de setembro a aldea do *Moucho* estaba moi animada. Celebrábase a súa festa de aniversario e en tódalas casas había xente invitada. Na de Sofía tamén. Estaban tódolos seus amigos, mesmo Luís viñera coa súa muller e mailos fillos. Reuníranse na parte de atrás da casa para xantar todos xuntos nunhas mesas que argallaran cun cabaletes e unhas táboas. Só faltaba Williams que, segundo dixo, chegaría ó final do xantar, para a sobremesa. Cando o xefe de Steven apareceu, alá contra as catro da tarde, estaban todos xa moi ledos, rindo e escoitando como o espía inglés cantaba vellas cancións galesas no fermoso idioma do oeste de Gran Bretaña.

— Non coñecía esta faceta do teu home –dixo Sofía a María do Mar.

— Cando bebe un chisco de máis dálle por aí. ¡Mira quen chega! –dixo a muller de Steven sinalando cara á porta de entrada do xardín e sinalando a Williams. –Imos ver que nos di.

Sofía e María do Mar erguéronse das súas cadeiras e foron cara ó xefe de Steven que, vestido cuns pantalóns vaqueiros, semellaba moito máis xove da idade que en realidade tiña. Saudárono e logo preguntaron polo ocorrido a Klauss-Hassán.

— Anda preso nunha cárcere inglesa pero imaxino que non por moito tempo. –respondeu Williams.

— ¿Valo ceibar? ¡Non o podo crer! ¡Despois de todo o que nos fixo pasar! –interveu alporizada Sofía.

— Sei que non é xusto, pero as cousas ás veces non saen como desexaríamos. A súa xente ten a uns cantos americanos de reféns e os nosos amigos pedíronos que trocásemos a Klauss-Hassán por eles. Quen non se van librar son Tareixa e máis Francesco, eses dous si que van ser xulgados.

— ¿E que se sabe de Ricardo? –preguntou Sofía.

— Nada. Desapareceu, non hai que o atope. ¿Que tal o teu curmán?

— Ben, segue con Uxía. Alí os tes. –respondeu a restauradora de mobles sinalando cara ás mesas que había no fondo do xardín –Veña, imos con eles.

Os tres amigos dirixíronse cara ó fondo do xardín onde Williams foi recibido con grandes mostras de afecto e cunha canción de Steven en gaélico que fixo rir a esgalla ó seu xefe.

Anoitece. Na rúa Cidade de Lugo unha furgoneta branca chea ata arriba de caixas póñense en marcha. Ó deixar libre a calzada na tenda de artesanía pódese ver un letreiro grande, escrito en vermello, que pon *Alúgase*, e un número de teléfono. Outra vez saíu mal, pode que xa non haxa unha próxima, case mellor así, se cadra é o momento axeitado para vivir tranquilamente sen sobresaltos e sen ter que arrisca-la súa vida e a dos seus, pensaba Klauss-Hassán mentres conducía pola rúa Uruguay cara á saída de Coruña e miraba de cando en vez, sen por iso perder de vista a circulación, a súa muller que tanta paciencia tivo con el e que endexamais o defraudou. Endexamais se arrepentiu de casar con ela. Xa era hora de dedicarlle a ela e os seus fillos todo o seu tempo e deixarse de lerias de espionaxe. Se a organización o permitía gustaríalle deixa-lo traballo para sempre. De tódolos xeitos, faría o que lle mandasen, como sempre. Era un guerreiro, sempre o fora e sempre o sería.

Índice1

www.ingramcontent.com/pod-product-compliance
Ingram Content Group UK Ltd.
Pitfield, Milton Keynes, MK11 3LW, UK
UKHW021906190726
13853UKWH00002B/543

9 788835 450573